唐人佚诗解读

陈尚君 著

中华书局

图书在版编目（CIP）数据

唐人佚诗解读/陈尚君著. —北京:中华书局,2021.1
(2024.2 重印)
ISBN 978-7-101-14788-9

Ⅰ.唐… Ⅱ.陈… Ⅲ.唐诗-诗歌研究 Ⅳ.I207.22

中国版本图书馆 CIP 数据核字(2020)第 185055 号

书　　名	唐人佚诗解读
著　　者	陈尚君
责任编辑	马　燕
责任印制	陈丽娜
出版发行	中华书局
	（北京市丰台区太平桥西里 38 号　100073）
	http://www.zhbc.com.cn
	E-mail:zhbc@zhbc.com.cn
印　　刷	三河市中晟雅豪印务有限公司
版　　次	2021 年 1 月第 1 版
	2024 年 2 月第 2 次印刷
规　　格	开本/920×1250 毫米　1/32
	印张 6¾　插页 2　字数 150 千字
印　　数	3001－4000 册
国际书号	ISBN 978-7-101-14788-9
定　　价	35.00 元

目 录

诗人王绩的两种文集及其佚诗

前几天微信转发了田晓菲教授的大作《误置：一位中古诗人别集的三个清抄本》，可惜仅有《引言》和《结语》两部分，目录显示正文含《王绩与其文集的两位编者》《陆淳的真正编选标准探赜》《压制庾信》三节，全文刊于南京大学《古典文献研究》十五辑。该刊该期我是有的，混在一大堆书刊中，难以找到。好在大体意思已经明白，找来阅读反而有着意商榷之嫌。微信转发后，葛晓音教授评论："王绩和庾信在诗歌风格和写作手法上的传承关系，我早在90年代的《山水田园诗派研究》中就已经论述过。"此书我也有，也不再翻读了，原因一样。我要表达的是另一些看法，与两位杰出女学者之所见，取径有别，所见合处并非有意抄袭，不同处也非立意反驳。不合规范，读者谅之。

一、王绩两种文集的不同命运

明清两代流通的是据说经过唐陆淳删节后的三卷本王绩文集，存诗仅五十多首。清代仅以抄本存留的五卷本《王无功文集》，经过韩理洲先生校订，1987年方由上海古籍出版社出版，引起唐诗学者的极大关注。两个文本比较，诗文皆有所增益。就文的部分说，仅增加《元正赋》一篇和赞六篇，其中《元正赋》在稍早刊布的敦煌文本中也有。赞六篇，加上三卷本所存之十多篇历代异人高士的赞文，我比较倾向于就是王绩编纂而久已不存的《会心高士传》赞文。

就此而言，两种别集中文的部分，陆淳删刈不多，可以确认。诗的部分，五卷本存一百一十多首，三卷本仅存五十多首，删刈过半，其间原因，值得商讨，容下文再说。

三卷本虽是明清两代通行的王绩文集，但在宋代，通行的是五卷本而非三卷本，且三卷本可能出自后人之分拆。

一是见于唐末至宋元著录者，如《日本国见在书目》《旧唐书·经籍志》《新唐书·艺文志》《郡斋读书志》《通志·艺文略》《直斋书录解题》《文献通考·经籍考》《宋史·艺文志》所载，皆为五卷本。其中《新唐书》沿袭《旧唐书》，《通志》沿袭《新唐书》，《文献通考》沿袭晁陈二目，未必亲见，但至少《日本目》和《郡斋》《直斋》二目为实藏目，可以看到五卷本流通的情况。二卷本仅见《崇文总目》载《东皋子集》二卷，《宋史·艺文志》载陆淳《东皋子集略》二卷，提到的较少。今存陆淳《删东皋子后序》没有提到卷数，很可能三卷本更经后人拆分。

二是宋人大量引到三卷本以外的王绩诗，也可见五卷本的通行。全引者如：《古今岁时杂咏》卷三三引《九月九日》一首："九日重阳节，三秋季月残。菊花催晚气，萸房避早寒。霜浓鹰击远，雾重雁飞难。谁忆龙山外，萧条边兴阑。"但收于崔善为诗后，缺署名，《全唐诗》卷八八二据以补为崔诗，误。《春旦直疏》："春夜犹自长，高窗来月明。耿耿不能寐，振衣步前楹。怀抱暂无扰，自觉形神清。遐想太古事，俯察今世情。淳薄何不同，运数之所成。叹息万重隔，已闻晨鸡鸣。回首东南隅，□□□□□。谁知忘机者，寂泊存其精。"《分门纂类唐歌诗一·天地山川类》收录，《全唐诗补逸》卷一补出。《阶前石竹》："上天布甘雨，万里咸均平。自顾微且贱，亦得蒙滋荣。萋萋结绿枝，晔晔垂朱英。常恐零露降，不得全其生。

叹息聊自思，此生岂我情。昔我未生时，谁者令我萌。弃置勿重陈，委化何所营。"见《分门纂类唐歌诗》卷九二，《全唐诗》卷八八二据补。另《唐文粹》卷一六下收《初春》一首，《唐诗纪事》卷四题作《春日》，《全唐诗》卷三七据后书收录。《阶前石竹》，《全芳备祖前集》卷二七仅引英、生、情、萌、营五韵，《全唐诗》卷三七据录时拟题《石竹咏》。至于引到三卷本无而五卷本有之诸诗残句者，则有《韵语阳秋》卷一一录《被征（《韵语阳秋》作召）谢病》巾、春、贫三韵；同书同卷引《独坐》初、虚二韵，又引《咏怀》同、空二韵；同书卷一七引《围棋长篇》全、边二韵。《野客丛书》卷一九引《春晚园林》琴一韵，同书卷二〇引《端坐咏思》诗"咄嗟建城市"一句。《文献通考·经籍考》卷五八引《周氏涉笔》引《山园》经一韵。《杜诗赵次公先后解丁帙》卷四《送李功曹之荆州》注引《自答》"人间何劳隔，生涯故可知"二句，同书《戊帙》卷一〇《送高司直》注引《病后醮它》"公干苦沉绵，屈山畏不延"二句，同书《戊帙》卷六《秋日夔府咏怀百韵》注引《久客齐府病归言志》"沉绵赴漳浦"句。宋本《记纂渊海》卷六九引《被举应征别乡中故人》"自惟蓬艾影，叨名兰桂芳"二句，"芳"字出韵，为"芬"字之误。以上诸佚诗，《全唐诗》仅采及其中很少一部分，大多失辑。因为五卷本之刊布，其可信度自不容置疑。这些实例也证明，五卷本为宋代通行的王绩本，仅仅因为偶然的原因，五卷本进入明清两代，仅为个别藏书家所存，靠少数藏家的传抄，不绝如缕地得以幸存。这里，一切仅是偶然，很难用刊本或抄本理论来诠释。

二、吕才与陆淳编删王绩集的不同理路

吕才《王无功文集叙》云王绩"与李播、陈永、吕才为莫逆交"，

李播为方士李淳风父，陈永不详，吕才则《旧唐书》卷七九有传，称其"善阴阳方伎之书"，并录其叙《宅经》《禄命》《葬书》三篇，及作乐制礼诸事，此必绩亦所擅长者。叙云："君所著诗赋杂文二十馀卷，多并散逸，鸠访未毕，且编成五卷。"是编集时有各体诗文二十多卷，所谓"多并散逸，鸠访未毕"，可能是实写，但也可能曾有所删削。叙中述及王绩事迹较详，值得玩味的是以下几节。一是王绩年十五游长安，谒越公杨素，杨素始倨而后恭，"与谈文章，遂及时务。"即王绩少即通当世之务，杨素与他谈及早年其兄王通上文帝十二策事，认为"虽天下不施行，诚是国家长算"。二是述及隋末动乱之时，王绩因与夏王窦建德下中书侍郎凌敬有旧，遂"依之数月"。敬"知君妙于历象，访以当时休咎"，绩"以星道推之，关中福地也"为答，似乎已经预见唐兴而夏败。凌敬，事迹附见《旧唐书》卷五四《窦建德传》，建德称帝，敬初为国子祭酒，后晋中书侍郎，为窦的主要谋士。当此天下大乱之时，王绩到河北四战之地看望旧友，似乎不能仅看作笃于友情。以他之早岁留心当世之务，当四海崩坏之时，奔走道途，目的不言自明。其兄王通即好谈王霸之术，另兄王度《古镜记》则借古镜言君臣遇合，引王绩语云"人生百年，忽同过隙，得情则乐，失志则悲，安遂其欲，圣人之义也"，即有乘间一展所怀之愿。再有其家族后人王福畤、王勃父子之行为，亦复如此，王绩乱时奔走四方，显然在寻求机遇。终于无成，自不妨继续行他的高蹈之志。虽无确证，可以揣测，在吕才编录王集时，应该已经在贞观末年，天下归于一统已成定局，王绩早年若有颂隋附夏之文字，大多已经删削殆尽。此吕才编辑王集之必有之义，以此尽友人后死之责，可以想见也。

陆淳的时代晚于王绩、吕才约一个半世纪，学术和文学环境都已经发生了很大的变化。他是中唐《春秋》学派的中坚人物，这一学派最重要的主张，是在安史乱后的特定环境中，重新发现《春秋》一书的现实意义，开宋学尊王攘夷的先声。此点在删略王绩诗时并无明白的反映。日人著《天台霞标四编》卷一存陆淳《送最澄阇梨还日本诗》："海东国主尊台教，遣僧来听《妙法华》。归来香风满衣裓，讲堂日出映朝霞。"或疑伪托，对了解其文学趣尚没有价值。他之所虑，还以《删东皋子后序》所述为要。其说云："庄叟之后，绵历千祀，几于是道者，余得之王君焉。心与物冥，德不外荡，随变而适，即分而安，忘所居而迹不害教，遗其累而道不绝俗。故有陶公之去职，言不怨时；有阮氏之放情，行不忤物。"即认为王绩是庄子以后千年，真能体会随变而适、随分而安的人物，览其集而想见其人，而以"等是非，遗物我"为极致。他为形塑王绩之此一出世形象，对吕才《王无功文集叙》作了大幅度之删削。前面引到的早谒杨素部分，全部删去，王绩游河北一节，仅存"隋季版荡，客游河北，去还龙门"几句，对吕才津津乐道的方术预见之言，入世不遇之迹，也大多删去。无他，服从于前述旨趣而已。至于删诗中对袭庾信诗风而文辞华丽骈偶部分之删削，可见中唐诗家风习之变化，毕竟那时庾信早已被时代超越了。

三、陆淳所删王绩佚诗所见他的多面人生

严格来说，陆淳《东皋子集略》二卷是一部王绩个人诗的选本，似乎在唐宋时期影响并不太大，但幸运地保存下来，且因五卷本王绩集在明清两代之不为世知，在很长时期内，多数学者认为王绩的诗就是他选出的这些。所幸五卷本也已为我们所知，得以了解王绩诗文写作的完整面貌——尽管这个面貌也是吕才遴择后的文本。当

然，这里谈王绩的佚诗，其实是要谈陆淳没有选取的是哪些作品，这些作品为什么为陆淳删弃，比一般地谈选集的选取标准来说，有更大的难度。我手边正在做的王绩诗，逐首下已经标识了各自在两种文集中之有无和文本差异，区分开来读并不困难，读后更感到茫然。

首先应该说，吕才所传王绩生平，隐瞒了一些重大事实。佚诗中有《洛水南看汉王马射》："君王马态骄，蹀躞过河桥。雨息铜街静，尘飞金埒遥。铁丝缠箭脚，玉片抱弓腰。日□矧百中，唯看杨柳条。"这位汉王应即隋炀帝之弟汉王谅，王绩早年曾入汉王幕府。他的《在边三首》，更写他曾"昔岁衔王命，今秋独未旋"，生活很艰苦："穹庐还作室，短褐更为衣。"但守节不移："犹擎苏武节，尚抱李陵弓。"汉王曾长期驻守并州，且与北边突厥有密切交往，此应为王绩早年经历。又《久客齐府病归言志》："君王邸茅宽，修竹正檀栾。构山临下杜，穿渠入上兰。天人多晏喜，宾寀盛鹓鸾。王鸟镇花簟，金环□果盘。斗鸡新市望，走马章台看。别有恩光重，恒嗟报答难。沉绵赴漳浦，羁旅别长安。玄渚芦花白，黄山梨叶丹。故人傥相念，应知归路寒。"这里的齐府，应是指武德间齐王李元吉府，是王绩曾在齐王府长期为客。吕才《王无功文集叙》云王绩"贞观初，以疾罢归"，以往认为是指待诏门下省事，结合此诗，应该是在玄武门事变齐王被杀后，遭遣散离开长安。这些诗均含较多的入世情节，陆淳将其删除，可以理解。

就一般情况看，陆淳确实删除了一些文辞繁缛之作，保存了多数简朴明快的作品，诸如《野望》一类清疏之作，《在京思故园见乡人遂以为问》之类有情趣之作，《独坐》《未婚山中叙志》之类谈家事之作，《食后》《采药》之类服食之作，《赠程处士》《醉后口号》之类愤世耽酒之作。其中五言四句的短诗保存尤多，但也保存了《赠梁公》《赠李征士大寿》《晚年叙志示翟处士正师》等长篇作品。就组诗言，全取《古意六首》，但不取内容相近、文辞更显简朴的《山家夏日九首》。《题酒店楼壁绝句八首》，陆氏所选五首为："洛阳无大宅，长安乏主人。黄金销欲尽，只为酒家贫。""竹叶连糟翠，蒲桃带麹红。相逢不令尽，别后为谁空。""对酒但知饮，逢人莫强牵。倚垆便得睡，横瓮足堪眠。""此日长昏饮，非关养性灵。眼看人尽醉，何忍独为醒。""有客须教饮，无钱可别酤。来时长道贳，惭愧酒家胡。"不选的三首是："欲识幽人伴，非是俗情量。有业开屠肆，无名坐饼行。""或问游人道，那能独步忧。饮时含救药，醉罢不能愁。""仲任书卷尽，君平卜数充。相逢何以慰，细酌对春风。"八首总体风格是一致的，去取之间很难看出明显的标准。

前文说到陆淳特别赞赏王绩从儒入道，接承阮籍、陶潜放情出世之精神，就录诗遴选来说，既可以看到这样的立场，但也不难发现相反的例证。最得陶诗风神者如《春晚园林》："不道嫌朝隐，无情受陆沉。忽逢今旦乐，还逐少时心。卷书藏箧笥，移榻就园林。老妻能劝酒，少子解弹琴。落花随处下，春鸟自须吟。兀然成一醉，谁知怀抱深。"得阮籍《咏怀》风神者如《独坐》："托身千载下，聊思万物初。欲令无作有，翻觉实成虚。周文方定策，秦帝即焚书。寄语无为者，知君晤有馀。"《山夜》："仲尼初返鲁，藏史欲辞周。脱落四方事，栖遑万里游。影来徒自责，心尽更何求。礼乐存三代，烟霞主一丘。长歌明月在，独坐白云浮。物情劳倚伏，生涯任去留。百年一如此，世事方悠悠。"很可惜，陆淳都弃而不取。再如《赠薛学士方士》（今人或认为"方士"二字为衍文）说"昔岁寻周孔，今春访老庄"，说明他从儒到老庄的转变，"物情争逐鹿，人事各亡羊"

二句，更显示从世乱逐鹿到歧路亡羊经历中的人生感悟，可以说是王绩从入世到出世的转折之作。可惜，也不入陆淳法眼。

如果说从中唐诗学氛围来看，近体诗特别是七律已经成为主流作品，王绩集中仅有的两首七言近体却没有选取。一首是《解六合丞还》："我家沧海白云边，还将别业对林泉。不用功名喧一世，直取烟霞送百年。彭泽有田惟种黍，步兵从宦岂论钱。但愿朝朝长得醉，何辞夜夜瓮间眠。"虽然粘对很不合辙，但颈联以彭泽与步兵为对，恰符合陆淳赞王绩继承阮、陶精神之主旨，诗意也很出世。另一首是《过程处士饮率尔成咏》："莫道山中泉石好，莫畏人间行路难。蜀郡垆家何必闹，宜城酒店旧来宽。杯至定知悬怪晚，饮尽只应速唱看。但使百年相续醉，何愁万里客衣单。"仍不合律，"杯至"对"饮尽"更属不妥，然"但使百年相续醉，何愁万里客衣单"，见其得陶公真传。在七律发展史上，这两首真可仔细讨论，难道陆淳就因声律不合而不存二诗吗？

因此，我觉得吕才与陆淳在相隔一个半世纪间，两次编录王绩的诗作，对王绩之为人与诗歌成就，有不同的取舍，从不同立场形塑王绩的人格精神，保存了诗人的两种文本，给我们提供了从不同立场、角度考量评价的机会。他们希望突出他们认可的理想人格，但又无法抹去诗人曾经的多面人生；他们就所处文学氛围存留诗人最优秀的作品，但又不可避免地显得顾此失彼，难以坚持始终。其实王绩是如此，阮籍、陶潜又何尝不是如此呢。当阮籍为躲避司马氏而轰醉两月，陶潜在桓玄、刘裕幕府中参与机密，他们的人生态度与时人并没有什么不同，可贵的是他们能够走出来，将自己的感悟和体会传达给世人，方能成就他们的伟大。王绩也是如此。

三卷本不尽为陆淳原本，陆续有人将伪诗补入，如《北山》为王绩《游北山赋》中数句,《过汉故城》为吴少微诗,《益州城西张超亭观妓》《辛司法宅观妓》为卢照邻诗,《咏巫山》为沈佺期诗,读者应有所了解。近人所补《绩溪岭》一诗,我赞同已故陶敏教授之所见,为明景泰五年(1454)进士、直隶华亭人王绩所作,与唐初王绩无关。在此仅作提示,不一一说明了。

(刊《文史知识》2017 年 12 期)

附言:本文发表后,《文献》杂志嘱我外审过一篇文章,认为明清所传三卷本《东皋子集》并非陆淳所删本,而是明人据唐宋典籍所存王绩诗编录而成,举证详赡,足可定说,谨附述于此。

贺知章的醉与醒

　　杜甫《饮中八仙歌》，述开元间八位善饮者，以贺知章领衔："知章骑马似乘船，眼花落井水底眠。"他在酒党中领袖群伦的地位，由斯可想。杜甫所说是否写实，当然应有贺公本人的诗来证明。可惜他存世诗不多，也没有合适的内容。恰巧近人柯昌泗著《语石异同评》卷四中，保留了贺的一首醉后的作品，形神兼备地写出他醉后的感觉。诗题作《醉后逢汾州人寄马使君题抱腹寺□》，诗云："昔年与亲友，俱登抱腹山。数重攀云梯，□颠□□□。一别廿馀载，此情思弥潆（自注：将与故人苏三同上梯，寺僧以两匹布□□□□□□□□□□□然后得上狂喜。更不烦人力直上，至今不忘。忽逢彼州信，附此一首，以达马使君，请送至寺，题壁上，幸也）。不言生涯老，蹉跎路所艰。八十馀数年，发丝心尚殷（自注：附此一癫，此二州正俯狂痛）。"诗刻抱腹寺碑右侧，题下署："四明狂客贺季真，正癫发时作。"末署："庚辰岁首十二日，故人太子宾客贺知章敬呈。"庚辰为开元二十八年（740），是年贺知章已经八十二岁。《语石异同评》作者柯昌泗，为近代著名史家柯劭忞之子，中年后沦落，晚年留此书稿，对叶昌炽讲历代石刻体例的名著《语石》加以笺说，补充大量平生所见石刻的特例。抱腹寺在山西介休绵山，为晋中名刹。近代有唐杨仲昌《有唐汾州抱腹寺碑》的发现，见《山右石刻丛编》卷六。碑称此寺"川奠彼汾，地雄全晋"，"云霞半卷，楼阁□势"。北魏时初建，隋开皇中增修。前引诗刻之第一段题署，为贺知章自署，自称"四明狂客"，在此有确凿记录。诗题称"醉后"，题署称"正癫发时"，意思有别，事情实一，即处于饮酒过度后的迷狂状态。酒虽喝多了，脑子还是清楚的。先回忆二十多年前与亲友造访抱腹寺的情景。抱腹寺居于绵山险要处。前引碑云："□则霍丘壶岭，□长于其前；北则溽□昭祁，涵光乎其后。下则□梯铁锁，升降无私。"虽有缺文，意思还清楚，即前倚霍丘，北邻溽沱，上下寺庙需要倚靠云梯铁锁。贺知章回忆至此，特别加长注，说明当时同行故人为苏三，将上云梯，似乎是寺僧用两匹布垂下，以助他们升寺。这一年贺知章怎么也有六十左右，历此险境，居然顺利登寺，印象深刻，难以忘怀。偶然得汾州来信，虽然内容没说，很可能是寺僧叙往事而求书迹者，立即作此，恰好有人去汾州，就写下交汾州刺史马使君转交。最后几句，是说自己已经很老了，当年道途之艰难尚历历在日，虽年过八十，白发苍苍，但回首往事，心中仍然有强烈的情怀。诗大体还算妥当，但自注中一冉说癫说狂痫，大约确实是酒后所作，一方面解释自己醉后思绪不太清晰，另一方面可能也借此为自己年老手颤写不好字，作些解释。就贺知章存世作品来说，这大约是最后的写作了。最后一节署名，是庄重的格式，自称"故人"，与马使君也是旧识。

今人知道贺知章，多因他对李白的激赏和金龟换酒的传奇故事，且因他活到天宝初，也将他列为盛唐诗人。其实贺知章的年纪比陈子昂还大两三岁，他的文学活动可能开始于高宗末年，可惜因为他存世作品可编年者不多，他的早期文学活动已经很难探究。他的作品今人传诵最多的，一是《回乡偶书二首》之二："幼小离家老大回，乡音难改鬓毛衰。家童相见不相识，却问客从何处来？"明白如话，将近乡情怯缓缓道来，以细节交待离乡日久的亲情。此诗应该是中年返乡而作，不是暮年弃官为道时作。另一首则是《柳枝词》："碧玉妆成一树高，万条垂下绿丝绦。不知细叶谁裁出，二月春风是剪刀。"我这里用宋刊《才调集》卷九所录，与通行本稍有不同。虽然是乐府小词，但观察之细致，描摹之真切，特别是结语的新警，确属难得的好诗。

但在唐代，贺知章诗流行最广的是另外两首诗。一首是《回乡偶书二首》之一："离别家乡岁月多，近来人事半消磨。唯有门前镜湖水，春风不改旧时波。"前二句感喟离家岁久，人事消磨，时光流逝，事业无成，语意蕴藉深沉。后二句写居室前的镜湖依旧春风涟漪，与辞家远宦时毫无二致，反衬时光如过隙白驹，自己也渐臻老境，寄意遥深，感慨无限。此诗后二句包含自然永恒、人生短促的大道理，在禅僧语录中多次被引及。如《祖堂集》卷一〇载，唐末闽僧雪峰义存的法嗣化度师郁，在回答门人提问时，径答："唯有门前镜湖水，清风不改旧时波。"改了一个字，意思不变。后来大文豪苏轼撰《东坡志林》卷二，还曾叙述五代南汉时的一则故事：

> 虔州布衣赖仙芝言，连州有黄损仆射者，五代时人。仆射盖仕南汉官也，未老退归。一日，忽遁去，莫知其存亡，子孙画像事之。凡三十二年，复归坐胙阶上，呼家人，其子适不在，孙出见之，索笔书壁云："一别人间岁月多，归来人事已消磨。惟有门前鉴池水，春风不改旧时波。"投笔竟去，不可留。子归问其状貌，孙云："甚似影堂老人也。"连人相传如此，其后颇有禄仕者。

此为苏轼贬居南方听到的故事。黄损，事迹见《五代史补》卷二、《诗话总龟》卷一〇引《雅言杂载》，明人《广州人物传》卷四所载较详。

他于唐末生于连州，后梁龙德间登进士第，归后仕南汉，官至左仆射。所谓退归后三十二年忽然回家，为传闻故事，时已入宋。苏轼说"连人相传如此"，似乎他本人也不相信。《全唐诗》卷七三四因此将此诗另收黄损名下，显属误录。

贺知章另一首在当时流传颇广的诗是《偶游主人园》："主人不相识，偶坐为林泉。莫谩愁酤酒，囊中自有钱。"此据《国秀集》卷上录文，该集收诗讫止于贺知章南归那年，属当时人选当时诗。《文苑英华》卷三一八、《全唐诗》卷一一二题作《题袁氏别业》，大约别有所据。更特别的是，唐末至五代前期长沙窑遗址所见瓷器题诗中，就有这首诗，仅"泉"误"全"，"囊"作"怀"，属窑工书写之歧。贺知章诗在唐末宋初传闻普及如此，足见流布之广，影响之大。

贺知章诗虽不多，但他才分之高，写作修改之勤，实在很难得。我这里举两个具体的例子。《唐文粹》卷一五下收他的《晓发》，仅四句："故乡杳无际，江皋闻曙钟。始见沙上鸟，犹埋云外峰。"诗写拂晓出发，兰舟将行之际的感受。故乡是那么的遥远，远到根本非自己目力所能及。现在总算可以成行了，再远也总是可以抵达的。他只写眼前之景，江边远远传来寺院的晨钟。船开了，江边的沙岸上可以见到群鸟栖泊，安静如斯，瞩目远望，依然云遮雾绕，山峰隐约。第一句写思乡之情，后三句只写眼前之景，似乎完全不涉及此行的目标和怀乡的情愫。但如若细心体会，则每一句，每幅画，都包含着无法排遣的乡情，给人无穷的回味。

《文苑英华》卷二九一则收了他的另一首《晓发》："江皋闻曙钟，轻栧理还舠。海潮夜约约，川露晨溶溶。如见沙上鸟，犹霾云外峰。故乡眇无际，明发怀朋从。"《分门纂类唐歌诗·天地山川类》所收文本作："江皋闻曙钟，轻曳履还舠。海潮夜漠漠，川雾晨溶溶。始见沙上钓，犹埋云外峰。故乡眇无际，明发怀朋从。"后者可以校正前者的一些误文，但就流传文本来说，确有很大的不同。但若我们仔细地阅读，不难发现前录五言绝句那首四句，分别见于此首第七句、第一句、第五句、第六句，各句基本相同，但体裁不同，位置不同，因而造成诗意不同，叙事次第不同，是同一主题、同一语境，却有两首诗呈现在我们面前。一般读者总希望问，哪首是原作，哪首是传误呢？或者说，两首诗的文本同异是流传造成的吗？我的答案是，两首诗应该都出自贺知章本人的手笔，虽然今天我们看到的文本可能有传误的痕迹，但就两首诗的主体来说，必然出自作者本人的再创作。且读第二首，作者说江边传来寺院的晨钟，舟子整理舟航，即将远行；黎明之际，既感到长夜将尽，海潮漠漠，也看到江雾迷蒙，晨意溶溶；船行后，看到江岸之垂钓者，更看到云外遥峰；故乡是如此的遥远，此去经年，远行后，我可能更要思念现在分别的朋友。显然，部分诗意是近似的，但在五言八句中，将将行未行之际的具体过程和情感变化，如长卷般地写出。这首诗近似五律，但黏对还不完全讲究，也可能是他早期所作，即在中宗朝沈、宋完成律诗定调以前。将这两首诗摆在一起阅读，我们可以更强烈地感到"绝句即截句"的道理，八句写出早发的过程和复杂感受，四句则调换句序，强烈地表达兰舟催发之际一瞬间的强烈感受。虽然部分句子相同，但我坚信这应作为两首诗来对待。《全唐诗》卷一一二将绝句作为八句诗作的异本，不尽妥当，《分门纂类唐歌诗·天地山川类》将二诗并收，是正确的。

　　类似例子还有。前引那首《偶游主人园》："主人不相识，偶坐为林泉。莫漫愁酤酒，囊中自有钱。"写自己随兴闲游的感受。看到林泉佳景，虽然不知主人为谁，但何妨径自观赏，暂坐留连。随兴酤酒，邀朋同饮，当然更好，反正口袋里有钱，一切随兴，不必顾虑。一切都是如此随意，一切都没有任何矫饰。四句，所有意思都够了。今人喜说唐人诗意地栖息，我想就是这首诗要表达的感受。很偶然的机缘，此诗我们发现了另一个文本。南宋岳珂《宝真斋法书赞》卷八录有唐人草书《青峰诗》帖："野人不相识，偶坐为林泉。莫漫愁沽酒，囊中自有钱。回瞻林下路，已在翠微间。时见云林外，青峰一点圆。"末题云："近见崔法曹书此诗，爱之，不觉下笔也。"书者不知为谁，从末题看，决非作者。大历、贞元间与戴叔伦、陆羽、权德舆等来往密切的崔法曹即崔载华，若即此人，则书者亦得为中唐前期人。诗帖诗意完整，很可能即为贺知章原诗，或者说是《偶游主人园》的另一个传本。野人或主人指谓不同，就前四句来说，意思是一样的。但后面加上四句，意思就不同了：在此林泉盘桓许久，不觉暮色将至，回望林下来时路，暮色苍茫，郁郁苍苍；再远望，云海林莽之外，青峰绰约，遥山可见。加上后面四句，诗意就从率兴地留连林泉酒趣，引出归路遥山的挂念。后面几句虽然写得很美，但就全诗来说，显然有些累赘。虽然现在没有证据确定《青峰诗》帖的文本确出贺知章手笔，但我们至少可以知道二诗文本的内在联系。如果确是贺知章本人所改，更加印证了前段的结论。

《本事诗·高逸》载："李太白初自蜀至京师，舍于逆旅。贺监知章闻其名，首访之。既奇其姿，复请所为文，出《蜀道难》以示之。读未竟，称叹者数四，号为谪仙，解金龟换酒，与倾尽醉。期不间日，由是称誉光赫。"这是一则有趣的佳话。贺知章比李白年长四十多岁，官位名气都大得多，仅因赏其才，即夸李白为谪仙，又将随身的金龟取下来宴请李白。金龟是什么？我比较倾向是象征官位勋赏的佩物，与紫金鱼袋一类近似，不是一般可有可无的饰物。

那么问题就来了，金龟可以换酒吗？至少似乎不太严肃。我认为很可能只是将金龟作为没有付酒资的抵押物，待有钱后再来赎还。若然，我猜想贺知章虽然官大，但任情挥霍，率性而为，有时"囊中自有钱"，不在乎，有时似乎也会窘迫些，于是只能另想他法了。

近百年出土唐代墓志逾万方，墓志撰文者逾两千人，写墓志者最多是谁呢？出乎所有人意外的，不是许敬宗，也不是韩愈，而是贺知章。就我所见，已经超过十四方，估计陆续还会有新品发现。唐人称墓志为谀墓文，盖其文体限定，只能为死者唱颂歌。且贺知章生活的时代还处在骈散过渡阶段，所有墓志皆形式庄重，文辞华丽，不是轻易可成者。就贺撰墓志来看，个别是他朋友，多数为应酬而作，也不知是他面皮薄，不便推脱，还是囊中羞涩，需要补贴酒资。

不过有一点可以肯定，贺知章之狂放任性，迷恋曲池，是真性情，而且绝不借口说要借酒浇愁。在唐宋两代文献中，绝无他保存诗文的记录，他的作品直到1911年前也没有结集的记录，这是真洒脱。李白世称谪仙，纵放一生，到临终拿出存稿交给族叔李阳冰，就露出了俗人的情怀。贺知章似乎始终不存稿，他的诗文保存不多。我们敬重他的真性情，也可惜他的好诗保存太少了。

（刊《文史知识》2017 年 5 期）

元结与《箧中集》作者之佚诗

元结是盛唐主张诗文复古的重要作者,他编选与自己见解相近的诗人诗作为《箧中集》,形成一个特殊的文学流派。这一派的存世作品相对来说比较稳定,但前人与本人有一些新的发现,特别是与此有关的两组诗歌作者归属的认定,仍有特别介绍的必要。

一

日本学者市河世宁约当中国乾隆后期,据日存古籍,辑录彼邦所存唐人佚诗,为《全唐诗逸》三卷。卷下录有无名氏的以《海阳泉》为首的一组诗,题解云:"以下十三首,得之藤原佐理真迹中。佐理仕天历、安和朝,时与五代宋初相接。且味其声调,流畅通快,必是唐中叶人所作。"藤原佐理(944—998),日本平安中期书法家,是太政大臣藤原实赖之孙,左近卫少将藤原敦敏之子,本人也官至正三位的太宰大贰。尤善行草,与小野道风、藤原行成齐名。1955年12月,日本学者太田晶二郎在《历史地理》八十六卷二号上,发表《海阳泉帖考》(王汉民、陶敏翻译文,见《吴中学刊》1994年4期)一文,根据此组诗与元结诗文大量趋同之例,帖中更有一篇元结文《浯泉铭》,复引刘禹锡《刘梦得外集》卷八《海阳十咏引》,有"元次山始作海阳湖"云云,又同人《吏隐亭述》"海阳之铭,自元先生。先生元结,有铭其碣。元维假符,余维左迁。其间相距,五十馀年。对境怀人,其犹比肩"之记载,考此组诗为元结作,应该说基本可以作结论。太田晶二郎论文发表时，中日学术界几无来往。虽然翻译成了中文，但知者甚少。比如海峡两岸研究元结最有成就的两位前辈，南京师范大学孙望教授和台湾大学杨承祖教授，似乎都没有了解元结还有这一组诗存在。

以下据太田晶二郎论文原文引《三国笔海全书》卷一五《佐理书录·海阳泉帖》，将此十三首诗全录如下（与《全唐诗逸》不同处，不一一标出）。

> 人谁无耽爱，各亦有所偏。于吾喜尚中，不厌千万泉。诚知湟水曲，远在南海壖。自从得海阳，便欲终老焉。怪石状五岳，旋回枕深渊。激繁似涌云，静同冰镜悬。吾欲以海阳，夸于河洛间。使彼云林客，来游皆忘还。（《海阳泉》）

> 为爱水石奇，不厌湖畔行。每登曲石㟞，则有远兴生。危敧(此字臆补)差半湖，宛若龙象形。又如琅琊台，□盘枕沧溟。醉人入岛来，将醉强为醒。扣船复摇棹，学歌渔父声。呼我上酒船，更深江海情。（《曲石㟞》）

> 泛湖劳水戏，饮漱厌清澜。来登望远亭，心目又不闲。孤峰入座□，高岭横前轩。更复欢长风，萧寥窗户间。外物能扰人，吾将息其端。归来湖中馆，闭户聊自安。（《望远亭》）

> 水石引我去，南湖复东壑。不厌随竹阴，来登石上阁。磴道通石门，敧崖断如凿。飞梁架峰头，夭矫虹霓若。下视竹木杪，仰见悬泉落。水声兼松吹，音响参众乐。时时为雾雨，飘洒湿帘箔。吾欲弃簪缨，于兹守寂寞。（《石上阁》）

石上构层阁,便以石为柱。千载快栋梁,岂有倾危惧。苔壁绝人踪,虹桥横鸟路。攀涉惬所怀,幽奇未常遇。迥然半空里,物象竞相助。云外见孤峰,林端悬瀑布。引望无不通,兹焉倍多趣。徒□欲忘归,衣裳湿烟雾。(《石上阁》)

吾涨海阳泉,以为海阳湖。千峰在水中,状类皆自殊。有如三神山,苍苍海上孤。又似渊岛中,忽然见龙鱼。引船过石间,随兴得所如。每有惬心处,沉吟复踌躇。吾恐天地间,怪异如此无。(《海阳湖》)

闲游爱湖广,湖广丛怪石。回合万里势,□□□□□。绿动若无底,波澄涵云碧。镜水复何如,昆池吾不易。兹境多所尚,亲邻道与释。外望虽异门,中间不相隔。开凿尽天然,智者留奇迹。我愿长此游,谁言一朝夕。(《海阳湖》)

海阳泉上山,巉巉尽殊状。忽然有平石,盘薄千峰上。寒泉匝石流,悬注几千丈。有时厌泉湖,爱临一长望。意出天地间,因为逸民唱。(《盘石》)

下山复上山,山势凌云空。有石圆且平,疑是□□功。清浅绕细泉,阴森倚长松。幕幕(疑当作幂幂)生青苔,亭亭对远峰。朝来暮未归,爱□□□□。(《盘石》)

海阳湖下溪,夹峰多异石。数步□□□,溶溶似云白。竹阴入□里,更觉溪已碧。吾欲漱斯流,长为避时客。(《湖下溪》)

湖水下为溪，溪小趣更幽。窈窕林中回，清泠石上流。掩映成碧潭，游戏见白鸥。岸傍古树根，往往疑潜虬。野情随所适，世事何沉浮。（《湖下溪》）

顺山高几许，亭亭似人蹲。左右自回抱，抱中有清源。异石匝阶墀，巉巉快四轩。凭几见城邑，一峰当石门。自从得兹洞，爱之忘朝昏。吾欲老于此，便为海阳人。谁为高世者，与我能修邻。（《夕阳洞》，下引《漫泉铭》，略）

沿流二十里，始到海门山。仰视见两崖，有如万盖悬。逐上几千仞，犹未穷绝颠。上有外士家，半岩得湖泉。湖□昏旦来，意其通海焉。忽此见灵怪，踟蹰不能旋。开襟当海风，目送归海船。恨不到罗浮，丹溪寻列仙。遗恨常（下缺）。（《游海门峡》）

上述诸诗出于元结之手，应该可以确认。各诗更进一步的释读，仍有待专门家的努力。我这里仅拟根据前述孙、杨两位先生对元结生平的梳理，稍谈诸诗的写作过程及对元结研究之价值。

元结于天宝十三载（754）进士登第，进入仕途，在安史初乱之际或隐或仕，行踪多变。在进入荆南幕府后，地位渐升，到广德元年（763）初授道州刺史，次年五月抵任。道州为西原蛮所扰，残破实甚，乃奏请免租庸税征，并作《春陵行》《贼退示官吏》述感，为杜甫所激赞。至永泰元年（765）去任，次年再授道州。大历三年（768），授容管经略使，已属方镇大员。但在职仅一年，即因母亡而守忧去职。到大历七年（772）祥除，却在赴京途中病故，年仅五十四岁。虽然他的最后十年，基本是在今湖南、广西一带度过，而海阳湖如刘禹锡所说，唐时在连州境内，而元结的存世诗文中，也没有作于连州的痕迹，对此应如何解释呢？

元结到道州任后，就有意在湖南寻找居所。道州首度任满，他是借居于衡阳。大约永泰二年（766）即买地永州浯溪，有《浯溪铭》为证。此后几年，他在浯溪留下的作品数量很多。去职丁忧后的几年，也主要在浯溪居住。卜宅连州海阳湖，估计是他在道州任上选择居地的一种考虑。连州北与道州相邻，山水一部分与道州江华县是相通的，其间或曾南下往访。是不是丁忧期间南下置业呢？也不能完全排除。从诗中所述看，他说："自从得海阳，便欲终老焉。"是欲作养老之地。又说："吾欲弃簪缨，于兹守寂寞。"是说当时还有官在身，但有弃官的愿望。又说："吾欲漱斯流，长为避时客。"主要还是感到世事纷扰，可以岭南为避世之地。"吾欲老于此，便为海阳人。谁为高世者，与我能修邻。"愿意终老于此，但更希望有几个兴味相同者，卜邻而居。但又说："吾欲以海阳，兮十河洛间。便俾云林客，来游皆忘还。"似乎一时还不立即退官，有此佳地更愿夸诩于中原友朋之间，也愿意邀请同好来共游。从"石上构层阁，便以石为柱"、"吾涨海阳泉，以为海阳湖"等句来看，他对这一带作了许多基本建设，不仅垒石为柱，构建层阁，还做过水利改造，壅泉为湖，这些都不是短期可以完成的。从《游海门峡》一诗来看，他还曾取道南下，寻觅出海口。虽然可以肯定他沿湖舟行二十多里，去海尚远，但显然曾考察周边的交通与环境。

元结是一位热爱山水、热爱自然的诗人，凡足迹所及，多有题咏，且喜欢用生僻而有特殊寓意的字眼命名湖泉。但在这组《海阳泉》诗中，似乎还没有这些迹象。是否因为建设还没有完成，还没有最后定名，真难以判断。五十多年后，当刘禹锡因贬官而到任连州刺史时，我们从他的诗文中，可以看到他对元结在连州这段经历的了解，但他所作《海阳十咏》，景点都是重新命名，没有沿袭元结的诗意。很可能刘禹锡也仅听到传闻，并没有见到元结的上述诸诗。

研究元结深有造诣的孙、杨两位先生，我都熟悉。1981年到南京探谒孙先生，1985年和1989年曾两次见面，都为《全唐诗》补遗诗，孙先生之严谨大度给我留下很深印象。杨先生初识于1990年，后来往渐多，尤其感佩他1966年发表《元结年谱辨正》，与孙先生商榷。杨先生文存不久前由华东师范大学出版社出版，我承命作序，惜书将刊之际，杨先生以九十高龄辞世。上述有关元结佚诗之介绍与分析，不能向两位大家请教，总感到有些遗憾。

二

元结在盛唐文学崇尚声律、风骨、兴象的氛围中，独倡复古，践行古道，虽属少数，仍有一群同道与追随者。他于乾元三年（760）检箧中所存沈千运、王季友、于逖、孟云卿、张彪、赵微明、元季川七人诗二十四首，为《箧中集》一卷。他认为这些人皆与世乖违，"正直而无禄位""忠信而久贫贱"，但就是不愿随时沉浮，反对"拘限声病，喜尚形似"的主流诗风，坚持与他一样的复古立场。《箧中集》作为存世唐人选唐诗之一，存留至今，为学者所重视。收入该集之作者，自成一流派，不妨可称为《箧中集》派或《箧中集》诗人，孙望先生早年作《箧中集作者事辑》（刊《金陵学报》八卷，1937年），即持此立场。

《箧中集》篇幅不大，结合孙望考证，不难发现其中仅沈千运为前辈，其馀大多为元结同辈或后辈诗人。诸人中王季友、孟云卿存诗较多，二人也分见《河岳英灵集》和《中兴间气集》，可见他们的成就也为他人所认可。有几位似乎生活圈子很狭窄，诗的留存也不多。如沈千运、于逖、赵微明、元季川四人，仅存《箧中集》诗。张彪一直似乎也是如此，但南宋赵孟奎编《分门纂类唐歌诗》卷九六存一首《敕移桔栽》：

> 南桔北为枳，古来岂虚言。徙植期不变，阴阳感君恩。枝条皆宛然，本土封其根。及时望栽种，万里绕花园。滋味岂圣心，实以忧黎元。暂劳致力重，永感贡献烦。是嗟草木类，禀异于乾坤。愿为王母桃，千岁奉至尊。

清编《全唐诗》编次最后，方发现该诗，编入该书卷八八二补遗。诗是古体，与《箧中集》诸诗风格一致，但内容则有感于皇帝下敕将南方的桔移种于北方。作者既要颂德皇恩，又要特别提出南桔移种北方而成枳的传说，体会圣意是忧心黎元，但又担心草木依循自然规律，徙植未必能够成功，但仍保持期待。就内容言，确实逊色于《箧中集》诸诗。

因为偶然原因，发现孟云卿的一组佚诗，这里愿意特别介绍这位一般唐诗选本很少提到的诗人。唐末诗人张为编《诗人主客图》，将唐一代诗人分为六大门派，各封帮主，以白居易为广大教化主，以孟云卿为高古奥逸主，以李益为清奇雅正主，以孟郊为清奇僻苦主，以鲍溶为博解宏拔主，以武元衡为瑰奇美丽主，与时人及后人看法均大相径庭，也不知他如何自圆其说。但就对孟云卿的评价来说，并非无据。高仲武《中兴间气集》就认为"当今古调，无出其（指孟云卿）右，一时之英也"，是复古派的代表诗人。今人谈复古派，一般以元结与孟郊为代表，因二人作品相对较多，但张为那时可以看到的作品应更丰富。同样复古，他看到孟云卿与孟郊之不同；

在孟云卿门下，他以韦应物为上入门，李贺、杜牧、李涉等为入门，曹邺、刘驾等为升堂。这都是张为所见之独特处，今人则认为前举诸人成就远在孟云卿之上。是非我们已很难讨论，就作为一家之见给以尊重吧。

新见孟云卿佚诗是《感怀八首》，全录如下：

秋气悲万物，惊风振长道。登高有所思，寒雨伤百草。平生有亲爱，零落不相保。五情今已伤，安得自能老。

晨登洛阳坂，目极天茫茫。群物归大化，六龙颓西荒。豺狼日已多，草木日已霜。饥年无遗粟，众马去空场。路傍谁家子，白首离故乡。含酸望松柏，仰面诉穹苍。去去勿复道，苦饥形貌伤。

徘徊不能寐，耿耿含酸辛。中夜登高楼，忆我旧星辰。四时互迁移，万物何时春。唯忆首阳路，永谢当时人。

长安嘉丽地，官月生蛾眉。阴气凝万里，坐看芳草衰。玉堂有玄鸟，亦以从此辞。伤哉志士叹，故国多迟迟。深宫岂无乐，扰扰复何为。朝见名与利，暮还生是非。姜牙佐周武，世业永巍巍。

举才天道亲，首阳谁采薇。去去荒泽远，落日当西归。羲和驻其轮，四海借馀晖。极目何萧索，惊风正离披。鸱鸮鸣高树，众鸟相因依。东方有一士，岁暮常苦饥。主人数相问，脉脉今何为。贫贱亦有乐，且愿掩柴扉。

太虚流素月，三五何明明。光曜侵白日，贤愚迷至精。
四时更变化，天道有亏盈。常恐今夜没，须臾还复生。

河梁暮相遇，草草不复言。汉家正离乱，王粲别荆蛮。
野泽何萧条，悲风振空山。举头誓星辰，念我何时还。

亲爱久别散，形神各离迁。未为生死诀，长在心目间。
有鸟东西来，哀鸣过我前。愿飞浮云外，饮啄见青天。

这组诗完整地保存于孟郊《孟东野诗集》卷二，但仔细阅读并通盘考虑文献，可以确定都是孟云卿所作而非孟郊作。证据之一是，其六"太虚流素月"一首，曾收入《中兴间气集》。该集编成时，孟云卿去世大约还不到十年，孟郊则刚到而立之年，诗坛还没什么名声，即此首不可能是孟郊诗传误为孟云卿名下。其二，张为以孟云卿为高古奥逸主，所举他的几篇代表作，有《感怀》"群物归大化，六龙颓西荒"二句，此二句见于上举八诗之二。《主客图》原书虽不传，《唐诗纪事》各卷摘引甚多，可以信任。其三，今存《孟东野文集》，是由北宋宋敏求编成，北宋本书末有宋敏求跋，称所据有汴吴镂本五卷、周安惠本十卷、蜀人蹇浚纂《咸池集》二卷及"自馀不为编秩杂录之家"，来源很芜杂。今知其中《列仙文》来自东晋杨羲造《南岳魏夫人传》，误收聂夷中诗十多首，所录《读张碧集》，很可能为五代徐仲雅（字东野）诗（详拙文《张碧生活时代考》，刊《文学遗产》1992年3期）。误收孟云卿诗，也完全可以理解。华忱之、喻国才《孟郊诗集校注》卷二云此组诗可见作者经历"唐室重大离乱"，孟郊生年晚于孟云卿约三四十年，安史之乱时还很年幼，仅见建中间泾原之变，云卿则身历安史大乱，当然更为契合。

在安史大乱的背景下，结合孟云卿生平来讨论《感怀八首》，我们可以看到孟云卿从苏李诗、阮籍《咏怀》和陈子昂《感遇》诗所得到的挚乳，试图从更广阔的空间来思考时政和人生。有些内容，我相信是写实的。如"汉家正离乱，王粲别荆蛮"，他以王粲避地荆州自况，据杜甫诗可知他在代宗初年确在江陵幕府。"长安嘉丽地，宫月生蛾眉。阴气凝万里，坐看芳草衰。"可以说是直接指斥杨氏兄妹之乱政。"群物归大化，六龙颓西荒。豺狼日已多，草木日已霜。"写到玄宗之西逃蜀中与叛军造成中原的巨大破坏。"姜牙佐周武，世业永巍巍。"他希望看到有人出来，辅佐人主，重建秩序。但他更感到个人之渺小与无奈，感到痛苦与落寞，前列每一首诗似乎都在写此，这里不多举。孟云卿也更愿意站在更高的立场，看到四时变化，天道盈亏，万物生灭，人事兴废，他四顾茫茫，无所适从。在这些诗中，他写到面对国家社会巨大动荡时，人民的痛苦与自己之凄凉。他可能只写了八首，也可能写过很多，我相信正是因为这些诗，高仲武认为他"祖述沈千运，渔猎陈拾遗"，张为许他为高古奥逸主。

孟云卿是杜甫早年的好友，杜甫有《酬孟云卿》《湖城东遇孟云卿复归刘颢宅宿宴饮散因为醉歌》相赠。杜甫避乱入蜀，孟也避地荆州。杜甫《别崔潩因寄薛据孟云卿》传话给孟："荆州过薛、孟，为报欲论诗。"又《解闷十二首》之五对孟评价尤高："李陵苏武是吾师，孟子论文更不疑。一饭未曾留俗客，数篇今见古人诗。"自注："校书郎孟云卿。"遗憾的是他出峡抵荆州时，孟已他适，未获见面。从杜甫、元结、高仲武、张为对孟云卿的高度评价，相信他的作品当年曾很丰富，足以名家，在唐诗史上宜有厚重一笔。但他存下来的作品毕竟太少，让我们无法总体把握他的成就，这是十分令人感到遗憾的。

三

　　细心的读者不难发现，本文所说的两组佚诗，其实都已经收录在中华书局 1959 年出版的《全唐诗》二十五册中，并没有提供新的文献，最多据较好的文本重新校勘过一下，有一些文字的斟酌。这样说也对。但由于对文本的源出，文本记载歧互的解说，并进而重新确认了这些诗的作者归属，对诗意的解读，分析作者生平及成就，都获得一些新的认识。

　　最近四十年，国内唐诗研究在追溯文本传播及演变，揭示文学写作过程和诗歌寓意及本事，廓清文本传误和还原真相，进而笺注阐释文本，研究作家及成就等方面，取得长足的进步。其基本方法，一是穷尽文献以发现新文本，解释旧文本；二是追溯史源，廓尽后代随意编改解释的误读，回到唐代来研究文学；三是文史结合，改变观念，从更广阔的视野与更精微的解析来研究文学。这些研究，虽然从具体的研究来说不免显得细碎而难成系统，各家之研究也未必即可成定论，但汇流成河，取精用弘，可以说整体超越了前代的研究。这也是我愿意连续撰文向一般读者介绍新见唐诗价值的原因。

（刊《文史知识》2018 年 7 期）

张志和《渔歌》的流风馀韵

张志和《渔歌》五首产生于中唐前期，经过两位大名家颜真卿和李德裕的先后推介，很快即为全国所知，且传播到东瀛，形成许多追和的作品。《全唐诗》失收的相关作品，就超过五十首，有必要给以介绍。

张志和本名龟龄，东阳金华（今属浙江）人。父亲张游朝，清真好道，曾著《南华象罔说》十卷，又著《冲虚白马非马证》八卷，发挥庄子与列子学说。龟龄十六岁游太学，明经擢第。献策肃宗，得到赏识，令待诏翰林，授左金吾卫录事参军。于是改名志和，字子同。不久坐事贬官南浦尉（今重庆万州附近），虽获量移，无复宦情，乃"扁舟垂纶，浮三江，泛五湖，自谓烟波钓徒"（颜真卿《浪迹先生玄真子张志和碑铭》）。他对道教深有研究，著《玄真子》三卷以阐道旨，保存至今。大历九年（774）秋，到湖州拜访刺史颜真卿，相得甚欢。颜真卿见他所乘舟船已很破旧，建议换新，张志和回答："傥惠渔舟，愿以为浮家泛宅，沿溯江湖之上，往来苕霅之间，野夫之幸矣！"（同上）他的《渔歌》五首，大约创作于此时。他的生卒年皆不可考，大约出生于开元后期，卒于代、德之间。

唐五代至北宋人记载中，张志和所作《渔歌》五首，见李德裕《李文饶别集》卷七、《历代名画记》卷一〇、《新唐书》卷一九六，《尊前集》题作《渔父》，《续仙传》卷上、《太平广记》卷二七、《云笈七签》卷一一三下题作《渔父词》，《乐府诗集》卷八三题作《渔父歌》，作《渔歌子》词是后起的说法。《敦煌零拾》收《鱼歌子·上王次郎》，句调完全不同。

　　张志和的五首诗是："西塞山边白鹭飞，桃花流水鳜鱼肥。青箬笠，绿蓑衣，斜风细雨不须归。""钓台渔父褐为裘，两两三三舴艋舟。能纵棹，惯乘流，长江白浪不曾忧。""霅溪湾里钓渔翁，舴艋为家西复东。江上雪，浦边风，反著荷衣不叹穷。""松江蟹舍主人欢，菰饭莼羹亦共餐。枫叶落，荻花干，醉泊渔舟不觉寒。""青草湖中月正圆，巴陵渔父棹歌连。钓车子，橛头船，乐在风波不用仙。"五首大约不是一时一地之作，所涉地名有湖州的西塞山、霅溪，睦州的钓台，苏州的松江，以及湖南的青草湖和巴陵。渔父是中国文学中的经典人物，来源有二，一是《庄子·渔父》篇中与孔子及其弟子论辩的渔父，借此寓言阐发"持守其真"，主张回归自然；二是《楚辞·渔父》中关切屈原行吟泽畔的渔父，主张"世人皆浊，何不淈其泥而扬其波"，表达愤世嫉俗者的另一种人生选择。嵇康《圣贤高士传》将两个渔父混杂为一人，是误解了两种不同的人格。张志和的《渔歌》摆脱俗谛，既没有愤世，更不为悟道，着力写出陶醉于自然美景中的率性任真的自由生活，写出不受世俗羁绊的人生态度，可以说是新渔父的人生宣言。仔细体会他的作品，几乎每首诗都有美景，都有构图，在如画风物中写出渔父的随性生活。第一首流传最广，所写是湖州一带的渔人生活：远山如画，一行白鹭飞过，画面生动而富有诗意。春江水暖，桃花纷披，鳜鱼肉质细嫩肥美，恰是品尝的最佳季节。后三句写渔人生活，虽然漂泊江湖，日晒雨淋，但江南的风雨是如此地温柔，不必趋避，不必遮防，几乎是一种享受。次首写富春江的渔父，善于控驭舟船，能平流稳进，也不惧横江激流。第三首是霅溪的钓鱼翁，以船为家，任船西东，既不怨天，也不叹穷，江雪初寒，浦风侵窗，一切都随适自足。第四首所写松江，大约指今苏州河中下游一带，唐时食蟹已成风气，皮日休《寒夜文宴》诗有"蟹因霜重金膏溢，橘为风多玉脑鲜"句。水产的菰、莼更成为佐餐佳品。有如此美食，即便叶落花谢，风起水寒，谁又会在意呢？最后一首写湖南的洞庭青草，唐时的湖面远远浩渺于今时，"青草湖中月正圆"的画面是另一种气象，愿作渔父不羡仙，将人间的舒适生活渲染到极致。

张志和到湖州之时，恰好是颜真卿和僧皎然各自组织大规模诗社之时。不知道为什么，张志和偏偏没有参加任何一次联唱，仅仅在皎然酬和颜真卿的诗中，出现过他的身影，这真让人感到遗憾。清末发现《金奁集》中的一组作品，足以弥补上述遗憾。《金奁集》习见有《彊村丛书》本，中有《渔父十五首》，皆署张志和撰。近人曹元忠跋《金奁集》以为此组诗非志和作，而是与他同时唱和诸人所作。他的证据，其一为《直斋书录解题》卷一五所载："《玄真子渔歌碑传集录》一卷，玄真子《渔歌》，世止传诵其'西塞山前'一章而已。尝得其一时倡和诸贤之辞各五章，及南卓、柳宗元所赋，通为若干章，因以颜鲁公碑述、《唐书》本传，以至近世用其词入乐府者，集为一编，以备吴兴故事。"是诸贤各作五章，当时曾结集。其二为南唐沈汾《续仙传》卷上载："真卿与陆鸿渐、徐士衡、李成矩，共唱和二十馀首，递相夸赏，而志和命丹青剪素，写景夹词，须臾五本。花木禽鱼，山水景象，奇绝踪迹，古今无比。而真卿与诸客传玩，叹伏不已。"知和者有颜真卿、陆羽、徐士衡、李成矩等人。三为志和所作仅五首，诸本及日本嵯峨天皇和诗可证。南宋张淏《宝庆会稽续志》卷六引宋高宗御制诗题云《揽黄庭坚所书张志和〈渔父词〉十五首戏同其韵》，是志和所作或有十五首。高宗诗韵与《金奁集》所载十五首同，唯次第不同。《金奁集》的来源，则为乾隆间鲍廷博从钱塘汪氏处，借得明正统间吴讷编《四朝名贤词》本，文本基本可靠。也就是说，《金奁集》所载十五首《渔歌》，作者有几种可能性。一，张志和本人作，《金奁集》署名如此，宋高宗也持此见，赞同者很可能还有黄庭坚；二，《续仙传》所云颜真卿、陆羽、徐士衡、李成矩等人，但每人五首则当有二十首，另徐士衡、李成矩事迹也无从考知，加上《续仙传》毕竟是传说虚构远胜事实的一本仙传；三，南卓、柳宗元也有写作的可能，至少在陈振孙所见本有二人署名，可疑处则此二人素少人事交集，唯一可见一次是《云溪友议》载"柳州柳刺史"和"黔南南太守"一段妄说；四，无名氏作，今人编《全唐诗续补遗》和《全唐五代词》都从此说。

《金奁集》存诗十五首，与存世张志和《渔歌》是同样的风格，所涉地望也以吴越与湖南为主，其中偶然杂有吴语，如"谁道侬家也钓鱼"之类，"惊起鸳鸯扑鹿飞"之"扑鹿"，似也是。由于流传不广，这些作品之艺术价值尤待发掘，因此特别应予以介绍。以下录出且稍作点评。"远山重迭水萦纡，水碧山青画不如。山水里，有岩居，谁道侬家也钓鱼？"前两句写景如画，末句写出渔人生涯。"钓得红鲜劈水开，锦鳞如画逐钩来。从棹尾，且穿腮，不管前溪一夜雷。"写钓到大鱼的惊喜，人生艰难，全不在乎了。"桃花浪起五湖春，一叶随风万里身。车宛□，饵轮囷，水边时有羡鱼人。"所缺一字，冒广生《金奁集校记》补"转"。前二句很有气象，末句即孟浩然"徒有羡鱼情"之意，但无求官之寄托。"五岭风烟绝四邻，满川凫雁是交亲。风触岸，浪摇身，青草灯深不见人。"似写湘南之生活，如果有柳宗元所作，应即此篇。"青草"不指青草湖，只是写渔人间偶然交会。"雪色髭须一老翁，时开短棹拨长空。微有雨，正无风，宜在五湖烟水中。"这首写得真好，次句尤妙，后半简净而适意，无任何做作。"残霞晚照四山明，云起云收阴又晴。风脚动，浪头生，定是虚篷夜雨声。"写渔人黄昏入夜之生活，情、景都好。"极浦遥看两岸花，碧波微影弄晴霞。孤艇小，信横斜，那个汀洲不是家。"船进入江湖深处，景色变幻多姿，孤舟横斜，停在哪里都可以是家。"洞庭湖上晚风生，风触湖心一叶横。兰棹快，草衣轻，只钓鲈鱼不钓名。"太湖里有东西洞庭山，而鲈鱼只产于江东。末句说享受渔父之人生，决无借隐求名之意。"舴艋为舟力几多，江头雷雨半相和。珍重意，下长波，半夜潮生不奈何。"舴艋是类似蚱蜢的小船，江南很常见。这里说控驭舴艋费力很多，渔人生活也常遭遇雷袭潮变的意外，因而要特别珍重用心。"垂杨湾外远山微，万里晴波浸落晖。击楫去，本无机，惊起鸳鸯扑鹿飞。"写远景如画，写驾船入画，意外惊了宿鸟，末句与"月出惊山鸟"同趣。"冲波棹子槎头船，青草湖中欲暮天。看白鸟，下长川，点破潇湘万里烟。"这首也写得好，后半恰可成为《潇湘万里图》中点睛一笔。"料理丝纶欲放船，江头明月向人圆。樽有酒，坐无毡，抛下渔竿踏水眠。"这首写渔人结束一天之劳作，次句如画，后半写生活之满足。"风搅长空浪搅风，鱼龙混杂一川中。藏远溆，系长松，尽待云收月照空。"这里写天气剧变，渔人从容应对。"舴艋为家无姓名，胡芦中有瓮头清。香稻饭，紫莼羹，破浪穿云乐性灵。"生活虽然简陋，但葫芦中有酒，再有香稻饭和紫莼羹，还有什么不满足呢？"偶然香饵得长鲟，鱼大船轻力不任。随远近，共浮沉，事事从轻不要深。"鲟，指水底的大鱼，意外收获令小船不能承载，作者之感慨是凡事随意，宜轻不宜重，浅尝勿求深。将这组诗仔细阅读后，我更愿意维持《金奁集》原来的署名，即这些作品与存世张志和《渔歌》风格一致，情调一致，精神神韵都相同，更大可能即张本人所作。

据李德裕《玄真子渔歌记》说，他任翰林学士时，得知宪宗皇帝曾写真访张志和《渔歌》而不得，两年后的长庆三年（823），他在润州刺史任上访得五篇，立即写进。可知在张志和访颜真卿后半个世纪，此歌流传主要仍在江南。但更不可思议的是，在宪宗苦求此歌不得时，此组诗已经传到日本，并引起朝野的唱和热潮，现在仍可以见到嵯峨天皇（786-842，809-823在位）五首、有智子内亲王（807-847）二首、滋野贞主（785-852）五首。嵯峨天皇在位时年号弘仁，对中国文化有极其强烈的兴趣，据说他在三十八岁天皇退位的那年写出《渔歌》五首，不知其中有无内在联系。录二首："江水渡头柳乱丝，渔翁上船烟景迷。乘春兴，无厌时，求鱼不得带风吹。""寒江春晓片云晴，两岸花飞夜更明。鲈鱼脍，莼菜羹，餐罢酣歌带月行。"有智子内亲王是嵯峨天皇第八女，后世誉为平安朝第一女诗人，录一首："春水洋洋沧浪清，渔翁从此独濯缨。何乡里，何姓名，酒里闲歌送太平。"滋野贞主，仕弘仁至文德间，官至相模守，也有五首诗完整保存，录二首："渔父本自爱春湾，鬓发皎然骨性明。水泽畔，芦叶间，桨音远去入江边。""水泛经年逢一清，舟中暗识圣人生。无思虑，任时明，不罢长歌入晓声。"这几位都没有到过中国，但他们对中国文化的向往，对汉诗文娴熟的掌握，无论遣词造句，都得张诗的精神。几位的创作还有变化，即每一组都规定每首末句第五字用固定字眼，嵯峨天皇用"带"字，有智子内亲王用"送"字，滋野贞主用"入"字，这是中国没有的。嵯峨天皇几首都写春景，所录前一首讲春日江南景色如画，诗人兴味无穷，求鱼倒不重要了。次首讲美景中的美食，"鲈鱼脍，莼菜羹"，美味更包含退隐适性的真趣，或许真让这位天皇产生退位之意，唯不知他是否真有机会品尝他曾描述的人间至味。有智子内亲王所写，将《楚辞》中的《渔父》与张志和的《渔父》合而为一，"酒里闲歌送太平"，切合她的身份。滋野贞主所作，包含别种寓意，即隐士不仅放情江湖，又何曾忘怀天下。"舟中暗识圣人生"，其实就是陈抟识宋祖于微时，预言"天下自此定矣"的东瀛版。做真隐士不易，中国与日本一样，"十年踪迹走红尘，回首青山入梦频"（陈抟《归隐》），差别仅在于露不露痕迹。张志和之可贵就在于全无痕迹。

　　大约会昌到大中（841—859）间，一位蜀僧定居苏州华亭、朱泾（上海今山旧县城），写作了大量渔歌体的作品，后世结集为《拨棹歌》，有元刻本保存。这位僧人法名德诚，是南宗高僧石头希迁的再传弟子。他的前半生在湖南药山求法，老师惟俨对禅法的理解，概括一句话就是"云在青天水在瓶"，一切纯任自然。待老师寂去，自己要建山门的时候，德诚来到华亭，即今上海松江区，据说经常乘小船，来往于华亭、朱泾之间，世称华亭和尚或船子和尚。华亭离张志和曾经造访过的湖州，其实也就几十里地，《渔歌》一类作品，当皆耳熟能详。船子虽为蜀人，随俗很快，写下大量吴歌一类作品。《拨棹歌》存诗三十九首，除三首为七绝，其他都是七七三三七体的作品，与张志和作品风格一致，区别仅在张志和以及为他揄扬的颜真卿、李德裕都是道教追随者，而船子则是一位南宗禅门的高僧，他的作品因此而具别种风味。"外却形骸放却情，萧然孤坐一船轻。圆月上，四方明，不是奇人不易行。"他在一叶孤舟中，体会天地之广阔与即景之美好，更体悟现实之虚幻与人生之无奈。"一任孤舟正又斜，乾坤何路指津涯。抛岁月，卧烟霞，在处江山便是家。"随舟飘荡，体会到人生多歧，道途多方，他的选择是远离现实纠缠，在处即家，随境而安。"愚迷未识主人公，终日孜孜恨不同。到彼岸，出樊笼，元来只是旧时翁。"愚迷者深陷现世之是非，他所追求的是彼岸的出悟，远离现实之樊笼，重新认识自我。船子是开宗立派的高僧，他的感悟不讲高深的道理，即在这些细屑的感受中传达禅机。

僧道有一不同，即道士可食鱼肉，可享受"鳜鱼肥"的美味，僧人不杀生，垂纶意在修道，做做姿态而已。船子诗云："不妨纶线不妨钩，只要钩轮得自由。掷即掷，收即收，无踪无迹乐悠悠。""钓下俄逢赤水珠，光明圆澈等清虚。静即出，觅还无，不在骊龙不在鱼。""独倚兰桡入远滩，江花漠漠水漫漫。空钓线，没腥膻，那得凡鱼都上竿。"要钓到赤水珠，确实难度很大，但也会有意外的收获。他的传法弟子善会，是自己找上门来的，对答后船子喜出望外，说："每日直钩钓鱼，今日钓得一个！"

船子作品写成于今上海境内，古沪语的痕迹在他诗中也有保存，比如这两首："古钓先生鹤发垂，穿波出浪不曾疑。心荡荡，笑怡怡，长道无人画得伊。""卧海舻云势莫知，优游何处不相宜。香象子，大龙儿，甚么波涛扬得伊。""伊"即吴语中的他，"五四"后也曾有人建议可用作女性第三人称词。这里"长道无人画得伊"、"甚么波涛扬得伊"保留了当时的口语。

还应说到与张志和有关两首诗的真伪。

《全唐诗》卷三〇八收张松龄《和答弟志和渔父歌》："乐是风波钓是闲，草堂松桧已胜攀。太湖水，洞庭山，狂风浪起且须还。"较早来源是《唐诗纪事》卷四六，再早则是黄庭坚《山谷琴趣外编》卷三《鹧鸪天序》："表弟李如篪云：'玄真子《渔父》语，以《鹧鸪天》歌之，极入律，但少数句耳。'因以玄真子遗事足之。宪宗时画玄真子像，访之江湖，不可得，因令集其歌诗上之。玄真之兄松龄，惧玄真放浪而不返也，和答其《渔父》云：'乐在风波钓是闲，草堂松桂已胜攀。太湖水，洞庭山，狂风浪起且须还。'此余续成之意也。"
与前引有二字不同。但如将此序与李德裕所述比对，李仅云宪宗"写
真求访玄真子《渔歌》"，访歌而非访其人。颜真卿碑记述其兄为鹤
龄，亦非松龄。更突兀的是，张志和约出生于开元后期，即以末年
计，到宪宗即位，也已六十六岁，可能在世，但已属高龄。志和所
作，大历中歌于湖州颜真卿席上，至宪宗时已隔三四十年，何来其
兄惧其放浪不返之说？《乐府雅词》卷中黄庭坚《鹧鸪天》有跋，谓
"山谷晚年亦悔前作之未工"，以志和兄弟词意足前后数句云："西
塞山前白鹭飞，桃花流水鳜鱼肥。朝廷尚觅玄真子，何处如今更有
诗。　　青箬笠，绿蓑衣，斜风细雨不须归。人间欲避风波险，一日
风波十二时。""东坡笑曰：'鲁直乃欲平地起风波也。'"施蛰存先生
《张志和及其渔父词》（《词学》二辑，华东师范大学出版社，1983年）
谓张志和词"青草湖中月正圆，巴陵渔父棹歌连"，为追叙鄂渚、洞
庭时事，此词则具体为苏州洞庭，因断为伪词。施说可从。《唐诗纪
事》当即据山谷词序。

　　《全唐诗》卷三〇八张志和名下还有一首《渔父》："八月九月
芦花飞，南溪老人垂钓归。秋山入帘翠滴滴，野艇倚槛云依依。却
把渔竿寻小径，闲梳鹤发对斜晖。翻嫌四皓曾多事，出为储皇定是
非。"最早源出元人杨士弘《唐音》卷一五，稍后《唐诗品汇》卷
八六也收。但若仔细体会，所谓"翻嫌四皓曾多事，出为储皇定是
非"，绝非张志和所宜言。盖四皓为隐者而不忘政治者之理想人物，
既成其隐居名山之高节，更渴望在国家危机之时发挥关键作用，以
前述志和之情怀，何至更纠缠于此？即便不满，也属缠扰。《锦绣万
花谷前集》卷二五收该诗在山谷诗后，不署名。《全宋诗》卷六一七
作宋人李观《渔父二首》之一，似乎可以推脱给宋人了。但《吟窗

杂录》卷一五引王叡《诗格》引此诗前四句，不署作者，则又回到唐末了。文献不可考定也，竟至如此。

那么，张志和《渔歌》到底是诗还是词呢？我的看法，终唐之世，只是吴歌之一体，可歌，但与燕乐歌词之按调填词，仍有很大不同。我们只要仔细分析诸作之平仄变化，就会发现步调并不相同。后世认为是词，并定词牌为《渔歌子》或《渔父》，也只好任便，讨论也属多馀。

（刊《文史知识》2018 年 6 期）

附记：上海博物馆藏元吴镇《渔父图》录诗，题记云为柳宗元作，称志和所作为三十二章，和者则有白云子，继作二十一章。此文未必真为柳作，但可知陈振孙谓"柳宗元所赋"之渊源有自。吴镇所录十六首，十四首见《金奁集》，文本差异颇大，且多具胜义。另新见二首。参施锜《宋元画史中的博物学文化》，上海书店出版社，2018 年。

白居易诗友皇甫曙的生平与存诗

　　元稹去世后，白居易晚年最密切的诗友首先是刘禹锡，其次大约就是皇甫曙，白集保存与皇甫唱和诗逾二十首。

　　《全唐诗》卷四九〇存皇甫曙《立春日有怀呈宫傅侍郎》诗一首："朝旦微风吹晓霞，散为和气满家家。不知容貌潜消落，且喜春光动物华。出问池冰犹塞岸，归寻园柳未生芽。摩挲酒瓮重封闭，待入新年共赏花。"此诗之较早来源为《古今岁时杂咏》卷三、《唐诗纪事》卷五二，较可靠，但宫傅侍郎为谁及写作始末，则难得确解。两《唐书》无曙传，《唐诗纪事》卷五二云："曙，元和十一年中书舍人李逢吉下登第。逢吉所取多寒素，时有诗曰：'元和天子丙申年，三十三人同得仙。袍似烂银文似锦，相将白日上青天。'是岁，刘端夫、李行方、周匡物、廖有方辈皆预选。宝历间，崔从镇淮南，曙为行军司马。"此段叙事，第一节依据《唐摭言》卷七改写，曙登第及其他预选者，当据今已失传之《登科记》，在崔从幕任职经历来源不详。《全唐诗》小传叙皇甫曙事迹，则据此改写。

　　朱金城先生撰《白居易交游续考》(收入《白居易研究》，陕西人民出版社，1987年)，首次依据白居易诗，并广征文献，对皇甫曙生平作了较详尽的梳理。他指出，曙字朗之，行十，历官侍御史。崔从镇淮南在文宗大和四年（830）三月，《唐诗纪事》作敬宗时有误。又据白居易诗保存的编年线索，认为二人交往始于大和七年（833），即元稹卒后二年，时曙方以郎中分司东都。九年秋，曙赴泽州刺史职，居易有诗送之。《唐文续拾》卷五有皇甫曙《金刚经幢记》，为开成元年（836）作于泽州任上。至三年，自泽州改河南少尹，与白居易交往更密。此前二家已谛亲，居易《闲吟赠皇甫郎中亲家翁》注："新与皇甫结姻。"并云："早为良友非交势，晚接嘉姻不失亲。最喜两家婚嫁毕，一时抽得尚平身。"则为好友加亲翁，颇以知己相视。到开成五年（838），曙再任绛州刺史，居易赋《皇甫郎中亲家翁赴任绛州宴送出城赠别》诗送行，有"新妇不嫌贫活计，娇孙同慰老心情"，知皇甫氏已诞子，更让久无子嗣的诗人感到快慰。至于皇甫氏所嫁夫婿，朱金城先生认为是居易弟行简子龟郎，即大名景受者。此时行简去世已逾十年，居易视侄如子，养在身边，故径以曙为"亲家翁"。白居易《醉吟先生传》自称"与嵩山僧如满为空门友，平泉客张楚为山水友，彭城刘梦得为诗友，安定皇甫朗之为酒友。每一相见，欣然忘归"，可见交谊之深契。至曙之先世、子嗣、卒年，因文献不足，未考及。

最近二十年，有关皇甫曙家族出土新文献很多，最重要的是《全唐文补遗》第四册二三二页收刘玄章撰《唐故朝议郎使持节抚州诸军事守抚州刺史柱国皇甫公墓志铭》："皇朝齐州刺史讳胤，公之曾大父也。齐州生蜀州刺史讳澈，永泰初登进士科，首冠群彦。由尚书郎出蜀郡守，文学政事，为时表仪。蜀州生汝州刺史、赠尚书右丞讳曙，人艺兼茂，甲乙连登。历聘名藩，荐居郎位。亚尹洛邑，再相宫坊，调护储闱，五典剧郡。以诗酒遣兴，以云水娱情，味道探玄，独远声利。至今言达识通理者，以为称首。公即右丞第三子也，讳炜，字重光。"志主为皇甫曙之子皇甫炜，所述曙先世谱系很重要。

曙之父为澈，《唐诗纪事》卷四八载其在蜀州刺史任上所赋《四相诗》，称咏曾任职蜀州的四位名相，即逼迫武后退位的张柬之、帮助玄宗发动唐隆政变的钟绍京、肃宗时名臣李岘，以及代宗相王缙，为国建不朽功勋，于地方治理尽心尽责。《全唐诗》卷三一三收此四诗，但小传甚简略。皇甫澈墓志也已经发表，见《全唐文补遗》第八辑，为王良士撰，题作《唐故剑南西川节度副使检校尚书吏部郎中兼御史中丞安定皇甫公墓志铭并叙》，知他卒于贞元十八年（802），年六十，即生于天宝二年（743）。他是洛阳丞皇甫寡过之曾孙，唐州刺史乾遂之孙，齐州刺史胤之少子，工部侍郎韦述之甥。进士登第后，释褐秘书省正字，历任御史、尚书郎和硤、蜀二州刺史。最后职务是剑南西川节度副使，即是镇蜀逾二十年的名臣韦皋的副使，接替他的则为韦皋去世后谋叛蜀中的刘辟。墓志称澈"景物可娱，奇韵间发。好古而家藏万卷，全和而室有清琴"，是一位多才多艺的诗人。

根据皇甫炜墓志可以补充皇甫曙之事迹有：他曾"甲乙连登"，即曾进士和制科及第，多次被聘于藩镇幕府。"荐居郎位，亚尹洛邑"，即任郎官与河南少尹，时与白居易交往。"再相宫坊，调护储闱"，是指在太子东宫任职。此太子当指文宗太子李永，开成三年卒后追赠庄恪太子。至于"五典剧郡"，今知白居易诗中提到泽、绛二州，均在今山西境内，最后卒于汝州刺史，也是近畿州。另二州不详。"以诗酒遭兴，以云水娱情，味道探玄，独远声利。至今言达识通理者，以为称首。"可见他的人生态度与白居易所述一致。他的卒年，《皇甫炜墓志》也载："（大中）六年，丁右丞之忧。"是在白居易死后六年。

此外，《文物》1998年7期也刊出皇甫炜为其妻白氏所撰《皇甫氏夫人(白氏)墓铭》，述其大中二年（848）初婚白敏中长女，至七年殁，九年再婚其妹，十二年初又卒，则为皇甫家与白家之二三度联姻，为白居易所不及见。

又洛阳新出《白邦彦墓志》（据胡可先、文艳蓉《新出石刻与白居易研究》引，《文献》2008年2期）载："王父讳行简，皇任尚书膳部郎中。考讳景受，皇任监察御史。先府君婚杨氏，……外祖讳鲁士，皇任长□县令。"是白景受所婚为杨鲁士女杨氏，并非皇甫氏，朱先生之推测似有误。文艳蓉《白居易生平与创作实证研究》（上海古籍出版社，2016年）在《白居易家世婚姻新证》一章中，专列三节来进行讨论，认为白居易曾有多个侄子留在身边，包括大哥子宅相，以及味道、景回、晦之等，虽难以确定，必是数人中之一人。

白居易与皇甫曙唱和诗虽多，但曙之应和诗则仅有一句偶然留存。白居易《戏酬皇甫十再劝酒》云："净名居士眠方丈，玄晏先生酿老春。手把屈卮来劝我，世间何处觅波句？"此诗有两处可说。一是此诗大多数白集文本皆无自注，日本存古钞白集选本《白氏文集管见抄》（转引自花房英树《白氏文集的批判研究》），诗题下有自注："来句云：'且劝香醪一屈卮。'"很难得地保存了皇甫曙赠白居易诗的一句残句。二是第三句末字，白集各本皆作"戒"。唯相当于中国五代后期成书的《千载佳句》卷上《人事部·闲放》引此诗后二句，此字作"我"，是，皇甫残句诗意是劝酒，不是戒酒。白居易自比净名居士，称皇甫曙为玄晏先生，即西晋学者皇甫谧。前引《醉吟先生传》云白以皇甫为酒友，与此诗合。拙辑《全唐诗续拾》卷二六补此句，拟题《再劝乐天酒》。

皇甫曙大和末任泽州刺史期间，曾有诗题该州名胜石佛谷，北宋赵明诚《金石录》卷一〇载："唐皇甫曙《题石佛谷诗》，李道夷正书，开成元年十一月。"《宝刻丛编》卷二〇亦著录。皇甫曙于大和九年至开成二年间任泽州刺史，详前引朱金城考证和郁贤皓《唐刺史考全编》。《全唐诗》皇甫曙下未收此诗，但在同书卷三六九皇甫湜名下则有《石佛谷》五言古体诗一首。考皇甫湜元和初进士及第，再登制科，授陆浑尉，曾贬官庐陵，文宗大和初入山南东道李逢吉幕府，从转宣武军，官至工部郎中。因性卞急，数忤同省，求分司东都，为留守裴度判官（参姚继舜《皇甫湜生卒年诸说辨正》，《文学遗产》1992年2期）。平生行迹未至泽州，故可确认此诗为误收。今人童养年辑《全唐诗续补遗》卷六，据《古今图书集成·职方典》卷三六四《泽州部》，改收此诗为皇甫曙作，是，其文字与《全唐诗》皇甫湜下所收大体相同。

最近十多年山西各县市广泛展开文物普查，所得甚丰，分县市区出版《三晋石刻大全》，卷帙弘大，多存新品。其中《晋城市泽州县卷》记录泽州县碧落寺石窟外壁摩崖上，发现皇甫曙诗二首，诗末署："开成元年十月十日，军事判官登仕郎前试太常寺奉礼郎李道夷书。"即赵明诚当年所见者，也可确定《全唐诗》误归皇甫湜之必误。其一即前引《石佛谷》诗，有多处可以校订传本之误。今以石刻为底本，据《古今图书集成》参校，写定此诗如下：

> 墁坛太行北，千里一块石。半腹有壑谷，深广数百尺。土僧何为者？老革毛发白。寝处容身龛，足膝隐我迹。金仙琢灵象，相好倚北壁。花座五云扶，玉毫六虚射。文人留纪述，时事可辨析。鸟趾巧均分，龙骸极癯瘠。枯松斗槎枒，猛兽恣腾掷。蚝屈虫食踪，悬垂露凝滴。精艺贯古今，穷岩谁爱惜。托师禅诵馀，勿使尘埃积。

今山西境内有多处石佛谷，皇甫曙所游处，在泽州西北四十五里。皇甫曙尊信佛教，此年五月在泽州还建《金刚经》幢，自撰《幢记》云："余在髫龀，忽闻家人转读是经，一生受乐，题曰传□，暗记数行。及长思之，信有宿习。自弱冠至于今，时念不辍，常愿广宣同志，播于无穷。今故刻石建幢，永为供养。"（据《唐文续拾》卷五、《山右石刻丛编》卷九）故其亦多次往访石佛谷。《古今图书集成》是据地方文献转录，而石刻在清嘉庆末发现。道光间王允楚附记，谓"详其字体，虽多漫漶，而笔意含蓄，书法实工，在唐碑中亦铮铮者"（《山右石刻丛编》卷九引）。泽州在太行山之西境，故诗从大处写起，说在山之半腰有壑谷，深广各数百尺。土僧因此地而建身龛，开凿佛像庄严，因得为弘法名区，文人也多留记录。皇甫曙逐一记述佛谷周围的景色，并赞叹开龛建窟的精湛技艺，感叹在穷岩荒谷中无人爱惜，希望禅师在梵诵之馀，经常拂拭，不使尘埃堆积。这是一首押入声韵的古体纪游诗，可以见到作者的叙事、写景与文字驾驭能力。

其二题《秋游石佛谷》，前此未见他书记录，是近年访碑调查方得发现，是一首尚未向学界推荐的唐人七言长篇记游诗。全录如下：

> 木枯草衰辨山径，冰峻玉竦岩峦净。临当官曹文簿闲，
> 又值顷亩晨菽竟。出郭俯仰罡陟降，入谷暗□穿丛蒨。阴苔
> 沓滑足易跌，修约穹隆肩不并。雉兔闲暇领雌雏，涧岸饮啄
> 遂情性。狱鼯飞跳争□栗，藤萝出没啼辽夐。半空忽闻旃檀
> 烟，花座圆光微掩映。专专倾竭下界心，恳恳瞻礼西方听。
> 窟室一僧护香火，严持三衣行苦行。年深昼夜犲虎俦，客到
> 盘盂梨枣罄。我生悠悠乐幽寂，矧乃才散形骸病。止泊不得

限严城,回首云峰日已暝。

虽缺二字,但不影响诗意的理解。第六句"蕡"字出韵,不知何字之误。本诗风格很像韩愈的《山石》诗,写自己在秋末收获已毕,官曹琐务稍闲之际,虽感万物凋零,仍很有兴味地寻访石佛谷。前半写道途之艰险,以及佛寺周边飞走出没、藤萝纠缠之荒寒景色。后半写走近佛谷,看到半空飘来香烟,看到佛像宝座掩映的光彩,更写出佛窟所在之庄严端敬。最后写自己对佛法之向往,以及黄昏回看佛刹之出世之情。全诗语势峭硬,写景、抒情皆多见作者之能力,放在韩愈或白居易文集中也当可乱真。白居易以他为诗友酒交,是对他为人为诗的肯定。

写诗是唐代文人、官员的基本能力,皇甫曙曾与白居易长期唱和,被白视为挚友,他的作品当曾达到很高造诣。但作品之传与不传,则往往并非人力所能控驭。幸或不幸,只能慨叹"这就是命"。皇甫曙偶然传世的三诗一句,虽吉光片羽,弥可宝惜。而他生平家世之逐渐昭晰,端赖出土文献之不断问世及学者之层积努力。

偶有所感,谨述如上,供学者参考。

（刊《文史知识》2017 年 2 期）

诗人张又新的人品、水品与佚诗

　　几年前因项目开题受邀到温州，承认识多年的温州大学图书馆馆长张靖龙教授约请作讲座，讲座设立名称为罗山讲堂，讲的内容已经记不清了，但这一讲堂的名字则一直萦绕在心头。罗山，温州，我猛想起唐代诗人张又新在温州作过一首诗《大罗山》："越王曾保此山巅，杨仆楼船几控弦。犹有旧时悬冰在，鲛绡千尺玉潺湲。"是他在温州所作组诗中的一首。随后询问，知温州大学新校区所在地，即古之大罗山一带。

　　张又新祖籍深州陆泽，其地在今河北石家庄附近。他出生在一个著名文学世家。曾祖张鹭，字文成，曾四次登制策甲科，四次参铨选高中，名士员半千赞他"犹青铜钱，万选万中"，时号"青钱学士"。他存世三种著作，《龙筋凤髓判》四卷是试铨判者参考著作，类似今之公务员考试指南；传奇文《游仙窟》则写自己西行河源时的一夜风流故事，格调俗艳，风靡日本；另《朝野佥载》，原书二十卷，专记武后至玄宗时期的官场丑行，言辞激烈，可见作者之反体制倾向。但到又新父亲张荐及其弟张著兄弟，已经回归主流。张荐也曾写志怪小说，从事幕府，培养资历，曾三度出使回纥、吐蕃，官至工部侍郎，已达显宦。张又新借父亲之馀荫，本人才分又好，初为京兆府解送试礼部，为解头。宪宗元和九年（814），进士及第，为状头。三年后举博学宏词科，为敕头，时号"张三头"，是难得的人才。但进入官场，很快就为有争议的名臣李逢吉赏识，先后任左右补阙。李逢吉为相秉政时期，他与李续之、刘栖楚等结为朋党，有"八关十六子"之称，史书说他凶险敢言，为李逢吉排挤朝士之不附者，先构陷贾𬤝，使其出为常州刺史，又诬陷李绅，使其贬端州司马。对张又新的这段经历，如果全部相信两《唐书》的记载，则张又新自属无耻小人，但如果从不同立场观察，唐人经常因为家族、科举、同事、师友等原因形成政治派别。李逢吉这派显然被主流的清流人士所鄙视和谴责，但若转换立场，则可看到令狐楚《题断金集》（《全唐诗》题作《李相薨后题断金集》）："一览《断金集》，载悲埋玉人。牙弦千古绝，珠泪万行新。"有知己难遇之感。李逢吉撰《刘栖楚墓志》述其抗争之不顾生死："公为左拾遗，尝言事，未即用。后朝紫宸，进谏恳直，因顿伏文石之上，奋身连击，自誓以死。"而最近的史料则证明，策划甘露事变的李训正出李逢吉门下，在事变失败后，张又新也坐贬。

孟启《本事诗》载有两段张又新的故事。一段讲他会昌初年从温州去职北归，船到运河宜兴段遇风倾覆，两个儿子淹死，北行求救，偏偏担任淮南节度使者恰是二十年前他曾弹劾过的李绅，没有办法，只好硬着头皮修长笺首谢，既说自己以往的不是，再恳求李绅给以援手。据说李绅看后深表同情，有"端溪不让之词，愚冈怀怨；荆浦沉沦之祸，鄙实悯然"句，当年你弹劾我，致我远贬端溪，何曾忽忘；你今日全家遭难，也确实值得同情，往事就不要提了。张又新在扬州停留多日，居然"释然如旧交"，"宴饮必极欢醉"，惟恨相见太晚。其间还有一段艳事。张在元和末年初为淮南从事时，曾与一位官妓欢好，但没能为其赎身。再见已隔二十多年，这位官妓仍出场表演，相见彼此皆很动情。席间李绅起而更衣，张又新在盘中写诗一首，让妓领会。李绅回到酒席，见张不乐，乃命妓歌以送酒，妓即唱云："云雨分飞二十年，当时求梦不曾眠。今来头白重相见，还上襄王玳瑁筵。"说两人相恋二十年，没能走到一起，今日头白再见，不免动情。李绅善解风情，遂成就了两人的好事。另一段讲张与牛党魁首杨虞卿齐名友善，杨娶旧相李鄘女为妻，李氏"有德无容"，杨敬待特甚。张对好友语无拘忌，自称少年成美名，平生之愿就是能娶美妻，杨答应帮忙，"与我同好，必谐君心。"可能娶杨家人或杨为他做媒，婚后方发现妻貌不俊，因而有诗："牡丹一朵直千金，将谓从来色最深。今日满栏开似雪，一生辜负看花心。""色最深"是说牡丹最为艳丽，也说自己贪色之深，然而花期倏忽，满栏凋零，辜负自己看花之心。其实唐人婚姻多有政治攀附之意，貌之丑妍且在其次，在此杨虞卿就比初涉官场的张又新老成多了。《本事诗》录有一段杨之说教，从略。

上述二事均稍有一些传闻与戏谑之成分，未必皆真实，而最足以见到张又新文艺品位与饮食精致者，则是他所撰《煎茶水记》一文。中唐前期饮茶之风特盛，陆羽《茶经》应时而出，后世奉为茶圣。饮茶所需，除茶叶外，应讲究者则为器具与用水，后者在张又新以前，较著名者有刘伯刍之"七水"说，即以扬子江南零水第一，无锡惠山寺石泉水第二，苏州虎丘寺石泉水第三，丹阳县观音寺水第四，扬州大明寺水第五，吴松江水第六，淮水最下第七。张又新既肯定刘说有识，又认为搜访未尽。并列举自己刺温南行对桐庐严子濑溪水的鉴别。然后他说在他元和九年（814）登进士第之初，在荐福寺楚僧处得到代宗朝湖州刺史李季卿所记陆羽谈论煎茶之水二十品之谈论，有《煮茶记》述其事。陆以庐山康王谷水帘水为第一，无锡县惠山寺石泉水为第二，蕲州兰溪石下水第三，峡州扇子山虾蟆口水第四，苏州虎丘寺石泉水第五，庐山招贤寺下方桥潭水第六，扬子江南零水第七，洪州西山西东瀑布水第八，唐州柏岩县淮水源第九，庐州龙池山岭水第十，丹阳县观音寺水第十一，扬州大明寺水第十二，汉江金州上游中零水第十三，归州玉虚洞下香溪水第十四，商州武关西洛水第十五，吴松江水第十六，天台山西南峰千丈瀑布水第十七，郴州圆泉水第十八，桐庐严陵滩水第十九，雪水第二十。记中所载陆羽对军士所取南零水之辨别，更见此派鉴水之神乎其技。《煎茶水记》所载二十水品，后世影响巨大，到底仅是他记录陆羽之旧说，还是借陆羽之名，以重己说，则已无从查考。无论如何，《煎茶水记》在饮茶史上特殊的地位，都不容置疑。

《煎茶水记》虽称出自陆羽《煮茶记》，但后世多称张氏《水品》或《煎茶记》，不相信者也大有其人。北宋文豪欧阳修在《浮槎山水记》以张说与陆羽《茶经》考之，皆不合，遂斥"又新妄狂险谲之士，其言难信，颇疑非羽之说"，在《大明水记》中更分析各种记载，认为"皆与羽《经》相反，疑羽不当二说以自异，使诚羽说，何足信也，得非又新妄附益之邪？"其实二文均因他所认可之好水未被张记列入，或所列过低，因有所质疑。南宋做事特认真的陈振孙也提出质疑，认为"若惠山泉甘美，置之第二不忝"，而"虎丘剑池殊未佳，而在第四，已不可晓"，并认为但凡"水活而后宜茶"（见《直斋书录解题》卷一四），若雨水、雪水都可为烹茶之佳水，以斥张说之妄。至于列为极品者，如庐山康王谷水帘水，至今仍坚信为陆羽之认证，商业经营红火，广告不绝。无锡惠山二泉则流传至今，追溯记载以张记为最早，成就了文化史上的不朽传奇。反正信者功归陆羽，不信者斥张又新妄说。

《正德南康府志》卷十存张又新佚诗《谢庐山僧寄谷帘水》："消渴茂陵客，甘凉庐阜泉。泻从千仞石，寄逐九江船。竹柜新茶出，铜铛活火煎。育花浮晚菊，沸沫响秋蝉。啜忆吴僧共，倾宜越碗圆。气清宁怕睡，骨健欲成仙。吏役寻无暇，诗情得有缘。深疑尝沆瀣，犹欠听潺湲。迢递康王谷，尘埃陆羽篇。何当结茅屋，长在水帘前。"明前期的这本《南康府志》，估计从宋方志中继承并保留了张又新的佚诗。从宋初开始，以江州都昌、星子、洪州建昌等县置南康军，元升南康路，明建南康府，府治星子。张又新晚年曾任江州刺史，因为庐山僧给他寄谷帘水，他作此诗为答。诗中以"茂陵客"自喻，消渴习称糖尿病，是文人的常见病。估计因为他特别喜欢，故山南之僧人特意取水，辗转寄赠给他。此水得来不易，因此他特别珍惜，即从竹柜内取出新茶，用铜铛煎煮。"育花浮晚菊，沸沫响秋蝉"两句，写煎茶之效果。然后再说要用越碗倾茶，回想以往与吴僧共同品茗的经历。"气清宁怕睡，骨健欲成仙"两句，极写饮茶后精神健旺，神清气爽，骨健若仙之感受。最后写自己要写诗感谢山僧之真情，并表示更愿意结庐水帘前，既听水流潺湲之声，更得取水煮茗之享受。有趣的是"迢递康王谷，尘埃陆羽篇"两句，即便在江州，距离康王谷仅是山北山南的距离，但迢递寄水，已属难得，而重新翻阅已经蒙尘的陆羽遗著，更感他评鉴之有识。无论如何解读，这首诗保留了他对庐山康王谷水帘水之鉴别和品尝，以之烹茶之因缘与感受，对照《煎茶水记》阅读，更为难得。

此外，日本内阁文库藏宋刻本陈舜俞《庐山记》卷四尚存张佚诗《游匡庐》："读史与传闻，匡庐擅高称。及兹浅游历，听览已可证。气秀多异花，景闲足幽兴。泉声隐重薮，狄影瞥危磴。崖壑相吐吞，林峦互绵亘。披藤入荒莽，打草成新峋。山近状渐奇，迹穷景逾胜。惬心忘险远，惫足只蹭磴。跻岭云外晴，出山岚已懵。回途眷犹顾，浚谷皆微崚。"虽不涉茶事，也足见他在庐山之游历与留连。通行各本《庐山记》皆无此诗，故特为拈出之。以上所录张又新二诗，可见其诗风受韩愈诗风影响很明显，造语奇崛，善于叙事，情景递次而下，足可名家，唯存留不多，是所可惜。

张又新在温州刺史任上，写了大量吟咏温州山水名胜的七言绝句。南宋祝穆《方舆胜览》卷九载："张又新为守，自《孤屿》以下赋三十五篇。"拙辑《全唐诗续拾》卷二七曾据张靖龙说以为总题应为《永嘉百咏》，但目下一下子又找不到过硬书证，只好暂不取，《全唐诗》所存仅十二篇，具体篇目是《白鹤山》《白石岩》《罗浮山》《青嶂山》《帆游山》《谢池》《华盖山》《吹台山》《青岙（ào）山》《孤屿》《春草池》《白石岩》。童养年先生纂《全唐诗续补遗》卷五，据《永乐乐清县志》卷二，补《常云峰》一首，据《永乐大典》卷一三〇七五引《元一统志》，引《太玉洞》二句；《温州师专学报》1985年2期刊张靖龙《唐五代佚诗辑考》，据温州地方文献，补录《郭公山》《大罗山》《百里芳》《滴水巷》四首及《周公庙》二句。此外，宋薛季宣《浪语集》三《雁荡山赋》注："《乐清县图经》：'雁荡山三京湾。'按《隋图经》云：'溪清如镜，无所不容，黩之不浊。唐刺吏张又新有诗。'今名照胆溪云。"知还有《三京湾》一首，诗句无存。就以上言，张又新在温州所作题咏诗作，已知有二十首，十七首完整，二首各存二句，一首仅存诗题，距离《方舆胜览》所云三十五首，虽仅略过半数，已属难能可贵了，凡治温州地方史者，应当珍视。

温州在江南诸州中，风景瑰丽，开发较晚。著名的大小龙湫，唐时是否已发现，至今仍有争议。谢灵运在任温州刺史期间，曾率门客友朋探访名山，进山常数月不出，形同野人，留下吟诵温州山水的大量诗歌。张又新是另一位探访温州山水的诗人，尽管他的诗作以七绝为主，艺术造诣无法望谢灵运项背，但他所涉及的地方则比谢氏更广，也更具体。其中既有前人吟咏已多者，如《孤屿》："碧水透迤浮翠巇，绿萝蒙密媚晴江。不知谁与名孤屿？其实中川是一双。"前二句写景，从谢诗名句中化出，后二句质疑孤屿双峰命名之欠妥，是唐人此类诗之套路写法。再《春草池》："谢公梦草一差微，谪宦当时道不机。且谓飞霞游赏地，池塘烟柳亦依依。"题写谢灵运写"池塘生春草"故事而命名之池塘，因事生感，最后写眼前之"池塘烟柳"，有古今一揆之感悟。再如《谢池》："郡郭东南积谷山，谢公曾是此跻攀。今来惟有灵池月，犹自婵娟一水间。"也是谢灵运的遗迹。尽管谢氏才力浩大，张又新无法超越，但他则借月色依旧婵娟于池水间的景色，写出对谢氏的向往与感受。有些景点他曾亲自踏访，留下景色与民风，如《百里芳》："时清游骑南徂暑，正值荷花百里开。民喜出行迎五马，全家知是使君来。"夏日寻访，看到荷花百里盛开，更写到民间观看太守临访之淳朴。从所存遗诗看，他曾到过乐清、瑞安等地方，也到过一些谢灵运足迹未到之处。此外，从明姜准《岐海琐谈》卷一〇录《滴水巷》序云："滴水巷在华盖山西北，流入郡城，涓涓不盈不竭。谢公与从弟书：地无佳井，赖华盖山北涌出一泉，名为滴水。即此水也。"《弘治温州府志》卷三录《中界山》序云："木榴屿，玉流山也，居海中，去郡城三百里。东晋居人数百家，为孙恩所破，至今湖田尚存。"怀疑他所作每一首诗，都可能曾有序，说明所咏景点的位置与传说，可惜仅存此两节。

张又新的上述诗作，大多靠温州地方文献保存，目前仅见于明清方志中，其来源应该可以追溯到今已失传的宋元方志。由于地方文献有逐次修志的传统，后出地志可能保存前代志书的内容，即便仅见于晚出地志，仍不能轻易怀疑。

张又新在唐代诗史算不上一流的诗人，且因其所属党派与作为之不为清流所喜，故史籍上颇载其丑行。然全部解读他的存世文献，似也颇有可称之处，不能全部忽略。故就所知，略述如上。

　　　　　　　　　　　　　　　　　（刊《文史知识》2018 年 1 期）

张祜诗集的缺月重圆

最近半个多世纪间，唐代著名诗人别集有过多次重要的发现，比方王绩诗集五卷足本的发现和整理，比方张说集三十卷本足本的发现，比方沈佺期集清抄五卷本的发现等等，但就对作家研究的突破意义来说，都比不过张祜《张承吉文集》十卷足本发现的意义重大。南宋蜀刻本《张承吉文集》十卷，有元翰林国史院官书之藏印，今存中国国家图书馆，1979年由上海古籍出版社影印，方为世知。孙望编《全唐诗补逸》据以辑出佚诗140多首（有重收），收入中华书局1981年版《全唐诗外编》。以十卷本与明清通行之各本张集对校，不难发现明清通行的张集其实只是十卷本的上半部，即前五卷。卷六前半二十来首五言绝句也得存留，则是洪迈《万首唐人绝句》引录的功劳。卷六后半开始的四卷半则皆逸，仅少数诗因曾为《文苑英华》等书收录，得以保存，大多数诗歌并不为世所知。十卷本是分体编录的文集，前半之古体诗及五七言绝句为世所熟稔，后半之五七言律诗及大多排律，并不为世所知，这就大大影响了明清以来对张祜诗歌总体成就之认识，后半部诗集中所见张祜对时政重大问题之所见，及他对唐初以来诗歌发展史之见解，更无人了解。以往人们所见只是他的半边面孔，现在缺月重圆，可以对他有新的认识。

张祜，字承吉，南阳（今属河南）人，寓居姑苏（今江苏苏州）。生卒年大约是792-853，即比杜牧年长十来岁，晚死一二年。早年浪迹江湖，狂放不羁。长庆三年（823），至杭州谒刺史白居易，与徐凝争为解元，不胜而归。前后屡举进士，皆不第。大和五年（831），天平军节度使令狐楚向朝廷表荐他的诗，为权贵抑退。一说是元稹作梗，其实元稹此年在外，当年去世，恐非。这样张祜只好以处士终其一生，晚年退归江南，潦倒而逝。对张祜的评价，历来分歧很大，喜爱者赞不绝口，杜牧尤甚；批评者则因其诗而及其为人，如疏狂放荡，噪进粗豪，好色狎妓，贪酒迷狂，应该都是事实。杜牧"三年一觉扬州梦"，已经很过分了，张祜居然写出"人生只合扬州死，禅智山光好墓田"的宣言。客观地说，张祜确实写了许多好诗，尤其是他的开天遗事组诗，名山寺院游历诗，描摹乐舞诸诗，以及《宫词》"一声河满子，双泪落君前"的名篇，是晚唐不可多得的佳作。明清人特别推重的，主要还是他的绝句，因为其他诗体流传相对较少。

十卷足本的发现，展现了张祜全面的成就。

宋蜀刻十卷本的编次方式很特别，似乎是既不分类又不分体。前三卷是"五言杂体"和"五言杂诗"，四、五卷是"七言杂题"，六卷是"五言杂题"，七卷又是"七言杂题"，八卷干脆只题"杂题"，九、十卷题"五七言长韵"，除了最后二卷可加区分，前八卷似乎是混编。但混乱间又有大致的秩序。前五卷即明清旧传文本，七言的四五两卷，全部都是七言绝句，首三卷之五言诗，以五言律诗为主，末附十几首七绝。理解这样的编次，我们就可见到明清传本以五七言绝句和五律为主，后半的七言律诗和长篇排律，皆未收入。蜀刻十卷本在两宋时不是稀见之书，我们今日仍可从《文苑英华》《乐府诗集》《庐山记》（以上北宋书）、《唐诗纪事》《韵语阳秋》《野客丛书》《海录碎事》《舆地纪胜》《古今岁时杂咏》《刿录》《蟹略》《全芳备祖》《记纂渊海》《成都文类》《嘉泰会稽志》《嘉定赤城志》《咸淳临安志》《咸淳毗陵志》《后村诗话新集》等书中见到引录的痕迹，到明初《永乐大典》《诗渊》还曾引及。因此，后五卷所存张祜诗，部分仍为《全唐诗》所收录。以下是我分卷分体对各卷存佚诗的分析。

卷次	诗体	首数	《全唐诗》已收	佚诗
卷六	五绝	22	21	1
	五律	35	3	32
	七律	3	0	3
卷七	七律	38	12	26
	五言长韵	16	7	9
卷八	七律	31	12	19
	古体	3	0	3
卷九	五言长韵	24	0	24
	七言长韵	1	0	1
	古体	5	2	3
卷十	五言长韵	10	1	9
	古体	4	0	4
	杂言	1	0	1
合计		193	58	135

以上统计没有考虑蜀刻十卷本误收及《全唐诗》曾收残句的因素。据此可以看到，在各体诗写作方面，以往我们读到张祜诗歌，以五律和绝句为主，现在可以了解他各体诗的写作能力。古体、杂言诗虽总体不多，以往仅见两篇，现在可见十篇；五言长韵，后代习称五言排律之作，以往仅见八篇，且篇幅都很短，现在可见四十篇，且有多篇四十韵以上的大篇，就更显珍贵；七律以往得见二十四篇，目前得见多达七十二篇，确实是大大地丰富了。

十卷本的佚诗，不少也可加深对张祜人品的批评，因为其中包含大量游历各地幕府时的投谒诗与陪游诗。按照尹占华先生撰《张祜诗集校注》附录二《张祜系年考》的勾稽，我们可以看到他在元和后期先至宣州、魏州、许州，然后在泗州看李常侍李进贤打球，到徐州观李司空李愿行猎，先后投诗陈许节度使马总与李光颜，复游襄樊，参访孟浩然旧居，又到扬州，会会心仪的妓女，到长安后再到河北，投诗魏博节度使田弘正，西至太原，谒北都留守裴度。这些经历，仅是他这三四年间可以考知，且留下诗篇的记录。这是他三十岁前的行程，一方面在应试求出身，但曾安心温业吗？当然到处在寻机会，希望得到有力者的推荐，语气当然是谦和而恭敬的。杜牧赞许他"千首诗轻万户侯"，我觉若写成"千首诗干万户侯"，可能更为贴切。除了确认令狐楚曾推荐过他（见杜牧诗注），多数时间并不顺利，张祜当然有理由很不爽，在受冷遇后轻薄一下权豪，当然也会有的，那么杜牧也不算错。

张祜以处士终，一生没有做官，照理来说应该心游物外，与世无争，然而读他的存世诗作，无论咏史还是游历，都包含强烈的入世情怀。在蜀本所见佚诗中，可以更强烈地看到他对时政的参与及关切。《元和直言诗》以"东野小臣祜，圣朝垂泪言"开始，以"兢兢小臣祜，万死甘词繁"，似乎曾奏进朝堂，并自知没有进言的资格，但秉持"比干不惮死"的态度，仍想讲"读帝王书"所得之"治乱源"奉献于圣聪。虽然他所讲不过是"陛下复土阶，四方敢高垣？陛下喜雕墙，四方必重藩"的议论，不过要求皇帝节俭，为天下表率，无甚高论。他所作《苦旱》《苦雨二十韵》等诗，关心自然灾害造成民生之困窘，希望皇帝诚心为政，祈祷上苍，以求灵应。特别值得注意的是他在戊午年所作两首长诗。一篇是《戊午年寓兴二十韵》，他说"大道开王室，辛勤自贾生。白衣逢圣主，青眼赖时英"，即国事兴危、处士有责之意。其中关键是"旧恩移保傅，初论激公卿"二句，应该是国之元勋受到不公正待遇，他要出言。最后说："帝图殷太甲，人镜魏文贞。""殷勤在伊吕，为我致升平。"呼唤有贤相出而坐致升平。另一首是《戊午年感事书怀二百韵谨寄献太原裴令公淮南李相公汉南李仆射宣武李尚书》，实际所存为九十八韵，不知存诗有脱漏，还是写了一百韵而计数有误。他所赠四人，分别是河东节度使裴度、淮南节度使李德裕、山南东道节度使李程、宣武节度使李绅，几乎就是他心目中贤相的人选，且坐守几个大镇，他的投诗显然有很强烈的政治目的。自从杜甫写出《夔府咏怀百韵》，诗界公认此体最难写，如白居易、元稹、韩愈、刘禹锡皆有所作，都不算成功。张祜显然也不善此体，分呈四相（李绅任相在其后），显然不是私事，但用典太多，述意晦涩，但也可能有无法明言之内容，只能以如此方式出之。戊午年是开成三年（838），是甘露事变后的第三年，朝政日非，这年又发生庄恪太子不明真相的意外死亡，更引人关切。张祜的诗，应该在这个大背景之下来认识。

张祜于会昌间南归，卜居丹阳，但用世之心未泯。李德裕会昌秉政，北逐回鹘，东平泽潞，张祜显然都很关心。他在会昌末专程到河阳，投诗名将石雄："黠虏构搀抢，将军首出征。万人旗下泣，一马阵前行。对敌枭心死，冲围虎力生。雪霜齐摽甲，风雨骤扬兵。指点看鞭势，喧呼认箭声。狂胡追过碛，贵主夺还京。黑夜星华朗，黄昏火号明。无非刀笔吏，独传说时英。"（《投河阳石仆射》）对石雄率军击退回鹘对振武军之侵掠，并迎回太和公主，给以积极赞颂。在河阳的游历，也写道："中国最推鼙鼓地，大臣先选栋梁材。""从此圣朝思将帅，上衣须脱食须推。"（《题河阳新鼓角楼》）这些都赞美石雄，也是肯定会昌新政。联系他在开成年间给李德裕的进言，可以看到他的好恶。通读这些作品，再来重读他大中三年（849）听闻武宗才人孟氏在武宗病笃时以身相殉之事后，作《孟才人叹》："偶因歌态咏娇嚬，传唱宫中十二春。却为一声《何满子》，下泉须吊旧才人。"以及最有名的《宫词》："故国三千里，深宫二十年。一声《河满子》，双泪落君前。""自倚能歌日，先皇掌上怜。新声何处唱？肠断李延年。"在对重情义的内宫才人的歌颂哀挽中，所包含的对一个时代、一段君臣遇合故事的伤痛，是不难体会的。

《叙诗》一篇，是张祜表达他的诗学主张的长篇。首先他认为"二雅泄诗源，滂滂接涟漪"，即认为《诗经》中的大小雅诗是后世诗的正脉，也看到历代诗各有成就，但因"去圣远"，立旨各有偏差。他说："五言起李陵，其什伤远离。雄材耻小用，属咏偶成规。"认为李陵、苏武诗是五言诗之起源，"伤远离"的基调为后世所追随。他高度赞赏魏晋风骨，认为曹植诗体现了"龙变"，即根本的变化，而"刘桢骨气真，王粲文质奇。阮公先兴亡，陆氏以才推。雅怨止潘子，高标存左思。延年得殊致，灵运拔英姿。沈侯美玉蕴，谢守文锦摛。江词骋奇妙，鲍趣出孤危。飘飘彭泽翁，于在务脱遗"一节，则对六朝诸名家作了逐次的点评，仔细咀嚼，大体还算到位。特别是他对唐初以来各家之认识，尤其值得品味："拾遗昔陈公，强立制颓萎。英华自沈宋，律唱互相维。其间岂无长，声病为深宜。江宁王昌龄，名贵人可垂。波澜到李杜，碧海东狋狋。曲江兼在才，善奏珠累累。四面近刘复，远与何相追。趁来韦苏州，气韵甚怡怡。伶伦管尚在，此律谁能吹？"讲了九个人，画出两百年的诗史。一是陈子昂，"强立制颓萎"用语很强烈，对陈氏力挽狂澜、扭转风气的作为，充分肯定。对完成近体诗声律的沈、宋二人，独用四句来称扬，夸他们是"英华"，认为"律唱"为四维，声病最相宜，他平生以近体诗写作为主，因有此体会。赞美王昌龄"名贵人可垂"，也因他用力写绝句，最能体会王氏唐音正宗之开创。到李杜如百流入海，这是一般认识，因此没展开。"曲江"指张九龄，张祜认为他诗文皆好，尤善奏事。"四面近刘复，远与何相追"二句，最出人意外。何指何逊，六朝今体诗仅次于庾信的大家，但刘复好像并不相称。《全唐诗》存刘诗十来首，不足以名家。近年出土刘复自撰墓志，可以部分解释这一困惑。刘复自述早年博通经史，转而攻诗，曾得李白、王昌龄器异，王昌龄更有"后来主文者，子矣"的期许，他"长好山水，游无远近"，有不凡的胸襟。平生"有文集三十卷，凡五百馀篇"，可惜没有传存（见《河洛墓刻拾零》，466页）。因张祜诗，可以追想刘复当年的影响。最后以韦应物为结，很可能是张祜早年的作品，中唐诸大家已经登场，尚未入他的法眼。

此外，还有几首佚诗可见张祜对李白、韩愈之评价。张祜曾拜谒韩愈，有《投韩员外六韵》："见说韩员外，声华溢九垓。大川舟欲济，荒草路初开。耸地千寻（蜀本作浔，据尹占华说改）壁，森云百丈材。狂波心上涌，骤雨笔前来。后学无人誉，先贤亦自媒。还闻孔融表，曾荐祢衡才。"作于元和六年（811）韩任职方员外郎后不久。这时张祜年方初冠，他恭维韩声名远播，正是开拓大路、扬帆远航的时机，也坦率自述希望得到韩的推荐。韩提携后进不遗馀力，似乎一般不会拒绝，但结果则不甚明白。张祜又有《读韩文公集十韵》，作于韩身后，赞誉韩"别得春王旨，深沿大雅情"，是最早看到韩愈儒学接传正学意义的作品。张祜又感叹自己没有接续韩文学之能力，期待有后继者传续薪火。他作《梦李白》，是唯一的歌行杂言诗，刻意模仿痕迹明显。他说久寻李白不见，梦中知李白方赴王母宴，得见而蒙李白一大段教诲。他设想李白说："生时值明圣，发迹恃文雄。一言可否由贺老，即知此老心还公。"即感叹李白生在盛世，有雄文，又得到贺知章秉公的揄扬，他自己则感叹"贺老不得见，百篇徒尔为"，没有遇到真正的伯乐。梦醒了，李白不见了，他更感到孤独，"兀兀此身天地间"。可以批评张祜没有学到李白的傲兀，过于在意名家之推荐与自己之成名，但除此，他又有何办法呢！

杜牧是张祜最好的朋友。这位小老弟才气横溢，可惜手中资源有限，只能在诗中积极为前辈鼓吹。《登池州九峰楼寄张祜》云："谁人得似张公子，千首诗轻万户侯。"《酬张祜处士见寄长句四韵》云："七子论诗谁似公？曹刘须在指挥中。""可怜故国三千里，虚唱歌辞满六宫。"都曾盛传一时。在佚诗中，可以见到两人交往的新篇什。《江上旅泊呈池州杜员外》云："牛渚南来沙岸长，远吟佳句望池阳。野人未必非毛遂，太守还须是孟尝。江郡风流今绝世，杜陵才子旧为郎。不妨酒夜因闲语，别指东山是醉乡。"《万首唐人绝句》卷六九引前四句作绝句，据此可以补全。张祜赞杜牧为"杜陵才子"，更写两人酒夜之长谈。从末句看，张祜认为杜牧有宰相之才，但不得机缘，不妨将醉乡视为东山。《奉和池州杜员外南亭惜春》："草雾辉辉柳色新，前山差掩黛眉颦。碧溪潮涨棋侵夜，红树花深醉度春。几恨今年时已过，翻悲昨日事成尘。可知屈转江南郡，还就封州咏白蘋。"是对杜牧《残春独来南亭因寄张祜》诗的答复，是他到池州探望杜牧离开后，二人更进一步的关切。《题池州杜员外弄水新亭》："广厦光奇辈，恢材卓不群。夏天平岸水，春雨近山云。婉衍稂薚揭，端完柱石分。孤帆惊乍驻，一叶动初闻。晚槛馀清景，凉轩启碧氛。宾筵习主簿，诗版鲍参军。露洒新篁滴，风含秀草薰。何劳思岘岭，虚望汉江滨。"杜牧有《题池州弄水亭》，又有《春末题池州弄水亭》，估计张诗是和后一首的。此亭北宋尚在，张舜民《画墁录》载："次池州弄水亭，杜牧之所创。俯溪流，望齐山，景致清绝，人皆采为图画。亭上石刻，尽载小杜诗篇。"佳景可以凭想。

对张祜的评价，还是陆龟蒙讲得最好："张祜，字承吉，元和中作宫体小诗，辞曲艳发，当时轻薄之流能其才，合噪得誉。及老大稍窥建安风格，诵乐府录，知作者本意，短章大篇，往往间出，谏讽怨谲，时与六义相左右。善题目佳境，言不可刊置别处，此为才子之最也。由是贤俊之士及高位重名者，多与之游，谓有鹄鹭之野，孔翠之鲜，竹柏之贞，琴磬之韵。或荐之于天子，书奏不下，亦受辟诸侯府，性狷介不容物，辄自劾去。"（《松陵集》卷九《和张处士诗序》）他自己有成长的过程，创作也在不断变化。才分确实很高，但秉性狷介，不容俗物，仕途自然无望，评价也不免分歧，才子大体如是吧。

十卷足本对张祜交游以及他的诗歌文本考订，线索都极其丰富。如杜牧曾为李戡写墓志，借李戡之言痛骂元白的诗风，张祜佚诗有《题李戡山居》，即可见到他与李戡之密切交往。《全唐诗》卷五一一收张祜佚句如"夏雨莲苞破，秋风桂子雕""杜鹃花发杜鹃叫，乌臼花生乌臼啼""一身扶杖二儿随"，现在都能见到全篇。《忆游天台寄道流》，《全唐诗》是收了，但同书卷二八一又据《众妙集》作张佐诗，也可据蜀本确定是张祜作。《全唐诗》卷三六一刘禹锡下收《白鹰》一首，刘集不收，来源可能是南宋类书《事文类聚后集》卷四三和《合璧事类别集》卷六五。《张承吉文集》卷七录此诗，题目是《鹰》，可确定作刘诗有误。这些都是末事，但善本价值也据此可知。

不必讳言，十卷宋本误收、残讹也都很严重。与温庭筠互见的几首诗，大约都不是张祜所作。《忆江东旧游四十韵寄宣武李尚书》所存实际是三十八韵，《庚子岁寓游扬州赠崔荆四十韵》则包括四十二韵，似乎有所误植了。《游天台山》一篇，与《嘉定赤城志》卷二一所录诗比较，宋本误字有十多处。这些，都需要学者认真地加以校订改正。十卷宋本影印后，先由严寿澄先生校点，1983年由江西人民出版社出版，书名作《张祜诗集》。尹占华先生《张祜诗集校注》（巴蜀书社，2007年），是目前张祜诗集唯一的校注本，校订文本的同异和讹误，指示张祜诗中用典遣辞之来源，并尽力汇聚张祜研究的文献，用力甚勤，多可参考，值得推荐。

（刊《文史知识》2018年4期）

诗人赵嘏的人生冷暖与诗歌存佚

赵嘏是晚唐著名诗人，成就略逊于杜牧、李商隐，与许浑、张祜相当，可惜他的原集不存，传世《渭南文集》由后人拼凑，误收、漏收都很严重，影响了对他成就的认识。我经多年努力，校订所得赵诗较前人有很大扩展，仅完整的佚诗就超过五十首，另残篇还有二十多篇，实在很可观。借此谈谈他的人生与诗歌，也介绍一些较有特色的佚诗。至于佚诗来源，不能全部披示，读者谅之。

赵嘏字承佑，楚州山阳人，其地在今江苏淮阴，唐代并非文化中心，他的家世至今仍不甚了了。赵嘏生平也很简单，他在武宗会昌四年（844）登进士第，估计那时已经年近四十。过了几年，在宣宗大中前期，得到一个渭南尉的小官，后世常称他为赵渭南。不久就去世了，享年肯定还不到五十岁。登进士第以前的经历，仅能从他的诗中加以推测。穆宗长庆末，曾入浙东观察使元稹的幕府，后来又到过宣歙观察使沈传师幕府。元稹是著名的诗人，沈幕中则有杰出诗人杜牧，这些经历在赵嘏都很珍贵，但感受应该有很大不同。

赵嘏留下的诗有《重阳日陪越中元相公宴龟山亭》《浙东陪元相公游云门寺》《初入寺寄上元相公》等，写于奉陪曾任宰相而出守越州之元稹末座时，似乎没有引起元稹的特别关注。《初入寺寄上元相公》一首，又题《越中寺居寄上主人》，诗云："野寺初容访静来，晚晴江上见楼台。中林有路到花尽，一日无人看竹回。自晒诗书经雨后，别留门户为僧开。苦心若是酬恩事，不敢吟春忆酒杯。"虽是寺居的观感和心情，希望主人汲引的意思也很明白。在元稹存诗中，看不到任何回应的痕迹。传闻中，还留下一段对元稹来说很不光彩的记录。《唐摭言》卷一五《杂记》载："颜尝家于浙西，有美姬，颜甚溺惑。泊计偕，以其母所阻，遂不携去。会中元为鹤林之游，浙帅（注：不知姓名）窥之，遂为其人奄有。明年，颜及第，因以一绝箴之曰：'寂寞堂前日又曛，阳台去作不归云。当时闻说沙咤利，今日青娥属使君。'浙帅不自安，遣一介归之于颜。颜时方出关，途次横水驿，见兜舁人马甚盛，偶讯其左右，对曰：'浙西尚书差送新及第赵先辈娘子入京。'姬在舁中亦认颜，颜下马，揭帘视之，姬抱颜恸哭而卒，遂葬于横水之阳。"《渭南诗集》卷二、《万首唐人绝句》卷三七、《全唐诗》卷五五〇录此诗，题作《座中献元相公》，裁定就是元稹的恶行。但《唐摭言》说事在浙西，即今江苏镇江，元稹出镇浙东，在今浙江绍兴，且元稹卒于大和五年（831），在赵颜会昌四年及第前十多年，实在是冤枉了他。会昌四年浙帅，旧说为李师稷，日人户崎哲彦据桂林石刻所考，是年方除元晦，刚自桂林起行，元晦也没有做过宰相。真相如何，诚不可解也。无论如何，赵颜在元稹那边受到冷遇，应该没有太大问题。

杜牧才分好，成名早，虽然地位不高，影响却极大。杜牧在扬州风流三年，临行作《将赴宣州留题扬州禅智寺》诗："故里溪头松柏双，来时尽日倚松窗。杜陵隋苑已绝国，秋晚南游更渡江。"赵颜作《和杜侍御题禅智寺南楼》奉和："楼畔花枝拂槛红，露天香动满帘风。谁知野寺遗钿处，尽在相如春思中。"比杜诗更为风流骀荡，杜牧当然立即引为知音，来往遂密，且友谊保持终身。赵颜也有诗："白首寻人羞问计，青云何路觅知音。唯君怀抱闲于水，他日门墙许醉吟。"（《题杜侍御别业》）视杜牧为可以倾诉怀抱、放纵醉吟的知音。赵嘏有《长安秋望》："云物凄凉拂曙流，汉家宫阙动高秋。残星几点雁横塞，长笛一声人倚楼。紫艳半开篱菊静，红衣落尽渚莲愁。鲈鱼正美不归去，空戴南冠学楚囚。"怀古、伤时、思乡之情融于一篇，写景如画，寄意遥深，是他最好的诗篇。据说杜牧见到后，"吟味不已，因目嘏为'赵倚楼'"。应是两人均居长安时期事了。其间他们合作写过《同赵二十二访张明府郊居联句》，杜牧更往访赵嘏居所，作《雪晴访赵嘏街西所居三韵》："命代风骚将，谁登李杜坛？少陵鲸海动，翰苑鹤天寒。今日访君还有意，三条冰雪独来看。"这首诗值得仔细品味，杜牧在问，当今诗坛，谁是引领风气的人物，谁能达到登上李杜诗坛的高度。"少陵鲸海动，翰苑鹤天寒"，是说李杜的成就高不可及，令人向往。最后两句，杜牧特别说明造访的用意，或者说彼此之珍惜。今人好谈杜牧对元白诗的激烈批评，赵嘏的不同经历，或者可以为此作一注脚吧。

赵嘏从成年到登第，在干谒与科场中奔走了近二十年，饱尝孤寒进取的委屈与愤懑，冷暖自知，发为诗篇，有许多直率的表达。《下第后归永乐里自题二首》："无地无媒只一身，归来空拂满床尘。尊前尽日谁相对？唯有南山似故人。""玄发侵愁忽似翁，暖尘寒袖共东风。公卿门户不知处，立马九衢春影中。"前首"无地"是写没有家族势力，"无媒"是说得不到有力者的奥援，归来举杯浇愁，只有终南山兀然眼前，极写自己的孤独失落。次首写自己年岁渐增，孤寒依旧，虽然春来尘暖，欲求公卿垂怜而不得要领。末句"立马九衢春影中"，写出自己的孤独和傲兀。《落第》："九陌初晴处处春，不能回避看花尘。由来得丧非吾事，本是钓鱼船上人。"春回大地，别人在杏园欢聚，与自己实在无关，只能感喟自己本来就是闲人，不该混迹红尘。他甚至感到了绝望。《江上与兄别》："楚国湘江两渺弥，暖川晴雁背帆飞。人间离别尽堪哭，何况不知何日归。"前两句写景，后二句写兄弟分别，再见无期，伤心至甚。《歙州道中仆逃》："去跳风雨几奔波，曾共辛勤奈若何。莫遣穷归不知处，秋山重迭戍旗多。"穷得连仆人都弃他而去，但诗人仍感念往日的好处，为他逃走后的命运担忧。《下第后上李中丞》："落第逢人怵哭初，平生志业欲何如。鬓毛洒尽一枝桂，泪血滴来千里书。谷外风高摧羽翮，江边春在忆樵渔。唯应感激知恩地，不待功成死有馀。"虽然连年落第，除此也无他途，李中丞大约曾帮过他，但没有成功，他要表达感谢，更借此诉述前途无路、人生死守的无奈。唐设进士科，始于隋，至太宗时制度渐备，流风所趋，"虽位极人臣，不由进士者，终不为美"（《唐摭言》卷一），及第之难，有"三十老明经，五十少进士"之谚语。赵嘏身历其艰，写下"太宗皇帝真长策，赚得英雄尽白头"二句，将朝廷设科笼络士人之深层用意，戳了个透穿。

虽然功名不利，但风流才子仍不改风流本色。赵嘏佚诗《答佳人》云："诗家才子酒家仙，谪在人间十七年。明月巧堂斜汉夜，好花开在半春天。几曾巫峡通云梦，惯入阳台醉绮筵。记取赠诗人姓赵，断肠西去独摇鞭。"首句又见《答友人》首句，大约是赵嘏喜欢的自夸。自称"谪在人间十七年"，是他早年的作品，从这首诗里，看到他的不羁，他的自负，甚或有些轻狂，这些也正是唐人之风貌。《赠歙州妓》："滟滟横波思有馀，庾楼明月堕云初。扬州寒食春风寺，看遍花枝尽不如。"这是他在宣歙幕府时期的作品，前二句夸该女之容色，尤写其能眉眼传情，并说此前在扬州阅人无数，尽皆不如。《别麻氏》："晓哭呜呜动四邻，于君我作负心人。出门便涉东西路，回首初惊枕席尘。满眼泪珠和语咽，旧窗风月更谁亲。分离况值花时节，从此东风不似春。"从诗意看，这位麻氏似与他为另一露水夫妻，他珍惜彼此的感情，知道麻氏对自己的一往深情，也感喟花开时节遽然分离之不当，但承认自己的负心，还是决然离开。他的《代人听琴二首》《江楼旧感》《代人赠别》诸诗，所写也是这些经历。其实，赵嘏是有家室的，且感情深厚。《悼亡二首》："一烛从风到奈何，二年衾枕逐流波。虽知不得公然泪，时泣阑干恨更多。""明月萧萧海上风，君归泉路我飘蓬。门前虽有如花貌，争奈如花心不同。"这种伤感也是真实的，他且承认"门前虽有如花貌"，但对妻室的感情更为珍惜。这就是唐人的生活状态，人生虽然困顿，风流本色不变，纵肆自如，随处留情，不加掩饰，不作矫饰，不如此就不是唐人。

幸运的是，赵嘏在举场遇到了老诗人王起。王起这时已经年过八十，二十多年前就曾知贡举，恰好李德裕主政，同情孤寒士人，将王起请出山，连续掌会昌三年、四年的贡举。前一年名单完整保存，大多为南方士人，赵嘏挤进了第二榜，总算熬出了头。他及第后有诗示座主王起与诸同年，有"贾嵩词赋相如手，杨乘歌篇李白身"（《成名年献座主仆射兼呈同年》）两句，贾嵩工赋，杨乘善诗，两位同科考试而未获及第，赵嘏将他们写入诗篇，告诉座主仍有遗珠之憾，这里看到他的厚道。估计他与贾嵩关系密切，贾获京兆解送之解头，本来出线机会很大，但遗憾落第。赵嘏作《赠解头贾嵩》相赠："贾生名迹忽无伦，十月长安看尽春。顾我先鸣还自笑，空沾一第是何人？"有一些得意，有一些调侃，初读觉得他的轻薄，但与前诗联系起来看，则属朋友之间游戏关心之作而已。送同年郑祥到汉中王起幕府的诗，将他的惊喜写得更直接畅快："年来惊喜两心知，高处同攀次第枝。人倚绣屏闲赏夜，马嘶花径醉归时。声名本自文章得，藩阃曾劳笔砚随。家去恩门四千里，只应从此梦旌旗。"（《送同年郑祥先辈归汉南》）可以说，多年郁闷至此完全释放驱除了。他及第的第二年，发生科场案。左谏议大夫陈商知贡举，初以张渍为状头，赵嘏驰诗祝贺："九转丹成最上仙，青天暖日踏云轩。春风贺喜无言语，排比花枝满杏园。"似乎比自己登第还高兴。很快被人揭发有弊，诏请翰林院重试，张渍表现失常而遭黜落，赵嘏再赠诗："莫向花前泣酒杯，谪仙依旧是仙才。犹堪与世为祥瑞，曾到蓬山顶上来。"（《赠张渍榜头被驳落》）有同情与勉慰。此诗当年风传一时，成为科场的著名事件。

赵嘏的性格，恰应了初唐裴行俭说四杰的话，逞才露己，非做大官之材。据说唐宣宗听闻他的诗名，曾让他进诗，首篇是《题秦皇》："徒知六国随斤斧，莫有群儒定是非。"指斥后世史家仅看到秦皇以武力削平六国，没有识力米评判是非。宣宗读后不悦，也就没有了下文。

赵嘏的诗集，通行有清人席启寓编《唐诗百名家全集》本《渭南诗集》二卷，清段朝端刊《渭南诗集》，存诗均超过二百六十首，但误收他人诗有近十首，殆皆出后人重辑。经我考订，二集存其可信诗歌为二百五十二首，加上新发现的完残诗歌，总数可以达到三百二十多首，颇为可观。

佚诗中的大宗，是敦煌遗书斯六一九所存《读史编年诗》卷上，原卷不署作者，有序云："编年者，十三代史间，自初生至百岁，赋其诗以编纪古人百年之迹。其有不尽举一年之事，而复杂以释老者，盖唯诗句之所在。七言八句，凡百一十。然古帝王之必有异也，备之帝□□□□知故略。"《新唐书·艺文志》著录赵嘏《编年诗》二卷，《直斋书录解题》称该书"取十三代史事迹，自始生至百岁"，《唐才子传》卷七谓其"岁赋一二首，总得一百十章"，与前序恰合。这组诗是将唐前正史十三史中提到古人有年岁的事迹，逐岁编次故事，略申吟叹，成七律一百一十首。该卷凡存诗三十六首，从一岁到二十八岁，其中八年有二首，其馀均一年一首。其成就不在艺术水平，而具小类书之价值。录两首如次："孔融幼女毁齿年，引颈就戮忻忻然。谢庄父子擅文雅，项橐师资推圣贤。吟处碧天云暮合，拜时真像泪长悬。仍问别有张曾子，礼乐全知世共怜。""阿连宅边云物愁，谢朓笔下芙蓉秋。征词立抚孺子背，泣箭坐报鲜卑仇。草草从征鞭马去，依依望国负书游。闺门别有生知者，千古长居第一流。"分别罗列了孔融女、谢庄、项橐、谢惠连、谢朓等人事迹，敷衍成诗，以便自己写诗时遴取，也方便读者记忆故事，掌握写诗的故实，其价值与李峤《杂咏》一百二十首相当。赵嘏存诗中之将薛道衡《昔昔盐》诗二十句，每句皆敷写为一首诗，与这组诗用意正同，是有才华的诗人暗暗所下的死功夫。据说李白曾三拟《文选》，白居易录古书辞章典故编为《白氏六帖事类集》，大凡天才都如此，在众日之下才气横溢，其实回家都曾下过大功夫。

《全唐诗》及《全唐诗逸》录了一些赵嘏残句，经努力有多首找到了全篇，这让我感到很欣慰。如《唐诗纪事》卷五六引《主客图》存"一千里色中秋月，十万军声半夜潮"，应该是赵嘏最具代表性的诗歌，今知诗题为《忆钱塘》，全篇为："往岁东游鬓未凋，渡江曾驻木兰桡。一千里色中秋月，十万军声半夜潮。桂倚玉儿吟处雪，蓬遗苏丞舞时腰。仍闻江上春来柳，依旧参差拂寺桥。"《主客图》为晚唐张为著书，摘句评论各诗人，赵嘏摘此，知为时人所诵。《千载佳句》卷下录《赠陈处士》二句："钩指烟江风艇在，雨依山酒夜琴横。"《千载佳句》为日人大江维时所编唐诗选句集，成书相当于中国五代时。今知陈处士名齐之，全诗云："二十年来负屈声，不离云馨见高情。早逢八座升前席，晚顾诸儒尽后生。钓指烟波风艇在，雨依仙酒夜琴横。古诗苦涩因君识，海上遭人问姓名。"《能改斋漫录》卷八录二句："松岛鹤归书信绝，橘洲风起梦魂香。"今知诗题为《自解》，全诗为："闲梳短发坐秋塘，满眼山川与恨长。松岛鹤归音信绝，橘洲风起梦魂香。琴依卖卜先生乐，赋学娱宾处士狂。独往不愁迷去路，一生踪迹在沧浪。"三书摘句，均是反复挑选的结果，能在千年后重现全篇，可称幸运。

当然，更多佚诗是以往所不知道的，也录几首供读者欣赏。如《隋宫》："隋宫芜没馀宫墙，行人驻马心凄凉。龙舟不返波浩浩，苑树老尽春茫茫。野渡残云迷井邑，空波落日照城隍。精灵应恨韩擒虎，功自平戎祸自彰。"《汉江秋晚》："覆菊低烟艳晚丛，坠阶凉叶舞疏红。人归远岛秋砧外，雁宿寒塘夜雨中。几纵笙歌留醉伴，独将身计向樵翁，故园何处空回首，万里萧萧芦荻风。"《独登姑蔑楼寄清上人》："孤蔑城边水乱流，登城怀古不胜愁。鸡峰半露轩西日，縠浪斜摇树外秋。来客暗思功未立，高僧应笑世如浮。长吟欲问当时事，尽日无人独倚楼。"这些诗，都可讽颂，为作者用力之作。

有些佚诗，总感到还远非完篇，如《广陵》："广陵城中饶花光，广陵城外花为墙。高楼重重宿云雨，野水滟滟飞鸳鸯。"缺题："正怜深水晚荷生，已觉疏帘小簟清。鸟背夕阳归极浦，角迎秋气入孤城。"应该都是七律的前四句。在依稀可见的残诗中，仍可看到他的才情，如《江夜岁暮》："夜吟孤枕潮声近，晚过千山雪气寒。"《登华严寺》："宿处客尘随夜静，坐中烟水向人闲。"以及缺题句："夕阳楼上山重迭，未抵春愁一倍多。"要找到全篇，恐怕希望很渺茫。

今年写了多篇介绍唐代中小诗人的文章，感慨各人的人生遭际不同，作品传播之多寡不同，影响了后人的阅读与评价。相比说来，赵嘏是不幸者中的幸运者，毕竟他还有三百多首诗保存下来，足以名家。赵嘏诗的研究，成绩远逊于他同时的诸名家，他的诗至今也仅有篇幅不大的一册《赵嘏诗注》（谭优学注，上海古籍出版社，1985年），更希望有学者用大气力为他的诗作郑笺，让更多读者理解他的成就。

（刊《文史知识》2018年2期）

晚唐诗人李郢及其自书诗卷

就文本流通来说，唐代仍属于写本为主的时代。诗人要作品流布，要投卷晋谒，要诗简酬和，要大众阅读，主要还是靠抄写。唐诗人善书者甚多，唐时诗卷也应该有很大数量。然而就今日可见之诗人自书诗真迹，似只有杜牧《张好好诗》孤篇巍然保存。而诗人之自书诗卷，南宋后似仅有许浑《乌丝栏诗真迹》与李郢自书诗卷留存。前者有许浑本人大中四年（850）三月十九日自序，称"编集新旧五百篇"，自写以存。至南宋岳珂所见，仅存前半171首，约占全卷三分之一。原卷早已不知所踪，幸亏岳珂将其全文抄入所著《宝真斋法书赞》，后者原书亦亡，但《永乐大典》大多抄录，清开四库馆时复辑出，得以保存文本。

李郢自书诗卷似乎要幸运得多。其大中十年（856）自书七言诗真迹一卷，清内府藏于淳化轩，《秘殿珠林石渠宝笈续编》全录，存诗凡四十一首，有宋乐全居士张确和元柯九思、陈绎曾、周仁荣、张翥五人题跋，录前三人跋如次：

> 李公尝出守房陵、商州，有善政，以能诗闻诸公间，有文集行于世。此诗翰墨豪健，自成一家。宣和六年（1124）季夏一日，乐全居士书（《秘殿珠林石渠宝笈续编》原注：张密学讳确，字子固。《壮陶阁帖》跋：旁有项叔子印，不知何人注也）。

右唐李郢字楚望，书七言诗真迹，后有张乐全跋，曾入绍兴内府，合缝小玺具存。诗法清丽，笔意飘撇，自有一种风气。仆仅见宣和所收许浑诗稿，精致亦如之，足以见唐人所尚，流风馀韵，令人兴起。至治初，以佳本定武《兰亭》易得之，爱玩不能去手。丹丘柯九思识。

唐李楚望端公大中十年七言诗一卷。楚望以是岁登进士第，其上主司诗云："闭户偶多乡老誉，读书精得圣人言。"视"一日看尽长安花"，殆有间矣。宜其疏于驰竞，以藩镇从事终也。此纸乌丝栏，绝精致，字画有欧、柳意。楚望居馀杭，岂出于故家遗俗之所传者欤？泰定元年（1324）十月十三日，吴兴陈绎曾书。

另《秘殿珠林石渠宝笈合编》六册二○六四页有张翥《题李郢自书诗稿》："楚望风流及第初，当年吟稿尚遗馀。名齐商隐工诗律，字逼诚悬善楷书。玉篆龙章朱尚湿，乌丝茧纸雪难如。昔贤真迹今人赏，时向风檐一卷舒。"就以上诸家跋，知李郢此卷写于大中十年（856），也即他进士登第的一年，字迹应为行书，故称其"翰墨豪健"，"笔意飘撇"，"有欧、柳意"。张确跋称其"尝出守房陵、商州，有善政"，在唐人记载和李郢本人存诗中，找不到对应痕迹，不知是否有误记。南宋初入绍兴内府，至治初归柯九思，何时入清宫，未见记录。清亡后流出，初归裴景福，其著《壮陶阁书画录》卷二有录文，较《秘殿珠林石渠宝笈续编》稍异。近年上海书画出版社刊张珩著《木雁斋书画鉴赏笔记》，张氏题记云"二十年前曾观于抢贝子家"，约为1941年事。抢贝子为庆亲王奕劻第五子，清亡后居天津，殁于1950年。其所藏，今不知何在。张氏对此卷有校记，附注谓《墨缘汇观法书》有此卷，未见，应尚存天壤间也，不知在何藏家手中。此为唐知名诗人唯一存世诗卷，亟当珍惜为颂。

李郢为晚唐著名诗人，唐人笔记多载其轶事，如《金华子杂编》卷下（据《唐语林》卷二校改）载："李郢诗调美丽，亦有子弟标格，郑尚书颢门生也。居于杭州，疏于驰竞，终于员外郎。初将赴举，闻邻氏女有容德，求娶之。遇同人争娶之，女家无以为辞，乃曰：'备一千缗，先到即许之。'两家具钱，同日皆往。复曰：'请各赋一篇，以定胜负，负者乃甘退。'女竟适郢。初及第回江南，经苏州，遇亲知方作牧，邀同赴茶山。郢辞以决意春归，为妻作生日，亲知不放，与之胡琴、焦桐、方物等，令且寄代归意。郢为《寄内》曰：'谢家生日好风烟，柳暖花香二月天。金凤对翘双翡翠，蜀琴新上七丝弦。鸳鸯交颈期千载，琴瑟谐和愿百年。应恨客程归未得，绿窗红泪冷涓涓。'"《全唐诗》卷五九〇拟题作《为妻作生日寄意》，反不如原题《寄内》为妥帖。同卷又载："兄子咸通初来牧馀杭，郢时入访犹子，留宿虚白堂云：'秋月斜明虚白堂，寒蛩唧唧树苍苍。江风彻曙不成睡，二十五声秋点长。'"此诗最为传诵，但其大中十年已书此诗，写作不得迟至咸通初也。他与诗人贾岛、杜牧、李商隐、方干、鱼玄机皆有过往，颇得时誉。《全唐诗》卷五九〇存其诗六十二首，其中《酬王舍人雪中见寄》为韩愈诗，《钱塘青山题李隐居西斋》为许浑诗，《七夕》为赵璜诗，《阳羡春歌》为宋人陈克诗，凡四首为误收。另《全唐诗》卷八八四补录其诗十首。《正德姑苏志》卷二六存其诗《平望驿感先辈李从实处士周锁二故人》一首，《王荆文公诗笺注》卷二二《题雾祠堂》注存佚句"方池含水思，芳树结风哀"。其自书诗卷所录四十一首诗，仅《坠蝉》《晓井》《秋夜宿杭州虚白堂》三首七绝和《紫极宫上元斋日呈诸道流》《伤贾岛无可》《送僧游天台》三首七律,《全唐诗》五九〇李郢下收存,《寄友人乞菊栽》,《全唐诗》卷八八四录入补遗。另《骊山怀古五首》其一,《全唐诗》卷七八五收为无名氏诗,据此知为李郢作。诗卷录诗可校正文本之讹误,考订作者归属,如《紫极宫上元斋日呈诸道流》,《诗话总龟》卷四七引《雅言杂载》录其中"五龙金角向星斗,三洞玉音愁鬼神"二句为吴仁璧《赠道士》,《全唐诗》卷六九〇据收,《千载佳句》卷下以"风拂乱灯山磬曙,露沾仙杏石坛春"二句为杜荀鹤句,《全唐诗逸》卷上据收,均可据此得到改正。据此卷可以补充李郢佚诗三十四首,而且恰好写成于其登进士第的当年,甚或即为行卷之原件,十分珍贵。

总括以上分析,李郢存诗达到一百又三首二句,确实很丰富。本文仅能据新见诗略作介绍。

佚诗保存有李郢与著名诗人李商隐的交往记录。如《送李商隐侍御奉使入关》:"梁园相遇管弦中,君踏仙梯我转蓬。白雪咏歌人似玉,青云头角马生风。相逢几日虚怀待,宾幕连期醉蝶同。如有扁舟棹歌思,题诗时寄五湖东。"大约作于大中三年或稍晚李商隐从武宁幕府西行之际,地点在汴州,诗中写出两人共同的文学好尚和相知之情。《赠李商隐赠佳人》:"金珠约臂近笄年,秋月嫦娥汉浦仙。云发腻垂香採妥,黛眉愁入翠连娟。花庭避客鸣环佩,凤阁持杯泥管弦。闻道彩鸾三十六,一双双映碧池莲。"述及李商隐的私情,诗风也与李诗相近。

因为写成于登第那年,佚诗中颇多通关节、谢知己的作品。如《阙下献杨侍郎》:"沧洲垂钓本无名,十月风霜偶到京。羸马未曾谙道路,片文谁为达公卿?听残晓漏愁终在,画尽寒灰计不成。心苦篇章头早白,十年江汉忆先生。"胡可先教授《新出石刻与唐代文学家族研究》（北京大学出版社，2017年）考此杨侍郎为杨汉公，大中六年（852）自户部侍郎出为荆南节度使，从末句看，诗即作于此时。李郢说自己久困科场，无计投文于公卿，苦心篇章，鬓发早白，因而特别感忆杨曾经对自己的提携。另《试日上主司侍郎》二首："十年多病到京迟，到日风霜逼试期。线不因针何处入？水难投石古来知。青烟羃羃寒更恨，白发星星晓镜悲。可惜龙门好风水，何人一为整鳞鬐。""石帆山下有灵源，修竹茅堂寄此村。闭户偶多乡老誉，读书精得圣人言。来时已作青云意，试夜忧生白发根。十五年馀诗弟子，名成岂合在他门。"不知是否登第那年的作品。就大中间以礼部侍郎知贡举且以诗知名者来说，元年魏扶，二年封敖，三年李褒（李商隐从叔），四年裴休，八年郑薰，十年郑颢，皆有诗名，具体所指不知为谁。自称"十五年馀诗弟子，名成岂合在他门"，可知交谊很深。而"线不因针何处入？水难投石古来知"，更是说出地位卑寒者企望有力者汲引的心声。唐人多有临试上诗主司的习惯，李郢二诗是用心之作。他的及第是否因此而获得，难以确认。在进士及第后，李郢有一诗曾以匿名方式流行。《唐摭言》卷三载："大中十年，郑颢都尉放榜，请假往东洛觐省。生徒饯于长乐驿。俄有纪于屋壁曰：'三十骅骝一烘尘，来时不锁杏园春。杨花满地如飞雪，应有偷游曲水人。'"不云作者，《全唐诗》卷七八六收无名氏下，但《万首唐人绝句》卷三六载此为李郢作，题目作《春晚与诸同舍出城迎座主侍郎》，则为郑颢自洛阳省亲归长安时事。"三十骅骝"当然是说登第之同年，内容则颇有调侃之意，用意值得玩味。

晚唐各名家多以怀古诗见称，李郢似也擅长此类作品。他写《骊山怀古》，感慨唐玄宗、杨贵妃遗事，居然一气作了五首，都达到较好之水平，录其一、其五两首，以存一斑："武帝寻仙驾海游，禁门高闭水空流。深宫带日年年静，翠柏凝烟夜夜愁。鸾凤影沉归万古，歌钟声断梦千秋。晚来惆怅无人会，云水犹飞傍玉楼。""当时事事笑秦皇，今日追思倍可伤。珠玉影摇千树冷，绮罗风动满川香。虽名金殿长生字，误说茅山不死方。独向逝波无问处，古槐花落路茫茫。"玄宗生前尤其崇奉道教，但到李郢到来时，往日繁盛已不复可见，他在诗中渲染眼前的寂寞，以与往事对比。"独向逝波无问处，古槐花落路茫茫"二句，与曹唐名句"洞里有天春寂寂，人间无路月茫茫"可比读，唯不知孰先孰后。《读汉武内传》也是一首有寄意的好诗："云锦囊开得画图，岳神森耸耀灵躯。青真小童捧诀录，紫府道士携琼苏。金鼎未成悲浊世，玉缄时捧望青都。一辞仙姥长昏醉，方朔留言尽记无?"前几句极力渲染汉武好道之庄严，末二句斥其终无所成，尚能记得贤臣之劝谏否。

李郢是一位道教的追随者，因而他的诗中多有这方面的内容，但其中也颇有一些冷静之认识。如《赠羽道士》："才训成仙色似化，每人思见礼烟霞。气呵云液变白发，爪入水精尝绿瓜。五岳真官随起坐，百年风烛笑荣华。明朝又跨青骡去，三十三家到几家?"诗为道士送行，当然不能讥讽，但"五岳真官随起坐，百年风烛笑荣华"两句，确实是很清醒的态度。末二句很形象地写出一位游方道士的神貌。当然更值得讽读的是《紫极宫上元斋日呈诸道流》："碧简朝天章奏频，清宫仿佛降虚真。五龙金角向星斗，三洞玉清愁鬼神。风拂乱灯山磬曙，露沾仙杏石坛春。明朝醮罢羽客散，尘土满城空世人。"紫极宫为长安名观，据说李白曾在此受箓，上元斋醮更是道门重大的活动。诗写得很庄重，特别是"五龙金角向星斗，三洞玉清愁鬼神"，写出了道门驱使星斗、感动鬼神之气象。最后以"明朝醮罢羽客散，尘土满城空世人"一结，虽是斋醮结束、道士星散的实况，也将惊天地、愁鬼神之虚妄，作了冷静的隔断，不寓讥讽，但馀味无穷。

李郢自书诗卷是唐代一位著名诗人的自写诗集，存诗曾经他自己遴择，数量多，品味亦好，值得推荐介绍。还想补说一句，这份1941年还有人曾见到真迹的唐人诗卷，希望还在人间，且期盼能早日问世。

（刊《文史知识》2017 年 6 期）

曹唐《大游仙诗》考

晚唐诗人曹唐是桂州人，年轻时做过道士，后来还俗，科场或仕途不太得志，但一直热衷写游仙诗，影响很大。有两则故事可见他当时地位。《北梦琐言》卷五说诗人李远读其诗才情缥缈，吟其诗而思其人。"一日，曹往谒之，李倒屣而迎。"遽见其人肥壮充伟，乃戏之云："昔者未睹标仪，将谓可乘鸾鹤；此际拜见，安知壮水牛亦恐不胜其载。"另五代初卢璝《抒情诗》(《诗话总龟》卷三九引) 云：

> 曹唐、罗隐同时，才情不殊。罗曰："唐有鬼诗。"或曰："何也？"曰："水底有天春寂寂，人间无路月茫茫。"唐曰："罗有女子诗。"或曰："何也？"曰："若教解语应倾国，任是无情也动人。"此盖罗《牡丹》诗也。

女子诗当依他书作"女障子诗"，另传为周繇事，亦或云曹唐因这充满鬼气二句诗而死。虽属传闻，大体可知他作品流布之广。

曹唐曾著大小《游仙诗》若干首。《小游仙诗》较简单，因为洪迈编《万首唐人绝句》时几乎全部钞录，得以完整保存至今。至于《大游仙诗》，宋初陶岳《五代史补》卷一《曹唐死》云其"为大小《游仙诗》各百篇"，元辛文房《唐才子传》卷八则记录"作《大游仙诗》五十篇"，大约是当时能够见到的总数。

《全唐诗》卷六四○、卷六四一收曹唐诗二卷，没有标《大游仙诗》之目。《才调集》卷四凡录《大游仙》十一首，篇目为《刘晨阮肇游天台》《刘阮洞中遇仙人》《仙子送刘阮出洞》《仙子洞中有怀刘阮》《刘阮再到天台不复见诸仙子》《张硕重寄杜兰香》《玉女杜兰香下嫁于张硕》《萧史携弄玉上升》《黄初平将入金华山》《织女怀牵牛》《汉武帝思李夫人》，后录《小游仙》三首。《文苑英华》卷二二五录《大游仙十三首》，篇目为《汉武帝将候西王母下降》《汉武帝于宫中宴西王母》《刘晨阮肇游天台》《刘阮洞中偶仙子》《仙子送刘阮出洞》《仙子洞中有怀刘阮》《刘阮再到天台不复见仙子》《织女怀牛郎》《玉女杜兰香下嫁于张硕》《王远宴麻姑蔡经宅》《萼绿华将归九疑留别许真人》《穆王宴王母于九光流霞馆》《紫河张休真》，又录《小游仙诗》十三首。此皆明确标为《大游仙》者，皆七律，与《小游仙诗》皆七绝者不同，知大小皆以诗体分。以上二书重见者七首，故《全唐诗》卷六四〇所收实为十七首。

除《全唐诗》已收十七首外，《大游仙诗》还可以有许多新的补充。南宋人编《天台前集别编》，尚存《真人酬寄羡门子》一首，亦七律；《五代史补》卷一录曹唐《汉武帝宴西王母》诗"花影暗回三殿月，树声深锁九门霜"二句，《吟窗杂录》卷二八引作《汉武游西王母》，为七律中联，应皆属《大游仙》，拙辑《全唐诗续拾》卷三二据以收录。南宋人编《仙都志》卷下录"运使、起居舍人曹唐二首"，其一云："蟠桃花老华阳东，轩后登真谢六宫。旌节暗迎归碧落，笙歌遥听隔崆峒。衣冠留葬桥山月，剑履将随浪海风。看却龙髯攀不得，红霞零落鼎湖空。"席本《曹从事诗集》，《全唐诗》六四〇题作《仙都即景》。但《唐诗纪事》卷五八引《诗人主客图》录《游仙诗》二句："看却龙髯攀不得，九霞零落鼎湖宫。"有误字，但可以确认此诗亦属《大游仙诗》中的一首。诗咏鼎湖。鼎湖传为黄帝之归葬处，可能为黄帝组诗之最后一首。此外，《唐诗纪事》卷五八引《主客图》引《游仙》诗有"箫声欲尽月色苦，依旧汉家宫树秋"二句，另录"一曲哀歌茂陵道，汉家天子葬秋风""谁知汉武无仙骨，满灶黄金成白烟"，可能也是《大游仙诗》的残句。

此外，韩国藏高丽初期唐人七律选本《十钞诗》卷中录曹唐七律十首，见于中国文献者仅《萼绿华将归九疑山别许真人》《汉武帝将候西王母下降》二首，其他八首皆为佚诗，篇目为《黄帝诣崆峒山谒容成》《穆王却到人间惘然有感》《穆王有怀昆仑旧游》《再访玉真不遇》《王母使侍女许飞琼鼓云和笙以宴武帝》《武帝食仙桃留核将种人间》《张硕对杜兰香留觊织成翠水之衣凄然有感》《汉武帝再请西王母不降》。前引《五代史补》引"花影"二句，为《王母使侍女许飞琼鼓云和笙以宴武帝》一首之颈联，前引诗题有误。

综上所考，今存《大游仙诗》完诗当有二十七首，残句三则显然分属三首诗，则共存诗三十首。

就以上诸诗分析，不难看出《大游仙诗》皆以数诗讲　故事，属联章体七律组诗。其中以前所见完整的一组是咏刘晨、阮肇遇仙故事的五首，即《刘晨阮肇游天台》《刘阮洞中遇仙人》《仙子送刘阮出洞》《仙子洞中有怀刘阮》《刘阮再到天台不复见诸仙子》五篇，本事见宋刘义庆《幽明录》，述汉明帝永平五年（62）剡县人刘晨、阮肇入天台山，迷不得返，为仙女留十日。既归，则已为晋太元八年（383）。那么是否恰好是每组五首，分别咏十个游仙故事呢？虽然没有记录，但大抵可以推定包含有另外几组故事。以下是我对其他九组诗的推测复原，并略述故事原型之来源。

《黄帝诣崆峒山谒容成》："黄帝修心息万机，崆峒到日世情微。先生道向容成得，使者珠随象罔归。涿鹿罢兵形欲蜕，洞庭张乐梦何稀。六宫一闭夜无主，月满空山云满衣。"本事见《列仙传》卷上：

"容成公者，自称黄帝师，见于周穆王，能善补导之事，取精于玄牝，其要谷神不死，守生养气者也。发白更黑，齿落更生，事与老子同，亦云老子师也。"《夹注名贤十抄诗》引唐梁载言《十道志》有肃州崆峒山，注："黄帝访道处。"虽还不完整，但已经大体清晰。涿鹿罢兵、洞庭张乐都是有名故事，见《史记·黄帝本纪》及《庄子》。《全唐诗》所收题作《仙都即景》的那首，应该是黄帝组诗之最后一首，即以黄帝葬地鼎湖展开发挥。

《穆王却到人间惘然有感》《穆王有怀昆仑旧游》《穆王宴王母于九光流霞馆》。本事见《穆天子传》。本组诗或缺二首。

《汉武帝将候西王母下降》《汉武帝于宫中宴西王母》《王母使侍女许飞琼鼓云和笙以宴武帝》《武帝食仙桃留核将种人间》《汉武帝再请西王母不降》五首，本事见《汉武故事》，以及据以敷衍的《汉武内传》。

《玉女杜兰香下嫁于张硕》《张硕对杜兰香留觊织成翠水之衣凄然有感》《张硕重寄杜兰香》三诗，本事见东晋曹毗《杜兰香别传》。原传不存，各书引录甚多，以今人李剑国校订本为最善（收入《唐前志怪小说辑释》[修订本]，上海古籍出版社，2011年）。后据以改写者，则有唐杜光庭《墉城集仙传》卷五《杜兰香》一则。曹毗传叙愍帝建兴四年（317）春，西王母养女杜兰香，忽诣南郡张硕，自称家昔在青草湖，风溺舟没，兰香时年三岁，西王母养于昆仑山，已历千年。兰香携婢女二人，赍酒食器具，"常食粟饭，并有非时果味"。硕每食，常"七八日不饥"。《玉女杜兰香下嫁于张硕》应是组诗的第一首，说两人之偶然遇合与珍重。兰香离去时，"与硕织成袴衫"。《别传》此处大多不存，曹唐《张硕对杜兰香留觊织成翠水之衣凄然有感》云："端简焚香送上真，五云无复更相亲。魂交纵有丹台梦，骨重终非碧落人。风静更悲青桂晚，月明空想白榆春。麟衣鹤氅虽然在，终作西陵石上尘。"是说张硕庄重送别兰香，但此时他仍修道未成，骨重难以相随，只能在风静月明之夜遥怀追想。是年八月兰香复来，告硕："本为君作妻，情无旷达，以年命未合，其小乖。"硕问祷祀是否有效，兰香告要经常服食。此后兰香数度降于张家，并为硕妻治炉，硕遂生数男。后兰香不至。硕偶船行，遇兰香乘车山际，硕遥述悲喜，欲攀车被拒。《张硕重寄杜兰香》云："碧落香销兰露秋，星河无梦夜悠悠。灵妃不降三清驾，仙鹤空成万古愁。皓月隔花追叹别，瑞烟笼树省淹留。人间何事堪惆怅，海色西风十二楼。"是述别后的相思，但不知为哪次别后。今存《别传》无张硕诗，仅有兰香诗二首。如果组诗为五首，所缺当在后半数度遇合间。

以上四组诗，仅汉武帝一组五首完整，另三组当也有五首，稍有残缺。此外仅存一首，推测应该有一组作品者，有以下几首：

《黄初平将入金华山》："莫道真游烟景赊，潇湘有路入金华。溪头鹤树春常在，洞口人家日易斜。一水暗鸣闲绕涧，五云长往不还家。白羊成队难收拾，吃尽溪边巨胜花。"宋陈葆光《三洞群仙录》卷八引《神仙传》："黄初平家使牧羊。有道士将入金华山不归，兄初起求之不得。后于市中见一道士，问之。道士曰：'金华山下一牧羊小儿，非是耶？'初起随道士往见其弟，问：'羊何在？'初平曰：'羊在山东。'起往视之，但见白石。初平叱之，白石皆化为羊。"《神仙传》卷二作皇初平。从诗题看，也有可能为组诗。另曹唐《小游仙诗》之四十云："共爱初平住九霞，焚香不出闭金华。白羊成队难收拾，吃尽溪头巨胜花。"后二句全同。

《萧史携弄玉上升》："岂是丹台归路遥，紫鸾烟驾不同飘。一声洛水传幽咽，万片宫花共寂寥。红粉美人愁未散，清华公子笑相邀。缑山碧树青楼月，肠断春风为玉箫。"此为唐诗常咏故事，较早记录见《列仙传》："萧史者，秦穆公时人也。善吹箫，能致孔雀、白鹤于庭。穆公有女，字弄玉，好之，公遂以女妻焉。日教弄玉作凤鸣。居数年，吹似凤声，凤凰来止其屋，公为作凤台。夫妇止其上，不下数年。一旦皆随凤凰飞去，故秦人为作凤女祠于雍，宫中时有箫声而已。"其后如《墉城集仙录》卷六、《太平广记》卷四引《仙传拾遗》，引故事稍繁。从诗题看，曹唐可能写有组诗，此首可能为最后一首。

《王远宴麻姑蔡经宅》："好风吹树杏花香，花下真人道姓王。大篆龙蛇随笔札，小天星斗满衣裳。闲抛南极归期晚，笑指东溟饮兴长。要唤麻姑同一醉，使人沽酒向馀杭。"本事见晋葛洪《神仙传》卷三："王远字方平，东海人也。……逆知天下盛衰之期，九州岛吉凶，观诸掌握。后弃官入山修道。道成，汉孝桓帝闻之，连征不出。"其于蔡经宅遇麻姑故事，亦载此书："过吴，往胥门蔡经家。经者，小民也，骨相当仙，方平知之，故住其家。""去十馀年，忽然还家，去时已老，还更少壮，头发还黑。"既归，"麻姑至蔡经，亦举家见之，是好女子，年十八九许，于顶中作髻，馀发散垂至腰。"麻姑自说已"见东海三为桑田，向到蓬莱，水又浅于往昔"。方平乃出仙酒，云"此酒乃出天厨，其味醇酿，非俗人所宜饮，饮之或能烂肠。今当以水和之，汝辈勿怪也。"于是宴于蔡经宅。原故事曲折而悠长，是写组诗的好素材，诗题也可确认曾写组诗。

《织女怀牛郎》，此为有名故事，不赘述。但故事始末为逐渐演变。从诗题看，有可能为组诗。

《萼绿华将归九疑留别许真人》："九点烟霞黛色浓，绿华归思颇无穷。每愁驭鹤身难住，长恨临霞语未终。花影暗移云梦月，歌声闲落洞庭风。蓝丝动勒金绦远，留与人间许侍中。"萼绿华故事首见《真诰》卷一九《翼真检》第一，述萼绿华以升平三年（359）降真事，后《无上秘要》卷八三称她是"九疑山女真罗郁，升平年中来降羊权"，《云笈七签》卷九七录其《赠羊权诗三首》，有序自述始末。《真诰》本为东晋杨羲、许谧、许翙等人的通灵记录，萼绿华仙事为其中一节。从诗题看，曹唐肯定为其写了一组诗。

《真人酬寄羡门子》："云洞烟深意自迷，忆君肠断武陵溪。三山未觉家中远，九府那知路甚低。绛阙有时申再会，赤城何日手重携？唯愁不得分明语，惆怅长霄月又西。"《艺文类聚》卷七八引《真人周君传》："紫阳真人周义山，字委通，汝阴人也。闻有栾先生得道，在蒙山，能读《龙峤经》，乃追寻之。入蒙山，遇羡门子，乘白鹿，执羽盖，佩青毛之节，侍从十馀玉女。君乃再拜叩头，乞长生要诀。羡门子曰：'子名在丹台玉室之中，何忧不仙。远越江河，来登此何？'"

《再访玉真不遇》："重到瑶台访旧游，忽悲身事泪双流。云霞已敛当年事，草木空添此夜愁。月影西倾惊七夕，水声东注感千秋。唯知伴立魂非断，何处笙歌醉碧楼。"玉真为杨玉环的道号，知曹唐也咏本朝事。"月影西倾惊七夕，水声东注感千秋。"可以说就是《长恨歌》的缩写。就全诗看，似乎把《长恨歌》后半鸿都道士访海上仙山事，敷衍出明皇曾亲自往寻而不遇的故事。遗憾的是没有合适的组诗可以搭配。今存残句："一曲哀歌茂陵道，汉家天子葬秋风。""谁知汉武无仙骨，满灶黄金成白烟。"从押韵看应属二诗。前引汉武故事五首已全，疑此二残句或即咏明皇事，借汉喻唐也。若然，则咏及明皇之死。

据这样推测，也就可能有另外七组诗。连前五组，就有了十二组作品。那么，也许真有《五代史补》所云百首《大游仙诗》。当然，也可能后举七首每组并不足五首。文献不足征，随他去吧。

此外，还有一首《紫河张休真》："琪树扶疏压瑞烟，玉皇朝客满花前。山川到处成三月，丝竹经时即万年。树石冥茫初缩地，杯盘狼藉未朝天。东风小饮人皆醉，从听黄龙枕水眠。"本事不详。

曹唐《大游仙诗》是唐代游仙诗中的杰作，虽然佚失较多，但陆续增补，有较多新的发现，这是我们的幸运。稍作梳理介绍，与读者分享。有未尽允当处，幸博识赐教。

（刊《文史知识》2017 年 4 期）

皮日休、陆龟蒙及其友人的佚诗

　　晚唐诗歌，小李杜以后，应该以皮、陆二人为巨擘。二人生际衰世，偶然相遇，频繁唱和，引为知己，笔力足抗，枹鼓相敌，写下一段难得的文学华章。二人唱和诗集，当时即编为《松陵集》十卷，且得以原编面貌保存到现在，让我们可以看到唐人诗歌唱和的真实面相。二人唱和之价值，一是在近体诗为主的诗歌表现技巧上，作了极其难得的全面探讨；二是全景式地展开了江南文人生活的丰富面貌；三是对江南士绅之庄园规模、江南各业生活方式，以及以吴越为主的江南山水名胜和地方风物，作了详尽的记录和描述。两人都是有社会抱负的失意文人，他们那些带有社会批判意义的短文，近代引起更多文学史家的关注，但对他们诗歌地位的认识，似乎仍有许多不足。其间原因，除了今人受西方文学观念影响来评判作品，忽略了他们的精致和邃密，当然，他们所存诗之学问堆积与诗意晦涩，也阻隔了今人的阅读兴趣。但若转变立场，应该可以发现他们诗歌的上述特点。他们存世诗文均颇丰富，更可贵的是，在《全唐诗》和《全唐诗补编》以外，他们的诗歌各有一些重要的补充，应该能引起研究阅读者的兴趣。

一、皮陆二人的交谊与诗歌留存

　　皮日休是襄阳人，他撰《皮子世录》述先世，唐前尚有任显官者，"至于吾唐，汩汩于民间，无能以文取位"。他先世"或农竟陵，或隐鹿门"，到他仍复如此。初隐居鹿门山，躬耕习文，自称鹿门子。耽诗嗜酒，又自号醉吟先生。懿宗咸通四年（863），离襄阳游历江东。六年（865），自江州取贡，次年射策不第，退编诗文为《皮子文薮》十卷。这部文集是唐人进士行卷的实例，得以存留至今，所收诗文多怨怼之气，也与他此时经历有关。八年（867），登进士第。次年应宏词不第，乃东游至苏州。十年（869），苏州刺史崔璞辟他为军事判官。因此机缘，他认识了陆龟蒙。陆龟蒙是苏州世族，虽然其父陆宾虞仅任浙东从事，但前世曾有显宦，在苏、越二地皆有成规模之庄园。他幼聪悟，有高致，通六经大义，尤明《春秋》，善属文。他也试过科举，咸通六年至睦州取解，一举不中第，即不复应试，遂隐居松江甫里。他与皮日休最初的接触还比较拘谨，彼此各做了几个长篇后，有相见恨晚之感，在不长的时间内，频繁酬和，大约读书所得，行游所历，日常所遇，人生所感，各自挖空心思想题目，彼此都能出奇争胜，应付裕如，穷书僻典，皆曾入诗，各种技巧，无不历试。陆龟蒙加以结集，题曰《松陵集》，皮日休作序，称分别作古体诗九十三首，今体各一百九十三首，杂体各三十八首，另问答联句十八篇，加上其他苏州文士所作三十篇，总得六百八十五首。《松陵集》有宋本留存，堪称珍贵。

《松陵集》以外，皮陆各有丰富诗文留存后世。《皮子文薮》收皮日休早年诗文。《新唐书·艺文志》著录其另有《皮氏鹿门家钞》九十卷、《皮日休集》十卷、《胥台集》七卷。《皮氏鹿门家钞》应是会录皮氏先世作品为主，不是个人别集，另二书，均属个人别集，苏州有胥门，《胥台集》应亦在苏州所作。《全唐诗》录《文薮》《松陵集》以外皮诗，约存四十五首，主要来源是《文苑英华》《万首唐人绝句》和《分门纂类唐歌诗》三书，是宋人采自皮氏已亡别集。可惜的是，终宋一代，没有人将当时可见的皮氏诗文像叶茵编陆龟蒙《甫里先生文集》那样会录成编，因而散佚颇多。陆龟蒙于乾符六年（879）编自作诗文为《笠泽丛书》五卷，今亦存。《新唐书·艺文志》载其另有《诗编》十卷、《赋》六卷，皆佚。《唐文粹》《文苑英华》《乐府诗集》《万首唐人绝句》各书采据其诗文极其丰富，宋末叶茵汇聚当时能见其诗文，为《甫里先生文集》二十卷，定题编次均较粗糙，陆氏多数诗文得以保存，应属幸运。该集版本甚多，习见以《中华再造善本》影印成化二十三年（1487）严春刊本为佳。

以上略述皮、陆二人诗文在唐宋两代的结集情况，目的为揭示宋人未能充分完成二人诗歌的编次，仍多有遗佚，有待补充。

现在苏州远郊的甪直镇，还有陆龟蒙之墓冢，与叶圣陶墓相邻，我曾往凭吊。皮日休晚年命运至今不明，遗迹更罕见，很是可惜。

二、皮日休的佚诗

《全唐诗》卷八八五《补遗五》，录皮日休诗五首，来源都是《分门纂类唐歌诗》。此书是南宋赵孟奎试图编录全部唐诗的分类总集，全书估计超过三百卷，至明末仅存十一卷。通行的《宛委别藏》本已经重新编次，对残诗颇有删削。孙望《全唐诗补逸》卷一三重核该书，从"天地山川类"中发现皮氏佚诗《题包山》："一片烟村胜画图，四边波浪送清虚。此中人若无租税，直是蓬瀛也不如。"包山在苏州郊外太湖边上，此诗前二句说烟村美胜图画，四边湖水更送来凉意。后两句诗意急转，说如果这里能够不征租税，真是可以与海外仙山蓬莱、瀛洲媲美了。其实也就是杜荀鹤诗"任是深山更深处，也应无计逃征徭"的婉约版，唯不知二诗谁先谁晚。中国国家图书馆藏有此集善本三种，其中宋残本各卷前后尚存一些残诗。我于2010年往检宋本，发现"天地山川类"第三卷有署名皮日休的一首缺题佚诗："七相三公尽白须，腰金印重不胜趋。问来总道扁舟去，只见渔人在五湖。"诗题疑作"五湖"，仍然充满现实批评态度。前二句说朝廷大官皆已年老，腰系金腰带，手握金印绶，行走都很困难。虽然每个人都说愿意辞官归隐，但放眼江湖，只有渔夫在为生计忙碌。这首诗有模仿僧灵澈"相逢尽道休官去，林下何曾见一人"的嫌疑，灵澈诗在唐代流播很广，皮日休不容不知。

童养年《全唐诗续补遗》卷四补皮日休诗四首，比较可靠的是录自《元无锡县志》卷四上的《题惠山泉二首》："丞相长思煮泉时，郡侯催发只忧迟。吴关去国三千里，莫笑杨妃爱荔枝。""马卿消瘦年才有，陆羽茶门近始闲。时借僧炉拾寒叶，自来林下煮潺湲。"《元无锡县志》为清人从《永乐大典》中辑出，今人多认为应为《洪武无锡县志》。惠山泉因张又新《煎茶水记》列为天下第二泉，豪家多取以烹茶。前一首语带讥时。朝中宰相要以名泉水煮茶，让江南郡守限时进奉泉水。无锡到京城，漫漫三千里远，诗人感慨，这与"一骑红尘妃子笑"般地远献荔枝有何区别，我们有什么资格去讥笑杨妃？录自《梅里志》的两首，晚出存疑，在此不作介绍。

拙辑《全唐诗续拾》补诗四首，录自熙宁二年（1069）江夏《鄂州杂诗碑》的《望故沔城》："江城遗壤在，舣棹望天涯。古壁昭丘树，残红梦苑花。楼台依水势，雉堞带山斜。何事堪挥泪，乡程北去赊。"沔城今称仙桃，在湖北境内。作者似乎是路过此处，凭吊古迹，观赏景色，引起思乡之情。另录自《古今图书集成》的三首诗，即是曾被胡震亨斥为伪作的源出地志的诗歌，容下文另作分析。

最近二十年，因为韩国所存高丽前期佚名编《十抄诗》的发现，新见唐诗逾百首，引起研究者广泛关注。该集收中晚唐三十位诗人

（含四位新罗诗人），人各收七律十首。所收皮日休十首中，仅《南阳县怀古》，《文苑英华》卷三〇九、《全唐诗》卷六一三收入，题作《南阳》，其他九首皆不见中国典籍，为新见佚诗。《十抄诗》专选唐人圆熟灵动的律诗，是精心挑选的作品，此九首诗对皮日休诗歌研究极其重要，自不待言。具体来说，九首中有二首为记游历所感，如《洞庭春暮》："柳阴成幄钓台平，湖影澄空一野明。远近碧峰深浅色，往来白鸟两三声。蓑新正好含风著，艇险仍须载酒行。若使陆机曾到此，不应千里忆莼羹。"所写是湖南境内的洞庭湖，还是苏州太湖洞庭，不太能判断，就末二句讲到陆机，似以湖南为近是。《武当山晨起》："欲明山色乱苍茫，静礼仙踪入洞房。峰带淡云新粉障，萝飘高树破丝囊。栖禽已共泉声去，灵草仍兼露气香。万壑千峰何处尽，世间亭午此朝阳。"武当在今十堰丹江口南，古属均州，距离襄阳不远，皮日休得以登临。唐时武当还不是道教圣地，此诗所述更为珍贵。寻访前贤遗迹之诗有五首。《彭泽谒狄梁公生祠》："尽将馀烈委忠良，重造乾坤却付唐。顾命老臣心似水，中兴天子鬓如霜。生前有册同周旦，死后无封便霍光。看取太平多少事，古松花下一祠堂。"狄梁公即狄仁杰，在武后篡唐后，反复进说，终能保存唐祀，归政李唐。"重造乾坤"，对狄来说并非过誉。颔联两句，说尽无限沧桑往事。颈联两句以周公、霍光之功业与命运为喻，颇为狄感到不平。《题李处士山池》末云"一头纱帽终身钓，大胜王充著《论衡》"，《利仁郑员外居》末云"松阴满路苍苔滑，谁道文皇负贾生"，似皆应有重大业绩，惟具体为谁则有待落实。另《题蹇全朴襄州故居》《题石眺秀才襄州幽居》，二人似皆襄阳前贤。咏物诗仅《奉和令狐补阙白莲诗》："姑射曾闻道列仙，今来池上立翛然。雪容纵见情难写，玉貌虽逢信不传。风际有香飘灼灼，雨来无力倚田田。

金塘半夜孤蟾没，数朵分明照暝烟。"努力模写白莲花的容貌与精神，其中颈联两句尤其传神，这是唐末诸家之长处，较中唐诗又有很多的变化。另一首是《春宵饮醒》："玉楼残夜独醒时，偷凭栏干弄柳丝。漏暗自惊鹦鹉梦，月明空淡牡丹姿。晓烟共恨昏双眼，残酒将愁雾四支。谩把诗情裁不得，却须羞见蔡文姬。"虽然涉及何事尚不甚明了，作者写夜半酒醒后之所见所感，失落无聊，以及欲传情而不能之困惑，都能细致传达出来。

最后想说到《古今图书集成》所存三诗之真伪，三诗题目是《天门夕照》《道院迎仙》和《青城暮雨》，均见该书《职方典》卷一一四七《安陆府部》。天门亦曾称竟陵，青城则在今四川成都以西，与安陆皆无涉，很难认为是地方志作者附会伪造。在《皮子文薮》中有诗题《襄州春游》的七律，《文苑英华》卷一六六有《习池晨起》一首，在前引《十抄诗》中，有《南阳县怀古》《洞庭春暮》《武当山晨起》三首，命题方式均与《古今图书集成》所存相似。录《天门夕照》一首如下："落霞如绮绚晴空，坐看天门欲下舂。十里孤峰层汉碧，数家残照半江红。荒村市暝人归牧，远浦沙明水宿鸿。回首长安何处是？嵯峨宫阙五云中。"基本风格是近似的。地方文献虽多附会依托，但也有逐次修志、后出承前的通例。目下还不能完全对此三诗断伪。

三、陆龟蒙的佚诗

为陆龟蒙诗集作补遗，可以提到胡震亨《唐音戊签》的努力。此后《全唐诗》卷六三〇大致沿胡氏之所得。其间有确属佚诗者，如录自《海录碎事》卷二二下的"溪山自是清凉国，松竹合封潇洒侯"，录自《侯鲭录》卷三的"但说漱流并枕石，不辞蝉腹与龟肠"

等句，都是有趣的诗句，属于典型的陆氏风格。偶然也有误失，如录自《锦绣万花谷前集》卷三的"几点社翁雨，一番花信风"两句，应是黄庭坚《次韵春游别说道二首》之一"燕湿社翁雨，莺啼花信风"二句之传误，如《诗话总龟》卷九引《冷斋夜话》已引黄诗作"一霎社公雨，数番花信风"，复误归陆。此例太复杂，没有现代的检索手段，很难弄清楚。也有不慎致误者。如据《海录碎事》卷八下补"水鸟歌妇女，衣襟便佞舌"二句，似乎也能成立。但细读陆诗，可见《甫里先生文集》卷一七《水鸟歌》诗第一句就是"妇女衣襟便佞舌"，《海录碎事》原引为《水鸟歌》"妇女衣襟便佞舌"，辑者将诗题与诗句连读，误成了五言二句。

童养年《全唐诗续补遗》卷九补陆诗二首又二句。其中录自南宋吴聿《观林诗话》的《蓬伞》："吾江善编蓬，圆者柄为伞。所至以自随，清阴覆一墠。自吾为此计，蓑笠义若短。何须诣亭阴，风雨皆足缓。"文本很可靠，内容尤其重要。这里说的逢伞，应该就是后世流行的江南油纸伞的前身。所谓编蓬，指以竹苇编织物品。这里编蓬为伞，有柄且圆，适合携带，可以遮阳为清荫，可以避雨如亭阴，相信这已经是很完足的雨伞了。作者喜不自胜，说披蓑衣、戴斗笠，都不如蓬伞之方便。碰到下雨，也不必非去亭阴处趋避。今人喜谈社会生活史和物质文化史，陆龟蒙的这首诗就是一个生动的例子，而在皮、陆存诗中，类似例子太丰富了。

录自《百城烟水》卷四的《松江秋书》："张翰深心怕祸机，不缘莼脆与鲈肥。如何苟世浮沉去，可要抛官独自归？风度野烟侵醉帽，雨来秋浪溅吟衣。无人好尚无人责，吟啸低头又掩扉。"真伪很难判断。因松江而咏到张翰莼鲈故事，是常见之义。陆龟蒙没有做过官，可以因"可要抛官"句提出质疑，但这里写张翰之选择，也可以说通。《百城烟水》是清人编的一本记载苏州地方文献的专书（通行有江苏古籍出版社1999年校点本），其中有五六首唐人佚诗，已经童氏辑出，且大多不见前人记录。唯一的例外是赵嘏《松江》，南宋王象之《舆地纪胜》卷五引及此诗前六句，是宋人已见。再如李郢《平望驿感先辈李从实处士周铣二故人》，明代《正德姑苏志》卷二六署李逞，《吴都文粹续集》卷一一署李逞、卷三七署李郢，这些都可能为《百城烟水》所取资。更特别的是，《唐才子传》卷七载"喻凫，毗陵人。开成五年李从实榜进士"，李从实确有其人。再如收张祜佚诗《平望驿寄吴兴徐使君玄之》，宋谈钥《嘉泰吴兴志》卷一四载徐玄之开元七年（719）（自吴兴）授越州刺史。虽然与张祜不是同一时代，今人或据以认为开元间另有一张祜，而上述二诗之如此内证，相信不是后世造伪者所能完成的。对陆龟蒙的这首诗，目卜既无法完全确认，也不能明确断伪，暂作存疑，应是明智的态度。

拙辑《全唐诗续拾》卷三二，除收录常见的《野庙碑》附诗，另从新罗崔致远著《唐大荐福寺故寺主翻经大德法藏和尚传》中，读到这几句："予乃宰予之睡兴，因忆得吴中诗叟陆龟蒙断章云：'思量浮世何如梦，试就南窗一寐看。'"这里看到崔致远对陆龟蒙的敬意，也从两句诗中看到陆对浮生如梦之憬悟，虽属断句，别具意义。

近期偶然从明初编纂之《永乐琴书集成》卷一九、卷二〇中，发现陆龟蒙两首佚诗。其一是《桐江秋夜听琴》："天近秋风爽气生，蕊珠人会七弦鸣。木摇残雨敬危绿，滩递重冈逦迤清。合有游鱼棹烟藻，不唯灵鹤觉风桎。溪边月坠云收好，谁为丹台刻姓名。"其二是《弹琴引》："尝闻昔者包羲氏，修目龙唇黎龟齿。天地高厚两无言，正声犹在椅桐里。萧斤斫出古人形，古人肩上悬明星。野蚕嚓嚓共星语，潜召域中山水灵。群灵号，万类聚，大为宫，细为羽，一奏霜牙嚼醉红，再弄风针缀烟缕。南飞□□有北寒，指挥四序如跳丸。女娲笙裂师磬刓，凤凰翅秃鱼尾丹。迤逦捩撇忧摧残，今夕逢君还一弹。"这两首诗与皮日休下引佚文，都可见到二人对琴学之造诣与兴趣。限于篇幅，诗意就不作分析了。

四、皮、陆友人的佚诗

《松陵集》所载与皮陆唱和之苏州文士，有崔璐、颜萱、张贲等十人，多数在《松陵集》以外均无作品保存。唯一的例外是魏朴。孙望辑《全唐诗补逸》卷一三，据清顾季慈辑《江上诗钞》卷一补其佚诗三首，分别题作《寻鸟窠迹》《陪皮袭美陆鲁望重过鸟窠迹》《题舜山后牛迹石》三首。《江上诗钞》署魏朴名为璞，所据《邑志·隐逸传》录事迹，大抵见《松陵集》卷五皮日休《五觊诗并序》及卷九《寄毗陵魏处士朴》，增诗三首则未知来源。前二诗所云鸟窠，即《祖堂集》卷三有传之鸟窠和尚，传为径山道钦之法嗣，住杭州，所录白居易赠诗云："空门有路不知处，头白齿黄犹念经。何年饮着声闻酒，迄至如今醉未醒。"在《白氏长庆集》卷三五，此诗题作《戏礼经老僧》："香火一炉灯一盏，白头夜礼佛名经。何年饮着声闻酒，直到如今醉未醒。"《祖堂集》所录显出附会。明吴之鲸《武林梵志》卷一〇云"唐鸟窠道林禅师，富阳潘氏"，与前引《寻鸟窠迹》题注："唐道林禅师入秦望山，见长松蟠曲如盖，送栖止其上，故称鸟窠禅师。"似可印证。故此三诗之真伪，仍难判断。

倒是有一组皮日休佚文保存的三首佚诗，值得特别介绍。《唐音癸签》卷一四载陈安道之善琴及与皮日休交往云："《玉女五章》，康士，字安道，以善琴知名，进士姜阮、皮日休为序，以述其能。"《全唐文》没有此序。香港浸会大学《人文中国学报》十五期（上海古籍出版社，2009年）刊杨元铮《晚唐陈康士琴学的片楮零缣》一文，据五代僧义楚《释氏六帖》卷二〇揭出皮日休《陈康士琴谱序》残文，就是《癸签》所引序。序先云"乾符二年夏五月，自吴之上京，道出广陵，闻陈先生尽琴道，将师之"。可以补充皮日休离开苏州赴京的准确时间与路径。其次引及三位《全唐诗》未收诗人的佚诗。其一为前上邽县令李挹《听陈安道琴离骚九拍歌》："汨罗万古灵均泪，洒在湘江流怨思。琴里传来多少人，唯君泻得当时意。"其二为进士东叟的歌："湘江苦雨芳兰死，天地晶光拍流水。万古幽魂谁为传？因君写入孤桐里。"其三为进士沈峦歌："灵桐玉匣徽瑟瑟，五音分向朱弦出。先生制弄逾古人，俗声薅尽由心律。"后二人之歌题，可以据第一诗补足。东叟疑非全名，也已无从考究。按照唐人的习惯，友人同聚听琴赋诗，结为一编，或由一人作序，作序者未必同时作诗。皮日休序中述及自己在扬州闻陈奏琴，敬而将师之，并摘录三人诗以为表彰。义楚，《宋高僧传》卷七有传，俗姓裴，相州安阳人。七岁出家，住齐州开元寺。后周世宗显德初撰成《释氏六帖》，请王朴上之。世宗加号明教大师，赐紫。宋太祖开宝中卒，年七十四。《释氏六帖》三十卷，中土各藏皆不收，日本有宽永刻本，1944年苏晋仁携归刊入《普慧大藏经》，习见则有浙江古籍出版社1990年影印本。

（刊《文史知识》2018年9期）

来华新罗宾贡崔致远的诗歌

崔致远是韩国文学家，也是唐时来华外国人中文学成就很高的一位。《全唐诗》没有收他的诗歌。《全唐诗逸》卷中据日本大江维时编选《千载佳句》，收其诗一首又残诗七联，知其诗五代中期已大量传入日本。近代高丽刊本《桂苑笔耕集》二十卷通行，所收以其在扬州高骈幕府所作诗文为主，存诗六十首，有《四部丛刊》影印本。最近百年，韩国学者不断有新的发现，收其集外诗文编为《孤云先生文集》《孤云先生续集》，又有《崔文昌侯全集》之编纂。今可知其存世诗歌有一百多首，其中也包括他归国后的所作诗。一般中国读者对他还比较陌生，有必要作些介绍。

本文所引崔致远生平与存诗，曾征及中韩学者大量复杂的考证及校录，恕不一一说明。

一

崔致远（857—928?），字海夫，号孤云，新罗庆州沙梁部人。年十二，在父亲逼促之下，随商船入唐求学，在长安学习六年。唐僖宗乾符元年（874）登宾贡科进士第，时年十八。

崔致远早年诗作较难辨认，粗略阅读，可能有以下几篇。《秋夜雨中》："秋风唯苦吟，举世少知音。窗前三更雨，灯前万里心。"秋夜苦读，也作诗苦吟，已经后半夜了，点点秋雨，触及无尽的愁绪，牵动他思念万里以外的故乡。他是如此孤独，没有人理解和同情他，只能在苦读中为自己谋一前途。《邮亭夜雨》："旅馆穷秋雨，寒窗静夜灯。自怜愁里坐，真个定中僧。"意同前诗，地点则在旅社。他顾影自怜，如此苦读，如同一位入定之老僧。《途中作》："东飘西转路歧尘，独策赢骖几苦辛。不是不知归去好，只缘归去又家贫。"西风瘦马，奔走道路，确实很辛苦。他想回家，家中毕竟有亲人的关心与呵护，然而家中仍很贫穷，回去又能如何。在这些诗中，我们看到一位少年举子的辛苦和挣扎，诗都写得简净晓畅，可以读出他的真情。

　　唐代科举，设进士、明经等科，进士尤难录取，时人因有"五十少进士，三十老明经"的俗语。崔致远以十八岁少年一举登第，很不容易。也可能对宾贡的进士会优待一些，因为看不到应试的作品，这里不作揣测。能登第当然心情人好，所存残句有《春日》："风递莺声喧座上，日移花影倒林中。"《成名后酬进士田仁义见赠》："芳园醉散花盈袖，幽径吟归月在帷。"虽不存全篇，但在写景中委婉地传达内心之欣快，可以看到他写诗技巧之成熟。

　　候选三年，崔致远于乾符四年（877）除宣州溧水尉。估计在守选期间，他走了许多地方，存诗中可以读到他的行踪。《兖州留献李员外》："芙蓉零落秋池雨，杨柳萧疏晓岸风。神思只劳书卷上，年光任过酒杯中。"前二句写景，次句似乎已可读出柳永名句"杨柳岸晓风残月"的先声。后二句说一直专注读书，不觉时光之流逝。此篇见于《千载佳句》，很可能只是七律的中间两联。《汴河怀古》："游子停车试问津，隋堤寂寞没遗尘。人心自属升平主，柳色全非大业春。浊浪不留龙舸迹，暮霞空认锦帆新。莫言炀帝曾亡国，今古奢华尽败身。"立意不算新奇，但诗还写得流丽工稳。诗中没有天下大乱的叙述，也应是早期所作。《姑苏台》："荒台麋鹿游秋草，废苑牛羊下夕阳。"也是怀古诗，写景比前篇更好，可惜不存全篇。《饶州鄱阳亭》："夕阳吟立思无穷，万古江山一望中。太守忧民疏宴乐，满江风月属渔翁。"诗写登亭所见，很有气魄。估计是到饶州赠太守之作，特别写太守之忧民罢宴，有些入俗，末句足以撑起全篇，仍属好诗。《山阳与乡友话别》："相逢暂乐楚山春，又欲分离泪满巾。莫怪临风偏怅望，异乡难遇故乡人。"山阳即楚州，即今江苏淮安。难得在这里遇到新罗同乡，估计还是邻里的小同乡，因而特别亲切，谈话也投机而快乐。然而欢聚时少，又要别离，临风惆怅，更感失落。从这首诗里，看到他对盛唐名家话别诗的娴熟掌握，故临当别离，能发为佳什。

二

崔致远在溧水尉任上，应该写过许多诗，但目下还很难确认。但其间有他在任期间的一段传奇经历，值得特别介绍。

双女坟故事始末，以宋张敦颐《六朝事迹编类》卷下引《双女坟记》所载为早：

> 有鸡林人崔致远者，唐乾符中，补溧水尉。尝憩于招贤馆，前冈有冢，号曰双女坟，询其事迹，莫有知者，因为诗以吊之。是夜，感二女至，称谢曰："儿本宣城郡开化县马阳乡张氏二女，少亲笔砚，长负才情。不意为父母匹于盐商小竖，以此愤恚而终。天宝六年，同葬于此。"宴语至晓而别。在溧水县南一百一十里。

此后若宋周应合《景定建康志》卷三三、元张铉《至大金陵新志》卷一二下所载，皆沿张书。一般认为，《双女坟记》为崔致远所写以第一人称叙述的传奇小说，写人鬼遇合的艳情故事，原文或已不传。韩国典籍《太平通载》卷六八引《新罗殊异传》有关于此一故事之详尽记录，另《大东韵府群玉》卷一五所载稍简。韩中学者多认为二书所载可能已经改写增饰，不尽为崔氏原文，但崔氏所述始末，应尚得到完整保存。谨据《文史》2001年4期刊李时人先生《新罗崔致远生平著述及其汉文小说〈双女坟记〉的创作流传》之校录本，略述梗概。

传述崔致远任溧水尉时，"尝游县南界招贤馆，馆前冈有古冢，号双女坟，古今名贤游览之所"。其坟当如苏州真娘墓、杭州苏小小墓，吸引文士吟咏。致远题诗石门云："谁家二女遗此坟，寂寂泉扃几回春。形影空留江畔月，姓名难问冢头尘。芳情倘许通幽梦，永夜何妨慰旅人。孤馆若逢云雨会，与君继赋洛川神。"不仅凭吊古坟，更期待遇艳。题罢入招贤馆，"是时月白风清，杖藜徐步"。忽有一女"姿容绰约，手操红袋"，说八娘子、九娘子读秀才诗后，各有酬答，又书于后幅云："莫怪藏姓名，孤魂畏俗人。欲将心事说，能许暂相亲。"是二女主动相约了。致远知来女名翠襟，轻薄欲挑之，翠襟正色要他答诗，他作诗二首回赠，其二云："青鸟无端报事由，暂时相忆泪双流。今宵若不逢仙质，判却残生入地求。"热切应允。再等许久，二女方来，致远挑之，二女微笑无言，致远又作诗为赠："芳宵幸得暂相亲，何事无言对暮春。将谓得知秦室妇，不知元是息夫人。"息夫人见王维诗，这里指女子而有外遇者。其后致远问二女"居在何方，族序是谁"，女子所告，略同前《六朝事迹编类》所述。三人相见恨晚，于是一起饮酒赋诗，"将月为题，以风为韵"。联句罢，让婢翠襟"敛衽一歌，清雅绝世"。三人半酣后，"相与排三枕，展一新衿，三人同衾"，同尽缱绻之情。天将亮，珍重分别，各有诗作。次日，致远复至冢边，作长歌自慰。今人或以为长歌应为致远本人所作，也合于唐人传奇常与歌行相配的习惯，谨录全歌于下：

> 草暗尘昏双女坟，古来名迹竟谁闻？唯伤广野千秋月，空锁巫山两片云。自恨雄才为远吏，偶来孤馆寻幽邃。戏将词句向门题，感得仙姿侵夜至。红袖锦，紫罗裙，坐来兰麝逼人熏。翠眉丹颊皆超俗，饮态诗情又出群。对残花，倾美酒，双双妙舞呈纤手。狂心已乱不知羞，芳意试着相许否。美人颜色久低迷，半含笑态半含啼。面熟自缘心似火，脸红宁假醉如泥。歌艳词，打欢合，芳宵良会应前定。才闻谢女启清谈，又见班姬摘雅咏。情深意密始求亲，正是艳阳桃李辰。明月倍添衾枕恩，香风偏惹绮罗身。绮罗身，衾枕恩，幽欢未已离愁至。数声馀歌断孤魂，一点残灯照双泪。晓天鸾鹤各西东，独坐思量疑梦中。沉思疑梦又非梦，愁对朝云归碧空。匹马长嘶望行路，狂生犹再寻遗墓。不逢罗袜步芳尘，但见花枝泣朝露。肠欲断，首频回，泉户寂寥谁为开？顿辔望时无限泪，垂鞭吟处有馀哀。暮春风，暮春日，柳花撩乱迎风疾。常将旅思怨韶光，况是离情念芳质。人间事，愁杀人，始闻达路又迷津。草没铜台千古恨，花开金谷一朝春。阮肇、刘晨是凡物，秦皇、汉帝非仙骨。当时嘉会杳难追，后代遗名徒可悲。悠然来，忽然去，是知风雨无常主。我来此地逢双女，遥似襄王梦云雨。大丈夫，大丈夫，壮气须除儿女恨，莫将心事恋妖狐。

此歌风流蕴藉，音节流丽，可以看到作者对元白长庆体歌行的良好掌握，也有更多变化。虽然仍说艳遇，但比传中所述为庄重。歌末几句，则似有续貂之嫌。此一人鬼相恋、一夜风流故事，自是张文成《游仙窟》故事之流亚，也有元稹《莺莺传》的折射，作者借此显示文笔才学，未必即其人之行事如此。传中虽有二女不满家长订婚盐商之情节，也未必有太多反封建、倡爱情自专之主题。所可说者，致远入唐年久，于唐文人风习沾溉亦深，尝试为小说，自有其特殊价值。

三

僖宗广明元年（880），致远入诸道行营兵马都统高骈扬州幕，任都统巡官，专掌书记之职。前后历时近六年，据崔氏自述，在幕所作逾万篇，由他自编而成的二十卷本《桂苑笔耕集》，所录十不存一二，凡存文三百又三篇、诗六十首，其中十分之八为代言之作，即代高骈所起草之公文。从中可以看到唐代军幕日常文书的繁剧情况，幕府文士所作各类文章的原本状况，在幕文士与府主的特殊关系，以及文士间礼尚来往的温雅气度。敦煌遗书中有几种中原和河西幕府书仪，礼仪性部分居多。《桂苑笔耕集》编成于致远归国之初，时高骈仍在淮南秉政，没有讳改掩饰的必要。从其执笔的大量文案中精选而成，应酬礼节类的文字大多剔除，集中文章多涉及重要事件，能将复杂而难以处置的事端，按照幕主的意愿，恰当而准确的加以表述，显示出卓越的文学才华和细心的观察揣摩，以及他的善于处事，精强干练。本文谈诗，对此不展开。

府主高骈（821—887），世为禁军将领，本人则好文学，多与儒士交游。咸通、乾符间，他先后历守安南、天平、剑南、荆南、镇海诸大镇，乾符末以诸道兵马都统出镇淮南，黄巢陷京师后，成为东南重镇。高骈善诗，所作以《风筝》一首最著名："夜静弦声响碧空，宫商信任往来风。依稀似曲才堪听，又被风吹别调中。"所述是身处高位，众所瞩目，但完全不得自由的无奈。这样的主公，赏识同样才华横溢的致远，当然都是可以理解的。《桂苑笔耕集》中致远与高骈有交集的诗很多，《七言记德诗三十首谨献司徒相公》为三十首一套的组诗，历颂高骈历守各镇时的重要政绩。虽稍夸张，但确有史料价值。如《天威径》："凿断龙门犹劳身，擘分华岳徒称神。如何劈开海山道，坐令八国争来宾。"指开通今广西北海至今越南间的通道，对招徕安南八国起了重要作用。《西川》："远持龙旆活龟城，威慑蒙王永罢兵。应笑栾巴噀杯酒，雨师风伯自归行。"高骈镇蜀期间整修成都罗城，加强守备，对南诏有威慑之功。《钓鱼亭》："锦筵花下飞鹦鹉，罗袖风前唱《鹧鸪》。占得仙家诗酒兴，闲吟烟月忆蓬壶。"写高骈之诗酒风流。《淮南》："八郡荣超陶太尉，三边静掩霍嫖姚。玉皇终日留金鼎，应待淮王手自调。"说高骈的功业已经超过陶侃、霍去病，又以玉皇金鼎、淮王手调两个双关的典故，赞颂高骈在乱世中举足轻重的作用。这是刻意的迎合。

此外，致远还有六七首写给高骈的诗。《陈情》："俗眼难窥冰雪姿，终朝共咏小山词。此身依托同鸡犬，他日升天莫弃遗。"前两句赞高的好诗和英姿，后二句用淮南王鸡犬升天故事，写自己对高之依附，自述太卑微了，不好。《陈情上太尉》："海内谁怜海外人，问津何处是通津。本求食禄非求利，只为荣亲不为身。客路离愁江上雨，故园归梦日边春。济川幸遇恩波广，愿濯凡缨十载尘。"作为新罗人而为高骈聘为上宾，致远深怀知遇之感。"客路"二句，说见江雨而感客居之愁，睹春阳而动归国之兴，是很动情的诗句。末说既感府主相知之恩，愿意再留十年。《归燕吟献太尉》应该是他归国时写给高骈的告别诗："秋去春来能守信，暖风凉雨饱相谙。再依大厦虽知许，久污雕梁却自惭。深避鹰鹯投海岛，羡他鸳鹭戏江潭。只将名品齐黄雀，独让衔环意未甘。"通篇以燕自喻，写自己对高依厦衔环之情。

从二十五岁到三十岁，崔致远在淮南幕府六年，参与机密，专掌笔政，是他在唐经历中最重要的一段时光，而这一切，都建立在高骈对他的信任之上，十分难得。

在淮南幕府，崔致远也结识了许多晚唐的著名文人，如顾云、王棨、高彦休等，堪称一时之选。顾云也是高骈的重要代笔者，与崔致远私交更不一般。致远《和顾云支使暮春即事》云："东风遍阅百般香，意绪偏绕柳带长。苏武书回深塞尽，庄周梦趁落花忙。好凭残景朝朝醉，难把离心寸寸量。正是浴沂时节也，旧游魂断白云乡。"此诗入选《十抄诗》，是致远最好的七律之一。顾云原诗不存。崔诗写暮春景色如画，并有东风赏花之芳香，浴沂时节之洒脱，柳枝轻扬写思绪之绵绕，庄周梦中所见落红缤纷，但这一切，都无法排遣他的思乡之情。"好凭残景朝朝醉，难把离心寸寸量"两句尤佳。又有《和顾云侍御重阳咏菊》："紫萼红葩有万般，凡姿俗态少堪观。岂如开向三秋节，独得来供九夕欢。酒泛馀香薰座席，日移寒影挂霜栏。只应诗客多惆怅，零落风前不忍看。"可知二人交情之深。致远归国时，顾云有诗为他宠行："我闻海上三金鳌，金鳌头戴山高高。山之上兮，珠宫贝阙黄金殿；山之下兮，千里万里之洪涛。傍边一点鸡林碧，鳌山孕秀生奇特。十二乘船渡海来，文章感动中华国。十八横行战词苑，一箭射破金门策。"就内容看，仅写到崔之射策登第，应该是长篇歌行的开头部分，可惜后半不存。《白云小说》认为歌题《儒仙歌》，可备一说。鸡林指朝鲜半岛，赞扬海上鳌山生此英特之士。"文章感动中华国"，是对致远少年才华的称誉，又何尝不是对致远在唐十八年巨大文学才华的充分礼赞呢?

致远还结交了晚唐许多著名诗人。其中有张乔,《和进士张乔村居病中见寄(注:乔字松年)》:"一种诗名四海传,浪仙争得似松年。不唯骚雅标新格,能把行藏继古贤。藜杖夜携孤峤月,苇帘朝卷远村烟。病来吟寄漳滨句,因附渔翁入郭船。"说张乔诗名传播四海,已经超过了贾岛,不仅力标新格,其行藏也颇有古人之风,可见二人交谊不浅。吴峦,《送吴进士峦归江南》:"自识君来几度别,此回相别恨重重。干戈到处方多事,诗酒何时得再逢。远树参差江畔路,寒云零落马前峰。行行遇景传新作,莫学嵇康尽放慵。"看来两人交往多年,数度聚离,致远希望吴遇好景及时写新诗寄来。大约慵懒是吴的陋习,虽有好诗为致远所赏,竟无可传世者,是可叹息。《酬吴峦秀才惜别二绝句》:"荣禄危时未及亲,莫嗟歧路暂劳身。今朝远别无他语,一片心须不愧人。""残日寒鸿高的的,暮烟汀树远依依。此时回首情何限,天际孤帆崒浪飞。"是归国时的惜别之作。深情无限,以无语告别,天际孤帆,暮烟远树,包含无穷情愫,无限情思。

四

光启元年(885),致远表请回国,僖宗许其以唐使节身份归。归新罗后,拜侍读兼翰林学士、守兵部侍郎、知瑞书监。不为权臣所容,出为太山郡太守。真圣女王七年(894),自富城郡太守拜使唐贺正使,因世乱未能成行。次年进《时务策》十馀条,被采纳,进位阿餐。后曾出使唐朝,确切年代已不详。在朝不得意,四十二岁后,即弃官逍遥山林之下。先后游历隐居于庆州南山、刚州冰山、陕州清凉寺、智异山双溪寺、合浦县别墅等地。晚年携家住伽倻山海印寺。敬顺王二年（928），曾代高丽太祖王建作《檄甄萱书》。卒于其后不久，享年七十二岁以上。所著除《桂苑笔耕集》外，自述早年有今体赋一卷五首、五七言今体诗一卷一百首、杂诗赋一卷三十首；溧水时有《中山覆匮集》五卷，归国后撰有《帝王年代历》一书，《新唐书·艺文志》著录《四六》一卷，皆不存。《大正藏》收其撰《唐大荐福寺故寺主翻经大德法藏和尚传》一卷，韩国存有多种他撰文之僧碑。

临归国之际，致远有《海边春望》："鸥鹭分飞高复低，远汀幽草欲萋萋。此时千里万里意，目极暮云翻自迷。"久久的思乡，临归则眷恋中华而不免翻自迷乱。当然还有不能忘怀的私情。《题海门兰若柳》："广陵城畔别蛾眉，岂料相逢在海涯。只恐观音菩萨惜，临行不敢折纤枝。"仅写柳，还是有一不能忘却之女子，读者自己去揣摩吧。

归国后，致远还有不少诗存世。录几首于下，就不作解读了。《题伽倻山读书堂瀑布》："狂喷叠石吼重峦，人语难分咫尺间。常恐是非声到耳，故教流水尽笼山。"《乡乐杂咏五首》之一《金丸》："回身掉臂弄金丸，月转星浮满眼看。纵有宜僚那胜此，定知鲸海息波澜。"之三《大面》："黄金面色是其人，手抱珠鞭役鬼神。疾步徐趋呈雅舞，宛如丹凤舞尧春。"《留别西京金少尹峻》："相逢信宿又分离，愁见歧中更有歧。手里桂香销欲尽，别君无处话心期。"《赠金川寺主人》："白云溪畔创仁祠，三十年来此住持。笑指门前一条路，才离山下有千歧。"

（刊《文史知识》2018 年 11 期）

《瑶池新咏》所见唐代女才子的感情世界

　　有关《瑶池新咏》，以往我们仅知道两则有关的记载。一是《新唐书》卷六〇《艺文志》四载："蔡省风《瑶池新咏》二卷，集妇人诗。"二是袁本《郡斋读书志》卷四下载："《瑶池新集》一卷。右唐蔡省风集唐世能诗妇人李季兰至程长文二十三人诗什一百十五首，各为小序冠于其前，且总为序。其略云：'世叔之妇，修史属文，皇甫之妻，抱忠善隶，苏氏雅于回文，兰英擅于宫掖，晋纪道蕴之辩，汉尚文姬之辞，况今文明之盛乎！'"二书所载卷数有一卷、二卷之别，仅是分合之不同。蔡省风生平，至今全无所知。难得的是晁公武拥有此书，还认真读过，留下珍贵记录，我们可以知道该书收录"唐世能诗妇人"从李季兰始，到程长文止，共二十三位才女的一百十五首诗。编纂体例，则是人各有小序，与《河岳英灵集》《中兴间气集》体例接近，全书有总序，从晁氏摘录的一段看，列举了古代六位才女的成就，强调"今文明之盛"，应该超过前代，可知成书时天下尚未乱，应该在咸通前。

　　存世文献没有引据该书诗作的记录，以往我们对蔡书所知实在很少。直到20世纪末，俄藏敦煌文献发表，荣新江、徐俊发现了此集的若干碎片，于1999年首先发表《新见俄藏敦煌唐诗写本三种考证及校录》(《唐研究》第五卷，北京大学出版社，1999年，59–79页)，据Дx.3861、Дx.3872、Дx.3874三残卷录出李季兰、元淳诗若干首。继而又发现Дx.6654、Дx.6722、Дx.11050诸残片，且有"□

大唐女才子所□篇什。著作郎蔡省风纂”题签，乃续撰《唐蔡省风
〈瑶池新咏〉重研》（《唐研究》第七卷，北京大学出版社，2001年，
125—144页），录出李季兰、元淳、张夫人、崔仲容四人诗二十三
首，其中颇多佚诗。通行的校订本，则有《唐人选唐诗新编》（中华
书局，2014年）收徐俊校本。这些残卷的复原和公布，对唐诗研究
意义重大。

　　除了残卷保存的卷首四人诗，该书还有没有其他可以探究的线
索呢？我特别注意到，残卷所存四人的顺序，与唐末韦庄《又玄集》
卷下所录女性诗人之最初四人相同，所存诗内容也颇一致。《又玄集》
从李季兰到程长文，凡二十一人，具体为李季兰、元淳、张夫人、
崔仲容、鲍君徽、赵氏、张窈窕、常浩、蒋蕴、刘媛、廉氏、张琰、
崔公达、宋若昭、宋若茵、田娥、薛陶、刘云、葛鸦儿、张文姬、
程长文。是否可以认为这部分内容即全部来自《瑶池新咏》呢？有
可能，但还不能完全确认。巧合的是，还有一部书可以参读，那就
是北南宋之交的《吟窗杂录》。该书五十卷，旧传为状元陈应行编，
今人或以为蔡襄孙蔡传编。该书卷三〇《古今才妇》下也收了这批
女诗人，具体名单与排列顺序为：李季兰、元淳、张夫人、崔仲容、
鲍君徽、赵氏、梁琼、张窈窕、常浩、蒋蕴、崔萱、刘媛、廉氏、
张琰、崔公达、田娥、薛涛、刘云、葛鸦儿、张文姬、程长文。也
是二十一人，但细节有出入，即增加了梁琼、崔萱二人，不取宋氏
姐妹，薛陶作薛涛。两相合并，恰巧二十三人，且与晁氏所说从李
季兰到程长文的顺序一致，可以认为二书各自取资原书。这样，我
们可以列出《瑶池新咏》的完整名单，即李季兰、元淳、张夫人、
崔仲容、鲍君徽、赵氏、梁琼、张窈窕、常浩、蒋蕴、崔萱、刘媛、
廉氏、张琰、崔公达、宋若昭、宋若茵、田娥、薛涛、刘云、葛鸦

儿、张文姬、程长文。

有了这份名单，我们可以进一步探究《瑶池新咏》诸作者的生平与该书的成书年代。就目前所见文献，这群女作者生平经历较清楚者有以下几人。一，李季兰，即李冶，大约生于天宝间，大历间较活跃，与同时诗人交往甚多，建中末曾上诗颂朱泚，乱平后为德宗所杀。二，张夫人，大历十才子之一吉中孚妻，吉曾为道士，贞元间官至侍郎。三，赵氏，为中唐名臣杜羔（？—821）妻，他书或作刘氏。杜羔贞元五年（789）登进士第，主要活动在贞元、元和间。四，蒋蕴，当作薛蕴，是玄宗时大理评事薛彦辅之孙女，大约也是贞元、元和间在世。五，宋若昭、宋若茵，即贞元间入宫的宋氏五女中之二位，若昭墓志已出，见《考古与文物》2014年第5期刊拓本宋申锡《大唐内学士广平宋氏墓志铭》，生卒年为761–825。六，薛涛，今人对其生平探讨甚多，大体结论是大和间卒，年七十馀。此外，必须说明的是，旧传鲍君徽字义姬，德宗时人内，贞元中寡居，以母老乞归，其实一是将她与鲍文姬混为一人，二是误采《全唐文》卷九四五所收伪文《乞归疏》，皆不足据。

就已知推未知，大约可以认为入选诗人主要生活时期在大历至大和间，目前没有见到会昌以后的痕迹。就此推测该书的成书年代在大和至大中间，既能照应《郡斋读书志》那句"况今文明之盛乎"，也可合理地解释为何唐三大女诗人中唯有鱼玄机未能入选该集，鱼卒于咸通八年（867），大约大中后期方成年。

进一步说这些女子的身份。可以认为《又玄集》目录标注的身份，即源自《瑶池新咏》。具体区分，一是女道士，可以确定者有李季兰、元淳二人，其他信道者甚多。如张夫人之夫吉中孚曾入道，她可能同其意趣。崔仲容《戏赠》云："暂到昆仑未得归，阮郎何事教人非？如今身佩上清箓，莫遣落花沾羽衣。"则已披服受箓了。葛鸦儿《会仙诗》："彩凤摇摇下翠微，烟花漠漠遍芳枝。玉窗仙会何人见，唯有春风子细知。""烟霞迤逦接蓬莱，宫殿参差晓月开。群玉山前人别处，紫鸾飞起望仙台。"至少也是信道群众。二是官妻，至少有张夫人、赵氏二位。三是娟妓，《又玄集》仅标明常浩一人，薛涛也近似。四是女官，有宋氏姐妹。五是女郎，这一称呼大约仅相当今云女性而已，并非专指室女，《又玄集》标此者多达十三人。

《瑶池新咏》首收李季兰诗七首，不仅因她年辈较早，也最具代表性和影响力。旧传《薛涛李冶诗集》存诗仅十四首，残卷所存诗中，有三首以前仅见残句，现在得以补全，具有很高的研究价值。一是旧传《恩命追入留别广陵故人》，残卷题作《有敕追入内留别广陵故夫》，自称"无才多病判龙钟，不料虚名达九重"，是在奉天难前德宗已经招她入内，因而对她后来给朱泚上逆诗特别恼怒。《四库提要》曾疑此诗为伪，至此也可得到澄清。乱平后，德宗指斥她"汝何不学严巨川有诗云：'手持礼器空垂泪，心忆明君不敢言。'"遂令扑杀之。残卷中有《陷贼后寄故夫》一首："日日青山上，何曾见故夫。古诗浑漫语，教妾采蘼芜。鼙鼓喧城下，旌旗拂座隅。苍黄未得死，不是惜微躯。"所述正是她心在故夫，委婉表达身陷乱中、不能自已的态度，与严巨川诗意同，可惜德宗未见或未读懂。《文史知识》2016年5期已刊拙文《心与浮云去不还，吹向南山更北山——李季兰诗歌赏析》有详尽分析，这里从略。

另一位女道士元淳，存世文献仅见其诗三首，另有一些零句。残卷存诗七首，虽仍有残损，但大体可读。新见诗中尤可关注者为《感兴》一篇："废业无遗迹，仙都寄此身。弟兄俱已尽，松柏问何人？"应该是在安史之乱或奉天之变后，家业毁弃殆尽，兄弟家人也死于战乱，诗人无家可归，只能寄身道观。《寄洛中姊妹》："旧业经年别，关河万里思。题书凭雁足，望月想娥眉。白发愁偏觉，乡心梦独知。谁堪离乱处，掩泪向南枝。"似乎有类似经历者还不在少数。诗题中的姊妹未必是血亲姐妹，很可能仅是道友。另外张窈窕《上成都从事》："昨日卖衣裳，今朝卖衣裳。衣裳浑卖尽，惟剩嫁时箱。有卖愁仍缓，无时心转伤。故园胡虏隔，何处事蚕桑？"所写也是乱后远离故乡的艰难生活状况，虽然没有遁入瑶观，但寄居异地，靠卖妆奁为生，难免内心伤苦。当然身为女冠，修道访仙是生活中的日常内容。可以再举元淳的另两首新见诗。一是《闲居寄杨女冠》："仙府寥寥殊未传，白云尽日对纱轩。只将沉静思真理，且喜人间事不喧。青冥鹤唳时闻过，杳蔼瑶台谁与言？闻道武陵山水好，碧溪东去有桃源。"二是《送霍师妹游天台》："暂别万□□□□，□□□□入天台。霞城峭壁无人到，丹灶芝田有鹤来。上元金胜何处在，阿母桃花几度开。日暮曲江相望处，翠屏遥指白云隈。"在《全唐诗》中，二诗各存两句，前诗存最后二句，"武陵"作"茂陵"，后诗存"赤城峭壁无人到，丹灶芝田有鹤来"二句，皆源出《吟窗杂录》，后者"赤城"作"陵城"，诗意无从理解。今得全篇，虽还有一些缺文，诗意已可理解，从中可以体会女冠修行生活的多维面向。在观修行，在寂寞沉静中远离人群，体会道旨，参悟仙理，一鹤飞过，更增加对仙境的无限向往。武陵是湘西胜景，桃源故事在道徒心中更增加许多远离尘嚣的美好。道教从六朝以来最讲居山修行，所谓三十六洞天七十二福地，几乎名山皆为修真妙地。后一首送别道友到天台山访道，在女冠笔下或眼中，佳景胜地无处不是仙迹之所履，鹤唳花开无不让人悟真出世。最后两句写自己身在长安，会一直遥望师妹的东南行处，寓惜别之意。女冠的生活，还是很丰富而有诗意。

张夫人名与家世均不详，但其夫中年后显达，她应生活得很优裕。她的代表作是《拜新月》："拜新月，拜月出堂前。暗魄深笼桂，虚弓未引弦。拜新月，拜月妆楼上。鸾镜未安台，蛾眉已相向。拜新月，拜月不胜情，庭前风露清。月临人自老，望月更长生。东家阿母亦拜月，一拜一悲声断绝。昔年拜月逞容仪，如今拜月双泪垂。回看众女拜新月，却忆红闺少年时。"这是唐代女性诗词中的优秀篇什，从拜月习俗写起，从自己闺中、新婚及中年拜月的感受渐次变化，最后借东家阿母写到老年的失落和悲哀，借一诗写风俗，写心情，更写人生感悟。此诗虽不见于俄藏残卷，但可相信是《瑶池新咏》录其诗之首篇。残卷增加新诗达五首，但多残缺，仅能大概理会寄意。如缺题："□□□□□，□□轻帘开。庭际□□□，□□□入来。"《咏泪》："□□□□□，□流红粉妆。镜中春色老，枕前秋夜长。"缺题："□□□□□，□鸣候寝宫。自嗟□□□，□□□年中。"《寄远》："□□□□□，□朝不在家。临风重回首，掩泪向庭花。"大多写闺中情怀和女性落寞。再如《诮喜鹊子》："畴昔鸳鸯侣，朱门贺客多。如今无此事，好去莫相过。"可能是她晚年的感悟了。杜羔妻赵氏是另一种性格的贵妇，我在《文史知识》2016年11期刊文《良人的的有奇才 何事年年被放回——中唐两位谐趣女诗人的诗》有特别的介绍。用现在的话说，是一位"作女"，当丈夫还在为功名奔波时，她写诗戏谑调侃："良人的的有奇才，何事年年被放回。如今妾面羞君面，君若来时近夜来。"丈夫金榜题名后，她居然恶谑了一回："长安此去无多地，郁郁葱葱佳气浮。良人得意正年少，今夜醉眠何处楼？"你春风得意，早已忘记寒妻了吧！她送丈夫从宦，坦率直言："人生赋命有厚薄，君但遨游我寂寞。"作得有些过吧，其实是因为情感太好。另有一诗说得意情怀："上林园中青青桂，折得一枝好夫婿。杏花如雪柳垂丝，春风荡扬不同枝。"唐代的才女，就是这样坦率真诚。

《瑶池新咏》中称为娼妓的诗人，只有一位常浩。大约在唐朝，娼妓也是一种职业，不寓褒贬之意。这位女子存诗仅四首，但颇有豪爽英迈之气，在此录两首。《赠友人》："闻道东山逸兴多，为怜明月映沧波。不辞红粉随君去，其奈苍生有望何！"《闺情》："门前昨夜信初来，见说行人卒未回。谁家楼上吹横笛，偏送愁声向妾哀。"两诗都是我三十多年前编《全唐诗续拾》时，据《吟窗杂录》卷三〇补出。前诗赠友人，大约其友从隐居出仕，既欣赏他在隐时逸兴风流，更祝他出仕后苍生有望，且自述愿作红颜知己，洗尽铅华，随你同去。后诗则说久盼良人，昨终来信，依然没有归信，无限怅惘。此时远处传来横笛之声，曲调哀怨，更戳痛了自己难以排遣的愁怀。

《瑶池新咏》所收作者大多生平经历不太清楚，但凡入选者，其写诗手法和情感表述，又确都是女性的，与男性代拟的妇女生活诗歌有很大不同。以下简略介绍几首优秀的诗歌。崔仲容《赠所思》："所居幸接邻，相见不相亲。一似云间月，何殊镜里人。目成空有恨，肠断不禁春。愿作梁间燕，无由变此身。"有情而难表心声，不由羡慕梁间双双燕。她的《寄赠》说"妾心合君心，一似影追形"，设喻很独特；《感怀》云"不觉红颜去，空嗟白发生。"直白而有悟，可惜全篇皆不存。梁琼《昭君怨》："自古无和亲，贻灾到妾身。朔风嘶去马，汉月出行轮。衣薄狼山雪，妆成虏塞春。回看父母国，生死毕胡尘。"从女性立场同情王昭君的不幸遭际，比那些名家玩技巧感慨的诗，更显真诚。张窈窕《春思》："门前梅柳烂春辉，闭妾深闺绣舞衣。双燕不知肠欲断，衔泥故故傍人飞。"作者写了多首类似诗，都很特别。刘媛《长门怨二首》："雨滴梧桐秋夜长，愁心和雨到昭阳。泪痕不学君恩断，拭却千行更万行。""学画蛾眉独出群，当时人道便承恩。经年不见君王面，花落黄昏空掩门。"这两首即便放在王昌龄集中，也绝不逊色。后首或传为杜牧或罗隐作，皆误。葛鸦儿《怀良人》："蓬鬓荆钗世所稀，布裙犹是嫁时衣。胡麻好种无人种，正是归时底不归？"此诗流传很广，《本事诗》更附会为河北士人代妻作，知道是葛作的人不多。

薛涛已经讲得太多，宋若昭名气很大，但存诗太庄重，这里都不说了。

最后要说到《瑶池新咏》压卷之人程长文。她存诗三首，生平只能从诗中推知。《春闺怨》云"良人何处事功名，十载相思不相见"，是曾长期孤居。又自述家住鄱阳曲，能刺绣，工草隶，心比孤竹，甘于寂寞，然而却遇到意外的横祸。《狱中书情上使君》是文学史上很少见的被凌辱女子的呐喊，全诗稍长，在此仅述大略。她说自己居所寂寞，很少人出入，不料强暴之男却"手持白刃向帘帏"，自己不甘受辱，坚决反抗："一命任从刀下死，千金岂受暗中欺。"估计是在反抗中伤及加害人，县僚不及调查，"即便教人縶囹圄"，被囚禁了较长时间。她自誓"我心匪石情难转，志夺秋霜意不移"，在狱中则"十月寒更堪愁人，一闻击柝一伤神"，她既担心"三尺严章难可越，百年心事向谁说"，又坚信最后终能还自己以清白："但看洗雪出圜扉，始信白珪无玷缺！"此诗是写给刺史的诉冤书，虽然始末不详，但女性对暴力的坚决反抗和坚持抗争，千年后仍能听懂她的不平。她的诗才，在另一首怀古诗《铜雀台》中有很好的展示："君王去后行人绝，箫筝不响歌喉咽。雄剑无威光彩沉，宝琴零落金星灭。玉阶寂寞坠秋露，月照当时歌舞处。当时歌舞人不回，化为今日西陵灰。"真是巾帼不让须眉。

　　在我印象中，《瑶池新咏》是第一部专收女性作者诗歌的专集，很高兴在亡失千年后，还能有部分残页问世，并能据以部分揭示该集的面貌，让更多作者了解唐代女性诗人独特的个性与不平凡的追求，读到她们的内心情感。这也是我写本文的直接动因。

　　　　　　　　　　　　　　　　　（刊《文史知识》2017 年 10 期）

唐末在敦煌的江南诗人

敦煌在安史乱后为吐蕃所占，大中间本地士绅举事，驱逐吐蕃，回归唐廷。唐廷无意间取得河湟回归的胜利，一方面任命张议潮为归义军节度使，另一方面也处处设防，既留入京之议潮兄议潭宿卫，又不断派出官员参与敦煌的治理。其后几十年，虽然敦煌的主人主要是本地人，但来自外乡，特别是江南的官员、文人也时有所见。这些人文化修养较高，也给敦煌本地文学带来一些新的变化。

先说一位小人物周香。P.3629有其诗三首，其二残渺不可读。第一首前有状："昨奉处分，要《闽中十咏》，谨专抄写呈上，便请留之。因有所思，偶成恶句。乡侄香上。"似乎是呈送同为闽人的周姓高僧者。诗云："因写闽川十首诗，潸然肠断实堪悲。乡关景色分明在，故业田园半属谁？骨肉飘零何日会，家僮星散已无依。终愿志公垂荐擢，挈我来年衣锦归。"志公用南朝梁僧宝志事，因知受诗者为僧人。因受嘱咐写《闽中十咏》，触动作者的怀乡之情。中间四句，既说故乡景色分明就在眼前，但去乡已久，家族旧业，故里田园，今已不知属谁。再写到骨肉、家僮，他应本有殷实富裕的家庭，但经乱分离，久无音讯，只能在梦里企望见面。最后希望"志公"提携，让自己能衣锦归乡。第二首有诗题《谨奉来韵（自注：兼寄曲子名）》："昨夜拳拳侄最赢，至今犹愿诉衷（P.3632作"素中"）情。赛拳应有倾杯乐，老仁争敢不相迎。"诗中嵌了"诉衷情""倾杯乐"二词牌。当然，因文本残零，目前还无法断定其诗一定作于敦煌。

当然也有大人物。比如张永，在张承奉称金山国白帝期间，他自称"老臣"，献《白雀歌》，称颂"金山天子殿下""继五凉之中兴，拥八州之胜地"的巍巍功业，长诗多达五十多韵，"每句之中，偕以霜雪洁白为词"，涉及当时政治、人事、制度的方方面面，反复歌颂，如"白衣殿下白头臣，广运筹谋奉一人。白帝（李录本作衣）化高千古后，犹传盛德比松筠"之类，绵绵不绝，可见客居敦煌的外地人士进入权力中心的谨慎逢迎。张永另有献《朝天十咏》之进诗状，见S.811，称"永比自江东，十六而学，七年茅岭，三载庐山，被受饥荒，衣穿犊鼻，才堪举用，贫不自资，所以求售朱门，星霜绝远，今且老矣，何必再言"，前歌状自署"三楚渔人"，估计为湖湘一带人。知道他早年在江东生活至将近三十岁，但境遇不好，"被受饥荒""贫不自资"，流落到敦煌，受知于军府，更感怀恩德，乐于颂德。估计他在敦煌归唐后不久，大约大中末到咸通间已到达敦煌，居河西或已三四十年，已视敦煌为己家，与敦煌土族相知已洽。

我在这里要特别介绍的，是唐末在敦煌的一位或两位重要诗人。由于敦煌文书许多都是残片，有具名者只是其中一部分，很多都没有署名，其作者所属需要认真的辨识与解读，形成共识更需要一段较长的时间。

先说张球。我在1986年至1991年作《全唐文补编》初稿时，录出许多张球的文章，所拟小传云："张球，郡望清河，燉煌人。懿宗咸通中任沙州军事判官。僖宗光启中任河西节度判官权掌书记。乾宁间迁节度判官。约卒于后梁时，年逾七十五。"另有张景球，难以确定与张球是否同一人，只好分列。后来郑炳林作系统勾稽，所知更详，也逐渐证明张球与张景球为同一人。颜廷亮于《敦煌研究》2002年5期发表《有关张球生平及其著作的一件新见文献》，在S.2059尾题"《佛说摩利支天菩萨陀罗尼经》一卷"的写本，其前有《陀罗尼经序》，其中有"□州山阴县人张俅，字恩□，因游紫塞，于灵（下缺）内览此经。咸通元年十一月内，其年大风，因有缘事，将（下缺）北岸。其日冒风步行，出朔方北碛门（下缺）"，"官河右，以凉州新复，军粮不充，蒙张（下缺）武发运使，后送粮五千馀石至姑臧（下缺）"云云，知道张俅即张球，他是越州山阴（今浙江绍兴）人。因游边塞，于咸通元年（860）到朔方军，寻复北行，到凉州（今甘肃武威），当时归义军节度使张议潮攻取凉州不久，军粮不充，乃请张球担任（灵）武发运使，送粮五千石到凉州，其间曾遭遇吐蕃贼，前后出入二三十次，历尽艰难，都顺利完成任务，他认为得到"菩萨加持力"的保佑，因次写下这段序。这里，明确他是越州山阴人，咸通间经朔方到凉州，后即长官瓜沙，成为当地有名的文士。稍早前的《文献》2000年1期，发表邵文实《敦煌P.2762等卷诗集试探》，认为根据藤枝晃拼合，S.6161、S.3329V、S.6973、P.2762为《张氏修功德记》残篇，残篇背面抄五七言诗近二十首，肯定为一人书，此前郑炳林《敦煌碑铭赞辑释》曾怀疑是敦煌僧悟真作，邵文则举多证认为作者为江南士子，因乱流寓敦煌，逾三十年，诗中有龙纪二年（890）的纪年，又述及敦煌张相国，应抄于敦煌金山国时期（910—914）。到敦煌初期曾隐居，后参与归义军及金山国军政事务。解读诗篇，认为作者"与归义军政权有着密切的联系，担任过较为重要的官职""受过良好的教育，擅于用文字来表达自己的心情"。《敦煌学辑刊》2016年2期杨宝玉《〈张淮深碑〉抄件卷背诗文作者考辨》，将以上二文内容联系起来考察，认为该卷作者就是张球，举证很充分。

荣新江《唐人诗集的抄本形态与作者蠡测——敦煌写本S.6234+P.5007、P.2672综考》(刊《项楚先生欣开八秩颂寿文集》，中华书局，2012年)认为该拼合卷存诗三十一首，且多有改订，为作者手稿。这些诗的另一面有"河西都防御判官将仕郎试弘文馆校书郎何庆"的书札，钤有"河西都防御使印"。他另查有该印之文书，另P.3863有《中和四年（?）河西都防御招抚押蕃落等使翁郜牒》。他认为河西都防御使是唐廷咸通间设于凉州的使职，以分归义军之势。而《京兆翁氏族谱》存有唐廷给翁郜的几件文书，与敦煌文献可以印证，并论证该诗集作者即为翁郜。荣曾将该族谱示我，我也很赞同他的结论。《敦煌学辑刊》2017年1期刊李军《敦煌本〈唐佚名诗集〉作者再议》，不赞同荣文的结论，认为何庆书札的收信者即诗集作者，应该在比凉州更偏远处任职，而张球与凉州及河西都防御府均关系密切，诗集所涉范围即东至凉州，西至焉耆铁门关，与张球活动范围对应，而诗集笔迹及所颂对象，也与张球契合。该文附记得到荣的指点，虽然还没有看到荣的响应，我以为都可认为问题在逐渐接近明朗。即无论两人还是一人，本文的题目都可容罩。

以下即参考前述各家意见，述此一位或两位作者的存诗，仅称作者，也不作具体区分。

作者在诗中对当时重大事件有具体叙述，如云"仆固天王乾符三年（876）四月廿四日打破伊州"（节录诗题），又云："当今圣主回鸾驾，逆贼黄巢已就诛。"即在僖宗从成都还京后，最早也在光启以后。有"龙纪二年（890）二月十九日"的题记，又晚了一些。作者在河西生活时间，则以超过三十年，如云："三十年来滞玉关，碛西危冷隔河山。"（缺题）"一别端溪砚，于今三十年。"（缺题）都表明他是客居边地，因事滞留。

作者经常会怀念江南的生活，希望能返回故土。如《归夜于灯下感受》："长思赵女娟，每忆美人舟。何为江南子，因循北海头。连天唯白草，雁过又成秋。喜归无恐色，抛却暮云愁。"很遗憾长期居住北海，对塞外"连天唯白草，雁过又成秋"的荒漠景色，仍然有些怨艾，能有机会归去，他是感到高兴的。"每忆美人舟"，也就是"春水碧于天，画船听雨眠"，以及"垆边人似月，皓腕凝霜雪"的美女，都令他难以忘怀。《夫字为首尾》一篇，则假托江南女子对边关男子的绵邈相思，表达自己的怀乡之情："夫婿一去远征徂，贱妾思君情转孤。凤楼惆怅多□忆，雁信传书到豆卢。遥想阳台空寂寞，那堪独守泪呜呜。当今圣主回鸾驾，逆贼黄巢已就诛。恩光料合终沙漠，劝君幸勿恋穷庐。战袍着尽谁将去，万里迢迢碛路纡。天山旅泊思江外，梦里还家入道垆。镜湖莲沼何时摘，柳岸垂泛杨碧朱。妾向江楼长掩泪，采莲无复奏笙竽。闺中缅想肖场苦，却羡西江比目鱼。红颜憔悴少脂粉，寂寞阳台满院无。秋深但见鸿归巢，愿织回文寄远夫。"豆卢军即在沙州，明确指明女子怀念的夫婿就是自己。作者在河西逾三十年，当然应该已经有家室女眷了，这自然也无妨他虚构故乡女子的遥远相思，借此抒写怀乡之情。这里的录诗已经据各家校订多有改动，但仍有一些文字不知孰误，如"肖场"之类，但大体诗意仍可明白，是对王昌龄那首"悔教夫婿觅封侯"诗的铺排叙述。女子叙述：你去了遥远的地方，你能知道我无尽的思念吗，能体会我的寂寞吗？天下大乱，男儿有志征战四方，但现在黄巢的叛乱已经平定，皇帝也已经打道回京，你应该可以回来了。"镜湖莲沼何时摘，柳岸垂泛杨碧朱。"江南的美景如此美好，是你出生和成长的地方，你能不想念吗？女子长年以泪洗面，相思而分离，反不如西江比目鱼能濡沫相守。秋深举目凄冷，对你的思念无有穷尽。

但作者久居河西，毕竟是有使命，有责任的，这就是为朝廷靖理边关，为自己建立功名。我们可以读到这样的诗句："圣驾庚申降此间，正在宣宗习化年。从此弃蕃归大化（注大中二年也），经管河陇献唐天。继嗣秉油还再至，羽毛青翠泛流泉。□诗必有因承雨，□□天子急封禅。"这是说河西之治理归化，是天子封禅告成功的重要成就，身为人臣，有此责任。再读这样的诗："方将竭力陈明主，不惮沙场立战功。""河湟新复□□城，道路通流陇水清。"就可以理解他的胸襟。还有《自述》："不衣绨袍已数秋，罗巾帔尽系缠头。弯弓射虏随蕃丑，叫鼓鸣更宿戍楼。一日悔称张掖掾，三年功大义阳侯。辛勤自欲朝乡道，喜筑西陲置此州。"虽然辛勤艰苦，但一切都是值得的。

存诗中，有一组纪行诗，地名从酒泉、甘州、敦煌、寿昌到焉耆、番禾、金河以及西州等，差不多从今之武威一直走到了今之新疆交河古城。比较特别的是，作者的笔触很明显流露出以中原士人看西域风物的立场，也再三表述出无远不暨的中华文化的同异与变化。《燉煌》："万顷平田四畔沙，汉朝城垒属蕃家。歌谣再复归唐国，道舞春风杨柳花。仕女尚采天宝髻，水流依旧种桑麻。雄军往往施鼙鼓，斗将徒劳猃狁夸。"这首诗写敦煌归唐后的景象，特别值得重视。首句说敦煌绿洲之富庶，在无边大漠中拥有万顷良田，虽曾为吐蕃所据，但百多年来一直保留大唐衣冠，归唐后更是春风杨柳，歌谣桑麻，仕民安逸，军旅精强。《西州》："交河虽远地，风俗易中华。绿树参云秀，乌桑戴□花。□□居猃狁，芦酒宴胡笳。大道归唐国，三年路不赊。"交河曾是唐北庭都护府的故地，作者写到这里的风物、居民和风俗,感觉是"风俗易中华"。"易"是改变,是不同,但又是异中有同,旧习尚在,但已变化了。最后两句,可以说是自己历时许久方到达这里,也是要说皇化所及,归国有路。《焉耆》:"万里聘焉耆,奔程踏丽龟。碛深嗟狐媚,山远象蛾眉。水陆分三郡,风流效四夷。故城依绝域,无日不旋师。"首句说明作者的西行负有远聘焉耆的特殊使命。荣新江认为狐媚即银山碛,他走的是"从西州经银山道往焉耆的道路"。《铁门关》:"铁门关外东西道,过尽前朝多少人。客舍丘墟存旧迹,山川犹自迭鱼鳞。掊沙偃水燃刁斗,黄叶胡桐以代薪。信□弯弧愁虏骑,潜奔不动麝香尘。"铁门关在焉耆以西五十里,岑参曾到过,留下"银山峡口风似箭,铁门关西月如练"(《银山碛西馆》)的诗句。作者感慨这里是中西交通的必经孔道,无论山川、客舍依然保留许多往日的旧迹。西州陷蕃至此毕竟已经一个半世纪了,中原士人能到此者毕竟很少,他看到了旧痕,更看到了变化,留下记录。

作者存诗中有大量与敦煌官员来往酬赠的作品。从存诗看,他以客籍居敦煌,一直在努力接近并迎合土著人士,如《赠中丞十五郎加章服》《赠阴端公》诸诗皆是,但仍常不免遇到麻烦。《赠丞官》一首,则写他身居河西畏讥远祸的怯退心情:"此生不复从君游,任被人讥议陆沉。雀莫十八谏符生,万代流□止今有。前车已翻君自见,改辙须臾自诚心。迷谬不能通巨路,好辞江上独行吟。"虽然不知道作者到底遇到了什么麻烦,但显然已经看到了他人的前车已翻,告诫同人要及时"改辙",事态严重,必须及时警醒,不能继续迷谬。《自述投猛献□□□□》:"羝羊何事触西蕃,进退难为出塞垣。毛短更忧刀机苦,哀鸣伏听主人言。"似乎触犯了当地的一些忌讳,且很严重,只能请求主人指点迷津。当然,遇到好友,也难掩喜悦,如《塞上逢友人》："相逢悲喜两难任，话旧新诗益寸心。执手更言西域去，塞垣何处会知音。敦煌上计程多少，纳职休行更入深。早晚却回归旧业，莫随蕃丑左衣衿。"这位友人似也是中原人士，话旧谈诗，彼此相得无间，既关心友人将深入西域远处，忧切他的前程，仍建议还是早些归还旧业。"莫随蕃丑左衣衿"一句，表明他对当地军俗尚无法完全融合。对于同官，则也有告诫，如《又巡官王中丞》："见说连宵动舞尘，玉台倾涸半醅醨。此中不是捎云处，早回东洛访陈遵。"你玩得过分了一些，这里不合适。

　　以上引了许多诗，不论是否张球一人所作，从所思所见所虑所求来看，都可以看到一位长期在河西、敦煌居住之客籍人士的感情与经历，具有特殊的价值。也不必讳言，从张球存在敦煌遗书中的大量文书来说，他把握语词驾驭文章的能力，较一般当地人士为优，但就上引诸诗的艺术水平来说，在晚唐诗人中大约处于中等偏下的程度。知押韵，能用典，通协律，造句有型，抒情有度，都可称合格，但许多文句推敲未精，如"几度韶三月""谁敢恃知州""喜归无恐色""久须餐保药"等句，皆难称高明，而存诗有许多七律，对偶精确稳当流动者很少，都可看出作者的实际水平。敦煌遗书之可贵，在于将五六百年间敦煌一地之各种未经选择淘汰之历史文本，原生态地保存到现在。本文介绍的这一位或几位诗人，就是在茫茫人海中略会写诗的一隅人群，请读者不要以作品好坏作轻率评骘。

（刊《文史知识》2017 年 8 期）

唐人选地方唐诗集《丹阳集》与《宜阳集》

本文拟介绍两部已经失传的唐人编选的地方类唐诗选集，一部是殷璠编《丹阳集》，另一部是唐末刘松编《宜阳集》。

《新唐书·艺文志》四集部文史类著录殷璠《丹阳集》一卷，为总集。另于同卷《包融诗》一卷下注："润州丹阳人。""融与储光羲皆延陵人。曲阿有馀杭尉丁仙芝、缑氏主簿蔡隐丘、监察御史蔡希周、渭南尉蔡希寂、处士张彦雄、张潮、校书郎张晕、吏部常选周瑀、长洲尉谈瑀，句容有忠王府仓曹参军殷遥、硃石主簿樊光、横阳主簿沈如筠，江宁有右拾遗孙处玄、处士徐延寿，丹徒有江都主簿马挺、武进尉申堂构，十八人皆有诗名。殷璠汇次其诗为《丹阳集》者。"此段文字，记载了《丹阳集》的基本情况，即所收为润州所属延陵、曲阿、句容、江宁、丹徒五县十八位诗人的诗作，所列诸人官职为该集编集时的实际任职。

三十多年前，我在阅读明钞本《吟窗杂录》时，意外发现属于该集的一批佚文，即撰《殷璠〈丹阳集〉辑考》一文，刊《唐代文学论丛》第八辑（陕西人民出版社，1986年）。其中较重要的发明是，一是发现了该集序的残文和十八人中十六人的诗评，证实该书体例与殷璠《河岳英灵集》很接近，为研究殷氏诗学思想提供了新资料。二是根据诸人之生平事迹，推知该书编成于开元后期，应为今知殷氏编选的三种盛唐诗选中最早成书的一种。三是为《丹阳集》作者补充了一些佚诗残句。在此前后，卞孝萱先生亦撰文介绍此批文献，考订稍简。

先说第一点。《吟窗杂录》卷四一录殷氏语："李都尉没后九百馀载，其间词人，不可胜数。建安末气骨弥高，太康中体调尤峻，元嘉筋骨仍在，永明规矩已失，梁、陈、周、隋，厥道全丧。盖时迁推变，俗异风革，信乎人文化成天下。"可以相信是《丹阳集》的序。与《河岳英灵集序》比读，可以见到他此一时期更重视古体诗，更推尊气骨、体调，对永明以来声律说表达了极大的不满。虽然有关唐初以来诗风变化的评价没有保存下来，但在具体作者的评价方面，他基本贯彻了这一主张。如肯定储光羲诗"宏赡纵逸，务在直致"，认为蔡隐丘诗"虽乏绵密，殊多骨气"，张潮诗"委曲怨切，颇多悲凉"，批评丁仙芝诗"恨其文多质少"，都与他在《河岳英灵集》中推重诗律、风骨兼备的圆融态度不同，可以看到他前后期诗学立场的变化。

其次，殷璠是润州丹阳人，他对丹阳出身的诗人群体相当熟悉，遴选他们的作品当行出色。所涉十八位诗人中，目前至少知道，徐延寿应作余延寿，有储光羲诗可证。丁仙芝、殷遥为终官，忠王即后来的肃宗李亨，殷遥任忠王府仓曹参军，应该在开元二十六年忠王立为太子前。蔡希寂官至金部员外郎，卒年不早于天宝末。申堂构官至虞部员外郎，卒大历间，为《丹阳集》作者存活最晚者。孙处玄卒于开元初，则为最年长者。前文发表后，至少已有蔡彦周、马挺二人墓志出土。蔡希周（688-747），吴房令蔡勖之第四子，官至刑部员外郎，贬咸安郡司马，任监察御史大约为开元二十五年事。该志为其弟蔡希寂撰，他任渭南尉应在开元二十一年后数年间。通过诸人生平事迹及《丹阳集》记录诸人官职，来确定该集成书年代，方法是可取的。马挺墓志有胡可先教授撰文介绍，因不存诗，从略。

《丹阳集》所收诸人，《全唐诗》以外稍有一些佚诗可以补充。具体来说：一，张彦雄，《全唐诗》不收其诗。《吟窗杂录》卷二六载："殷璠曰：彦雄诗但责潇洒，不尚绮密，至如'云壑凝寒阴，岩泉激幽响'，亦非凡俗之所能至也。"据此可补其诗二句。二，丁仙芝，可据《千载佳句》卷上《早秋》补《陪岐王宅宴》二句："雨鸣鸳瓦收炎气，风卷珠帘送晓凉。"三，蔡隐丘，可据《吟窗杂录》卷二六补诗二句："草径不闻金马诏，松门唯见石人看。"四，蔡希寂，可据《吟窗杂录》卷二六补"象筵列虚白，幽偈清心胸"二句，另敦煌遗书伯三六一九存《扬子江夜宴》："楚水夜潮平，仙舟烬烛明。美人歌一曲，坐客不胜情。罗幕香风倦，纱巾舞袖轻。遨游正得意，云雨莫来迎。"虽不能肯定此诗曾收入《丹阳集》，但诗是可信的。五，殷遥，可据《千载佳句》下《旅情》补《夏晚怀归》二句："归心静对萤飞月，远梦长惊角满楼。"六、沈如筠，可据《杜诗赵次公先后解辑校》甲帙卷三、《九家集注杜诗》卷一《醉时歌》注补《杂怨》二句："檐花生蒙幂，孤帐日愁寂。"当然，也有审查甄别的问题。如樊光、樊晃，《全唐诗》视为一人，我倾向认为是二人，樊光仅存"巧裁蝉鬓畏风吹，画作蛾眉恐人妒"二句。元人伊世珍《琅嬛记》卷上引《谢氏诗源》，录沈如筠诗"好因秦吉了，一为寄深情"，该书为伪书，久有定论，难以佚诗视之。《吟窗杂录》卷三五王安石《胡笳十八拍集句》有署孙处的两句"两处音尘从此绝""憔悴看成两鬓霜"，是否孙处玄佚诗，也还难下结论。以上涉及《丹阳集》所收诗人之半数，所涉虽为零残，但吉光片羽，仍应珍惜。

　　《丹阳集》现在通行有我的辑本，收入傅璇琮先生主编《唐人选唐诗新编》（增订本），中华书局2014年出版。

　　唐人编选地方诗总集，还有黄滔《泉山秀句集》三十卷，"编闽人诗，自武德至天祐末"（《新唐书·艺文志》），以及《崇文总目》所载僧应物《九华山录》一卷，《通志·艺文略》所载《雁荡山诗》一卷、《麻姑山诗》一卷等，但都没有留下太多可资研究的线索，唯刘松《宜阳集》，汇聚零星记载，尚可作些梳理。

《新唐书·艺文志》四载刘松《宜阳集》六卷，注云："松，字稽美，袁州人。集其州天宝以后诗四百七十篇。"这是有关刘松生平以及《宜阳集》存诗情况的最重要记录。

袁州地处江西、湖南之间，到隋唐之间方设州，因州有袁水而得名，州治宜春，故亦称宜春郡。宜阳则为西晋时宜春县避讳所用过的别名。安史乱后，中原士人纷纷南奔，带动南方文化的迅速发展。清谢旻《康熙江西通志》卷七二载："袁州旧有宋嘉定间志，载唐人宋迪以下，或有诗见于《宜阳集》及登第年甲，互见于题名记者，凡五十有七人。"即在贞元以后的百年间，袁州至少有五十七人登进士第。拙撰《唐诗人占籍考》（收入《唐代文学丛考》，中国社会科学出版社，1997年）曾记录唐代袁州诗人三十三人，以贞元间登第的彭伉、湛贲为最早。《太平寰宇记》卷一〇九云："宜春山水秀丽，钟于词人。自唐有举场，登科者实繁，江南诸郡俱不及之。有《宜阳集》以载其名。"也指出这一点。《宜阳集》"集其州天宝以后诗"，即缘于这一变化。

刘松生平，除前述外，仅在唐末李咸用《披沙集》有两三首诗述及，一是卷三《送进士刘松》："滔滔皆鲁客，难得是心知。到寺多同步，游山未失期。云低春雨后，风细暮钟时。忽别垂杨岸，遥遥望所之。"二是卷五《春日喜逢乡人刘松》："故人不见五春风，异地相逢岳影中。旧业久抛耕钓侣，新闻多说战争功。生民有恨将谁诉？花木无情只自红。莫把少年愁过日，一尊须对夕阳空。"另卷六

《题刘处士居》："压破岚光半亩馀，竹轩兰砌共清虚。泉经小槛声长急，月过修篁影旋疏。溪鸟时时窥户牖，山云往往宿庭除。干戈漫道因天意，渭水高人自钓鱼。"处士可能即刘松。《披沙集》虽有六卷宋本留存，但却没能完整记录李咸用本人的生平轨迹，仅能知他是袁州人，习儒业，久不第，曾应辟为推官。因世乱离，遂寓居庐山等地，与来鹏、修睦为诗友。主要生活年代在唐末最后三五十年间。据他涉刘松的诗推测，两人交往多年，刘松年辈可能较他稍后，也久不得志，故能引为同调。从《宜阳集》收诗已含乾宁间等第之唐禀，故推测刘松后梁时仍在世。《同治萍乡县志》卷六存刘松佚诗《题九疑山》："灵山登暂歇，欲别忍携筇。却上云房后，翻思尘世慵。坛铺秋月静，竹挂晓烟浓。稽首壶中客，仙方愿指踪。"知他曾游湘南，且有浓厚的出世崇道思绪。那时湖南马氏重视文士，幕下颇得人，刘松是否曾依马氏，无从推测。

先说贞元间袁州三位诗人。一是彭伉，玄宗时征士彭构云之孙。德宗贞元七年（791）登进士第。官大理评事。曾入浙西幕，官岳州录事参军，仕途不太得意。他太太张氏比他更有诗才，存诗《寄夫二绝》："久无音信到罗帏，路远迢迢遣问谁？问君折得东堂桂，折罢那能不暂归？""驿使今朝过五湖，殷勤为我报狂夫。从来夸有龙泉剑，试割相思得断无？"彭伉存诗三首，二首是省试诗，另一首是回答他那调皮的夫人的："莫讶相如献赋迟，锦书谁道泪沾衣。不须化作山头石，待我东堂折桂枝。"相信我有才，你要看到希望。二是湛贲，他与彭伉间还有段故事。《唐摭言》卷八载："彭伉、湛贲俱袁州宜春人，伉妻即湛姨也。伉举进士擢第，湛犹为县吏，妻族为置贺宴，皆官人名士。伉居客之右，一座尽倾。湛至，命饭于后阁，湛无难色。其妻忿然责之曰：'男子不能自励，窘辱如此，复何为容？'

湛感其言，孜孜学业，未数载，一举登第。伉尝侮之。时伉方跨长耳，纵游于郊，忽有童驰报湛郎及第，伉失声而坠。故袁人谑曰：'湛郎及第，彭伉落驴。'"两人登第时间相差五年，似乎与此故事吻合，从《元无锡县志》卷四所存湛贲三诗来说，他自称是刘宋长史湛茂之十三世孙，本家毗陵（今江苏常州）。贞元十九年，以江阴县主簿权知无锡县事，得以重修祖宅，并邀约多位诗人作诗唱和。《嘉靖袁州府志》卷八载："伉所著诗及柳祚判语二篇，见《宜阳集》中"。三人诗可能皆收该集。

《豫章丛书》本卢肇《文标集》收南宋童宗说《文标集序》，云"得古律诗二十六首于刘松《宜阳集》"。《文标集》存卢诗三十三首，虽然无法确认哪些为《宜阳集》所不收，但可确知卢肇是《宜阳集》录诗全部存留至今的唯一作者。卢肇大约是袁州最早的状元，这一年是会昌三年（843），知举者是年已八十的老诗人王起，而且是他时隔二十年后再度知举，同时等第的还有袁州人黄颇。人唐天下三百州，一榜仅取二十三人，偏僻的袁州竟有两人入选（《全唐诗》小传称该榜李潜亦袁州人，潜墓志已出，知为扬州人），实在是破天荒事件。卢肇存诗也记录了他登第前后心理的巨大变化。《别宜春赴举》云："秋天草木正凋疏，西望秦关别旧居。筵上清尊今日酒，箧中黄卷古人书。辞乡且伴衔芦雁，入海终为戴角鱼。长短九霄飞直上，不教毛羽落空虚。"虽有自信，但更多的是顾盼犹疑，毕竟应试是自己无法把握命运的事。《射策后作》："射策明时愧不才，敢期青律变寒灰。晴怜断雁侵云去，暖见醯鸡傍酒来。箭发尚忧杨叶远，愁生只恐杏花开。曲江春浅人游少，尽日看山醉独回。"这时的心理仍是如此，交卷了，虽然自信有百步穿杨的功力，但事情不到揭榜，谁也不知把握有多大，不妨曲江独游，看山寻醉，以此掩饰自己内心的不安。真的高中榜首，卢肇的狂喜心情在几首诗中有不同层面的表达。一是王起二十年前的门生周墀时方守华州，驰诗祝贺，卢肇与全榜进士一道奉和。这次全榜唱和诗，因为李潜著《师门盛事述》，《唐摭言》复全部收入，得以完整保存。卢肇诗题作《奉和主司王仆射答周侍郎贺发榜作》："嵩高降德为时生，洪笔三题造化名。凤诏伫归尊北极，骊珠搜得尽东瀛。褒衣已换金章贵，禁掖曾随玉树荣。明日定知同相印，青衿新列柳间营。"主要为座主颂德，诗写得庄重而自抑，当然感到荣幸，但很有分寸。二是同来应试的朋友失意而归，作《及第后送潘图归宜春》："三载皇都恨食贫，北溟今日化穷鳞。青云乍喜逢知己，白社犹悲送故人。对酒共惊千里别，看花自感一枝春。君归为说龙门事，雷雨初生电绕身。"真是悲欣交集。三年京师食贫，一举高中，如同困涸穷鳞忽然得以扶摇直上青云，当然高兴，然而朋友又作远行，对酒惊别，也为他感到悲伤。但他的意外高中的狂喜心情，很快得到了宣泄的机会。唐代各州解送举人，袁州也如此，据说因为同榜黄颇家境富有，州刺史为他们送行时，冷落了卢肇。卢肇状元归乡，刺史给他接风，更邀请他观看龙舟竞渡，卢肇即兴作诗，此诗有两个文本。一见《唐诗纪事》卷五五："石溪久住思端午，馆驿楼前看发机。鞞鼓动时雷隐隐，兽头凌处雪微微。冲波突出人齐瞰，跃浪争先鸟退飞。向道是龙君不信，果然夺得锦标归。"另一见《太平寰宇记》卷一〇九："扁舟鼓浪去如飞，鳞鬣峥嵘各斗机。向道是龙刚不信，果然夺得锦标归。"《唐音统签》卷六一四引此诗题作《及第后江陵观竞渡寄袁州刺史成应元》，可能源自《宜阳集》。他书所述看竞渡地点也有作江宁者。虽然传说与文本有差异，但卢肇借观渡夺标的吟咏，表达自己一跃龙门、勇夺锦标的大喜心情，并借此回击以前地方官和乡人对自己的轻蔑和不屑。卢肇毕竟还是书生，喜怒如此坦率，似乎对官场生涯还不太适应。《文标集》有《全唐诗》不收的四首佚诗，这里不一一罗列。

唐末的最后五十年，袁州最有成就的诗人是有郑鹧鸪、郑都官之称的郑谷。宋人书志载郑谷在别集《云台编》以外又有《宜阳集》三卷，后者不传，因此无法判断郑谷另有同名别集，还是刘松书的传误。但可以确认的是，刘松《宜阳集》收有谷父郑史的十二首诗，见《嘉靖袁州府志》卷八、《万姓统谱》卷一〇七，也收有谷兄郑启的诗，见《唐音统签》卷八五七引《宜阳集》。父兄三人中以郑谷名气最大，传世作品也最多，艺术成就最高，没有理由不收他的诗。

《唐音统签》卷八五七在崔江下注："以下十一人并见刘松《宜阳集》。江及（李）伉并官宜春郡，未详何秩。"据此知《宜阳集》既收宜春籍人士诗，也收旅宦袁州者之作品。所举十一人，其次为郑启、刘望、彭蟾、易思、赵防、刘廓、姚倕，末为宋迪，注云："名在《宜阳集》中，而无其诗，当小郑启同时人。"前述各人每人存诗一首至三四首不等。

此外，清章履仁《姓史人物考》卷一四载："唐廪，萍乡人。乾宁元年进士，官至秘书正字。集贞观以前文章为《贞观新书》三十卷。廪有诗十四卷，在《宜阳集》。""诗十四卷"疑十四首之误。按《万姓统谱》卷四八、《全唐诗》卷六九四皆作唐廪，然据齐己《寄萍乡唐禀正字》等诗及《宋高僧传》三〇《梁四明山无作传》所载，其名当作唐禀。《全唐诗》存其诗《杨岐山》："逗竹穿花越几村，还从旧路入云门。翠微不闭楼台出，清吹频回水石喧。天外鹤归松自老，岩间僧逝塔空存。重来白首良堪喜，朝露浮生不足言。"在唐末七律中，是很有特色的一首，颈联尤堪讽诵。清末文廷式《纯常子枝语》卷四〇更据《萍乡县志》补其诗三首，更早的来源可能是《永乐大典》，至少《冬日书黎少府山斋》一首今见该书卷二五三九。

那么，上述多书引及《宜阳集》，《唐音统签》所引尤多，这些作者和《统签》编者胡震亨有没有见到《宜阳集》呢？可以肯定没有。如果见到，他肯定会将那四百七十首诗全部保存下来。既然没有见过原集，他所录诗又从何而来呢？可以大体推定，来自宜春宋元方志。

晁公武《郡斋读书志》卷五上载《宜春志》十卷，集八卷，续修志四卷，集六卷："右嘉定中守滕强恕修，郡人张嗣古序。续志、集，则嘉熙初守郭正己也。"《直斋书录解题》卷八载《宜春志》十卷，"袁州教授南城童宗说修，太守，李观民也。"王象之《舆地碑记目》二载，"旧《宜春志》，童宗说编，《宜春新志》，郡守滕强恕序。"另有《续修宜春志》十卷，陈哲夫编，见《宋史·艺文志》四。也就是说，南宋时期至少曾四次编纂《宜春志》。地方志编修有一个特点，即层累地删存文献。唐代规定，各地方之举措变化，必须每三年报职方司，虽未必能做到，但宋以后每隔二三十年修一次方志的习惯，则得到长久坚持，南宋坚守尤好。估计胡氏见到了某种较多引录《宜阳集》的旧志，得以转引诸诗。

明了以上原因，我从明清袁州州县方志中辑得众多唐人佚诗，多数应属可靠，但也有传误之作。如传为唐末易赟的《世乱有感》："封豕长蛇夜绕关，满城兵火照湖山。生灵化作玄黄血，群盗争探赤白丸。整整堂堂离复合，累累落落去无还。捐躯锋镝樊参政，千载风声史册间。"经查为元人吴景奎《秋兴三首》之三，见《药房樵唱》卷三、《元诗选二集》卷一八。樊参政为樊执敬，为江浙行省参知政事。至正十二年讨贼海上，战死。诗即咏其事。

地方诗文选本为地方文学的重要载体，但因其不具辐射全国的重大影响，常不受重视。加上其编集、流传又不免受地方水平不高学者之影响，文本来源或多取资家谱私牒，伪托严重，难免影响其声誉。但若能仔细鉴别，慎加引用，其中包含之富矿，仍值得学人高度重视。谨以《丹阳集》《宜阳集》二集为例，来加以说明。至其诗未必皆经典，据以辑佚所得又不免零碎，与一般读者之期待不同，则请谅解。

（刊《文史知识》2017 年 11 期）

附记：丁仙芝墓志已出土，知其名应作仙之，天宝三载（744）卒，年五十五。他于开元十三年（754）以国子生登进士第，仕途偃蹇，久方补东阳郡武义县主簿，官至馀杭尉。

五代俗讲僧云辩的生平与作品

北宋初期张齐贤著《洛阳缙绅旧闻记》卷一《少师佯狂》，在叙述名臣杨凝式诸多事迹后，笔锋一转，讲洛阳谈歌妇人杨苎萝的才艺故事：

> 有谈歌妇人杨苎萝，善合生、杂嘲，辨慧有才思，当时罕与比者。少师以侄女呼之，每令讴唱，言词捷给，声韵清楚，真秦青、韩娥之俦也。少师以侄女呼之，盖念其聪俊也。时僧云辨能俗讲，有文章，敏于应对，若嗣祝之辞，随其名位高下，对之立成千字，皆如宿构，少师尤重之。云辨于长寿寺五月讲，少师诣讲院，与云辨对坐，歌者在侧。忽有大蜘蛛于檐前垂丝而下，正对少师与僧前。云辨笑谓歌者曰："试嘲此蜘蛛。如嘲得着，奉绢两匹。"歌者更不待思虑，应声嘲之，意全不离蜘蛛，而嘲戏之辞，正讽云辨，少师闻知绝倒。久之，大叫曰："和尚取绢五匹来。"云辨且笑，遂以绢五匹奉之。歌者嘲蜘蛛云："吃得肚罂撑，寻丝绕寺行。空中设罗网，只待杀众生。"盖讥云辨体肥而壮大故也。云辨师名圆鉴，后为左街司录，久之迁化。

少师指杨凝式，五代最著名的书家。他出生于唐后期著名的文化世家，遭逢乱世，只能与世浮沉，好在依附洛中张全义家族，无灾无难到公卿，平日也诗酒醉狂，常出入寺庙。僧人仰慕他的才艺，多刷粉墙以供他挥毫。上述这段故事时间不详，总在他后汉进少师后，至少已经七十五岁。遇到这位伶牙俐齿的谈歌妇人，又是同姓，就以侄女视之。叔侄嘲讽的对象，是这位"能俗讲，有文章，敏于应对"的老僧云辩。云辩是杨的好友，在寺中对坐谈论，辈分稍低的女歌者在侧侍立。一只大蜘蛛的加入，引出有趣的话题，云辩好事，出重赏要歌者嘲蜘蛛，歌者应声而就，句句嘲蜘蛛，句句讽老僧，因云辩"体肥而壮大"，与饱食的蜘蛛成趣比，僧人不杀生，蜘蛛张网的目标只是要捕杀飞虻过蚊，以此嘲笑老僧，自是充满欢趣。杨凝式兴奋莫名，老僧也乐不可支，马上奉绢五匹。

以上内容是存世文献中关于这位能俗讲高僧的珍贵记录。如果没有敦煌藏经洞的偶然发现，留在典籍中的只有这位被小女子调侃的胖和尚了。如果仔细阅读，可知云辩"敏于应对"，祭祝时"千字皆如宿构"，大约平时也善于嘲讽，且占尽便宜，偏偏此次落了下风。

敦煌遗书中发现大批圆鉴大师云辩的作品，足以让我们重新认识他的成就。

斯四四七二收《左街僧录与缘人遗书》，署其名为云辩，末云"时广顺元年六月十八日迁"，是他去世的时间。书云"帝释庄严，难过于七十九岁"，又云："即于今载夏六月二十八日，思觉缠痾困楚，举止苍惶"，可知他去世时为七十九岁，即生于咸通十四年，恰与杨凝式同年出生，生卒年用公元表示为873–951。死亡日期有十天差别，或因传抄有讹误。遗书较长，不全录。据此可知他"师资幼礼，丱岁抛亲"，此后则"萤窗夜就，讨诸佛出世之因缘；蟾影夕窥，究圣贤离尘之旨趣"，是说曾发愤广读内外经典。又说："荐逢昭运，数值时明，别俗早离于三峰，名第获彰于四水。"此节述他早年经历。唐亡那年他三十五岁，三峰指华州，可能他就是华州人。又云："承明圣之师章，授德皇之服命。累沐见过，礼戢教门。两京之演法年深，薄德而自量郑露。而又偏受梁苑信士曲奖彻情，每推于帝阙皇都，迥维持于神京胜府。"这里不仅说到自己的讲法得到皇家之礼敬，累次莅寺礼敬，且数度在洛阳、汴京迁徙中，曾住长寿寺、相国寺等名蓝，得到官府、信众奖扶和追随。他说自己的工作，只是"常敷圣义，永诱缘人，劝门徒出拔六尘，化俗谛免离于八苦"，即在俗讲佛义中，引导有缘人出脱俗尘，免离苦难。在遗书最后，有李琬的附记：

> 大德参寻圣境，远达梁京，偶因听规清谈，说本道风化，而乃顿回愚意，倾心归依。二年来往，一无供须，所令迭纸挥毫，故并辞惮切认。广敬西天梵语，多重东国文章，更能无染无违，必究真空真义。时显德元年（954）季春月冀开三叶，长白山人李琬蒙沙州大德抄记。

云辩在生命最后两年曾到汴京说法，李琬似为沙州归义军之使汴人员，因为听法得接谈，介绍本道佛教情况后，即多追随归依于云辩。云辩讲法的成就为边陲的"沙州大德"知闻，因让李琬抄录文本，远传敦煌。这也就可理解为何敦煌能够保存那么多云辩作品了。

敦煌遗书中的云辩作品，以斯四四七二所录为大宗，一是欠缺总题的一组十首七律，《敦煌歌辞总编》卷三拟题为《修建寺殿募捐疏头辞十首》，《敦煌僧诗校辑》则拟题作《上君王诗十首》。二是《十慈悲偈》十首，原题《右街僧录圆鉴大师云辩进十慈悲偈》。三是伯二六〇三存《赞普满偈十首》，有序云："再庄严普满塔六层囊网，别置两层板舍，抽换勾栏，及内外泥饰、赤白软亘等，都计料钱一千五百贯文。奉为□国及六军万姓，再修普满塔。开赞，请一人为首，转化多人，每人化钱十文足陌。谨课偈词十首，便当疏头。"是为重修普满塔开赞而作。四是《故圆鉴大师二十四孝押座文》，见斯七，斯三七二八、伯三三六一稍有残缺。原署"左街僧录圆鉴大师赐紫云辩述"。五是《左街僧录大师压座文》，见斯三七二八，有一段尾题，《文史》七辑周绍良《读变文札记》谓出《集神州三宝感通录》卷二载隋文帝建舍利塔敕，与本文无关。六是我怀疑伯三八〇八《长兴四年中兴殿应圣节讲经文》，可能也是云辩的作品。该文作于唐明宗在位的最后一年，即长兴四年（933）九月九日明宗诞节，全篇用二十九首七律穿插讲说《仁王护国般若波罗蜜多经》，称赞明宗之奉佛与勋业，并附十九首七言绝句，咏赞明宗末年之人事与政绩。虽然目前还无法确认即云辩作，但前引云辩"若嗣祝之辞，随其名位高卜，刘之立成十字，皆如宿构"，以及大多由七律组成的讲唱风格，与前引各组风格是一致的。若然，则是年云辩六十岁，正是他精力最鼎盛时期的作品。

云辩存世作品如此之丰富，在这篇小文中显然无法作全面介绍，但可举例作些解说。

先说《十慈悲偈》。分十首，有《君王》《为宰》《公案》《师僧》《道流》《山人》《豪家》《当官》《军件》《关令》的小题，首句都是"君王若也起慈悲"之类劝善之句，向社会各种人等发出向善恤众的呼吁。《君王》缺末句，录《为宰》《豪家》两首如下：

为宰若也起慈悲,忧国忧家道不亏。匡赞一人行圣德,
停(原作亭,据汪泛舟《敦煌僧诗校辑》改)腾四海总和毗。

既能奏谏当三殿，又且清通润百司。若劝君王能治化，无征无战胜尧时。

豪家若也起慈悲，怜念贫寒好行施。机上用机（陈祚龙校作"计上用计"，《敦煌僧诗校辑》作"济上用济"）何要学，利中生利不须违。亲情久阙恩怜取，奴婢辛勤体悉伊。处处用心除我慢，人生能得几多时？

为宰，周绍良录作"为官"，与后《当官》意重，从内容和顺序看，显然是议论宰相之责任。宰相是君主的辅佐，所谓"匡赞一人行圣德"，即指此。宰相的责任是给君主提供建议，弥补偏失，也要将君主的意愿贯彻执行。云辩特别强调宰相必须做到"忧国忧家"，既能金殿奏事，直言行谏，又要沟通百官，使政令畅通无阻地得到落实。宰相如果劝谏君主实行教化，达成天下太平，使四海升平，百业和睦，没有战争，没有折腾，那就如同尧舜大治了。"豪家"是富豪贵显之家，云辩特别要求他们怜恤贫寒，多行善事：亲人久疏音问，应该主动问候关心，奴仆身份虽然卑贱，但服勤日常，也应该加以体悉，即体会了解。"富家"最大的缺憾是不断追求财富，因富而生骄慢，云辩请他们理解，人生很短暂，富贵能有几多时，能够处处用心，关心他人，去除轻慢，自己会更多地得益。十首诗，每篇都讲这样的道理，意思浅显，总是引人慈悲行善。虽然就艺术性来说，不算优秀，接近七律，近于合格，但对社会文化水准并不太高的大众来说，让他们听得懂，能够理解，云辩尽了很大努力。

《赞普满偈十首》末题"开运二年（945）正月日，相国寺主上座赐紫弘演正言当讲左街僧录圆鉴（下缺）。"下缺文字可能是"大师云辩"等，是云辩在汴京主讲大相国寺时，为六层普满塔再度庄严而作。虽然唐代有潞州僧普满的事迹，估计与此塔无关，陈祚龙认为"或即佛化普遍因果圆满之谓"，也可说通。内容则为修塔募捐而作，故十首的内容反复叙说此塔之历史、景致、功用以及多年未修之现状，请"六军万姓"捐助，自己则先为疏头。录第二、第九首如下：

> 巍峨长惹瑞烟浓，奇绝般输显盛踪。灿烂金轮过百尺，玲珑枓栱迭千重。风高佛寺鸣天乐，雪霁神州耸玉峰。几度曾登瞻宇宙，一层内礼紫金容。

> 至德年修岁月遥，砖阶经雨滴来坳。画檐坏为多虫穴，丹膜昏缘足鸟巢。尘染御书悬户额，风飘蛛网挂林梢。今开讲会同严饰，施利全凭导首抄。

前引第一组缺题的十首，拟题《修建寺殿募捐疏头辞十首》，大体近是，内容是另一次佛寺劝捐活动的讲辞。第一首云："去年开讲感皇情，敕旨教书云辩名。缘得帝王垂圣泽，遂令佛会动神京。筵中日月门徒集，座上朝朝施利盈。圣主寻宣天使造，讲堂功德立修成。"去年开讲是为造佛堂，而且惊动了君王，敕书直接说到云辩之名，因此振动汴京，门徒募施，天使（皇帝的使节，一般指宦官）督造，取得巨大成功。其次则讲到本次求施的缘由："八十馀年梁栋材，频遭雨烂与风摧。欹斜损漏门长闭，破坏荒凉讲不开。"具体是前头门屋："后面讲堂修毕备，前头门屋盖周旋（陈祚龙校作"全"）。两般功德无亏阙，帝主门徒一讲钱。"第七首则将大修后的效果画出："端严大殿画应难，天匠修成匪等闲。八座柱排医王宝，三尊耸立紫金山。深凝瑞气通霄汉，常展慈光照世间。启讲重修成就了，奏闻须到悦龙颜。"佛殿庄严，慈光普照，龙颜欢喜，大众蒙益。第九首还说到完成时间与财务管理："三个月中还见就，一钱管取不参差。"这组诗估计也是在汴京所作，连前修普满塔，即有三次化缘。化缘的本意是寺院请求信众布施，也是寺院与信众交集的重要途径。云辩的两组作品，起了这样的作用。

《故圆鉴大师二十四孝押座文》，总题为后人所加，更稳妥的标题应该是"故圆鉴大师《二十四孝押座文》"。虽然僧人出家后，就与俗家断绝了关系，所谓沙门不拜君亲，即此义。但中国佛教的最大成就就在因缘随俗，不违世情，因此也赞同行孝事亲。佛学大师宗密晚年返乡探亲，亲注讲佛门事亲之《盂兰盆经》，并自称"充国沙门"，用故里之古名，就表达这种立场（用冉云华著《宗密》说）。云辩首标主旨："佛身尊贵因何得？根本曾行孝顺来。"佛的尊贵就是广行孝道。他引用许多孝行故事："慈乌返哺犹怀感，鸿雁才飞便著行。郭巨愿埋亲子息，老莱欢著彩衣裳。""泣竹笋生名最重，卧冰鱼跃义难量。"这些多是二十四孝里的故事。然后提出日常生活之细节要求："四邻忿怒传扬出，五逆名声远近彰。若是弟兄争在户，必招邻里暗迁墙。至亲骨肉须同食，深分交朋尚并粮。"这是从邻里、兄弟、亲朋的立场来说。"晨昏早遣儿妻起，酒食先教父母尝。"即要勤于事亲，供奉酒食。"生前直懒供茶水，没后虚劳酹酒浆。"则是说死后祭祀不如生前勤于奉养。"如来演说五千卷，孔氏谭论十八章。莫越言言宣孝顺，无非句句述温良。"充分强调儒、佛虽然论说有别，但立论都是要人行孝温良。

《左街僧录大师压座文》一篇，篇幅较短，从受胎养育子女说起，讲到孩子渐渐长大，"女即使闻周氏教，儿还教念百家诗。"要家长重视儿童教育。压座文也叫押座文，是讲经变时的开场部分。

最后要说到《长兴四年中兴殿应圣节讲经文》，此篇虽然无法确认是云辩所作，但内容则为在唐明宗生日庆典上，对皇帝与满朝文武百官讲说佛经，用讲经说唱的方式，称颂明宗重兴佛法、治理天下的成就，顺便称颂重要的王公大臣，属当代政治评述类的作品。在唐五代通俗文学中，应占有重要地位。

唐五代享有重名的俗讲僧，其实只有文溆、云辩、保宣等几人。文溆更为世所知，但未有作品留存，云辩则因沙州在他身后不久之及时传录，因而得有较多子存。当然，可能在云辩一生无数次的俗讲生涯中，保存至今的仍属九牛一毛，但已经很珍贵。云辩不是开宗创派的佛学大师，也不是著作等身的学术名宿，他就是今日所说的名嘴，沟通朝野，沟通僧俗，把佛教深奥复杂的大道理，用最通俗明白的话语，用讲唱结合的方式，影响着社会民众。他的作品够不上经典，艺术上确很粗糙，但那时已经远闻西陲，谁能说他的工作没有意义呢？文学史上应该有这位和善而肥胖的僧人浓重的一笔。

前辈学者陈祚龙撰《关于五代名僧云辩的诗与偈》（收入《敦煌学海探珠》，台湾商务印书馆，1979年）、周绍良撰《五代俗讲僧圆鉴大师》（收入《敦煌文学刍议及其他》，台湾新文丰出版公司，1992年）已经分别撰文论列，我仍愿意略作介绍，以期引起更多人关注。

《刊《文史知识》2017 年 3 期）

明宗诞节的时政说唱

　　拙文《五代俗讲僧云辩的生平与作品》(载《文史知识》2017年3期),曾怀疑伯三八〇八所收《长兴四年中兴殿应圣节讲经文》可能也是云辩的作品。该文全篇用二十九首七律穿插讲说《仁王护国般若波罗蜜多经》,称赞明宗之奉佛与勋业,并附十九首七言绝句,咏赞明宗末年之人事与政绩。大多由七律组成的讲唱风格,与署名云辩的作品风格一致,与《洛阳缙绅旧闻记》谓其"若嗣祝之辞,随其名位高下,对之立成千字,皆如宿构"的讲唱风格,也是一致的。顷读刘晓玲著《敦煌僧诗研究》(中国社会科学出版社,2016年),其第二章第三节《五代及宋初高僧及其作品》云:

> 　　刘铭恕在《佛祖统纪》中发现了有关云辩的记载:卷五二《国朝典故》记有"唐庄宗圣节,敕僧录云辩与道士入内谈论"条,卷四二《法运通塞志》有"天成二年诞节,敕僧录云辩与道士入内殿谈论"的记载。向达先生曾把《敦煌变文集》卷五中的《长兴四年中兴殿应圣节讲经文》与《旧五代史·明宗纪》做了比照,刘铭恕先生证明入内讲论的正是云辩。宋代赞宁《大宋僧史略》卷下"诞辰谈论"条:"明宗、石晋之时,僧录云辩多于诞日谈赞,皇帝亲坐,累对论议。"由此可知,云辩从庄宗开始,到明宗、后晋时,一直入内讲论。

　　以上引述已经很充分地证明,伯三八〇八《长兴四年中兴殿应圣节讲经文》确实就是云辩的作品。因为我所见未广，至有前失，但就直感能做出近乎事实的判断，尚可庆幸。

《长兴四年中兴殿应圣节讲经文》是今日可见唐五代僧人在皇帝诞节对僧俗讲论惟一的完整文本，在唐五代文学史上有突出位置，值得再作介绍。

以皇帝生日为节日，始于唐玄宗以其生日为千秋节，以后诸帝皆沿此例，五代仍如此。后唐明宗李嗣源，本为武皇李克用的义子，屡立战功。庄宗晚年失政，他自邺都起兵，以平乱为名，入洛继位，改元天成。两月后即从中书奏，以其诞日九月九日为应圣节，休假三日。他在位八年，几乎逐年举办诞节活动，但仅存前六年的记录：

（天成元年九月）癸亥，应圣节，百寮于敬爱寺设斋，召缁黄之众于中兴殿讲论，从近例也。（《旧五代史·明宗纪三》）

（天成二年）九月九日，应圣节，四方诸侯并有讲献。丁巳，百官奉为应圣节于敬爱寺行香设斋，宣教坊伎宴乐之。宰臣、枢密使以下，咸进寿酒，各赐锦衣，召两街僧道于中兴殿讲论。（《册府元龟》卷二）

（天成三年）九月九日，应圣节，召两街僧道谈经于崇元殿，宰相进寿酒，百官行香修斋于相国寺，宣教坊乐及两街左右厢百戏以宴乐之。又僧道虚受等赐紫衣师号，共六十人。（同上）

（天成四年）九月九日，应圣节，百官于敬爱寺斋设，赐宰臣锦袍、香囊、手帕、酒药。帝御广寿殿，近臣献寿，各颁锦袍，复御中兴殿，听僧道讲论。（同上）

（长兴元年）九月九日，应圣节，百官于敬爱寺行斋设，

帝御广寿殿,听僧道讲论。(同上)

　　(长兴二年)九月九日,应圣节,百官于敬爱寺行斋设,
帝御中兴殿,听僧道讲论,赐物有差。(同上)

　　虽然最后两年记载偶缺,但应该也有类似的庆典。从前引记载归纳,可知应圣节这天,四方有进献,皇帝有赏赐,宰臣以下百官到洛阳名刹大敬爱寺行香设斋,为皇帝祈福,教坊与两街左右厢百戏则举行盛大宴乐,最后一段则是听僧道讲论,地点多数在中兴殿,偶或也在广寿殿。可以看到,这一天是朝野共同的盛大节日,从皇帝以至百官几乎全部参与。所谓"僧道讲论",估计是僧人与道士各有一节铺述,与道宣《集古今佛道论衡》所载高宗初年僧道各自立说互攻,嘲讽戏谑,应该有很大不同。

　　云辩开讲第一段就是对皇帝的礼颂:"千年河变,万乘君生;饮乌兔之灵光,抱乾坤之正气。年年九月,彤庭别布于祥烟;岁岁重阳,寰海皆荣于嘉节。位尊九五,圣应一千。若非菩萨之潜形,即是轮王之应位。"说皇帝得乾坤正气而降诞,又恰逢重阳节,寰海同庆,皇帝就是菩萨潜行,轮王应生。然后是两首近似七律的颂寿诗,录第二首:"金秋玉露裹尘埃,金殿琼阶列宝台。扫雾金风吹塞静,含烟金菊向天开。金枝眷属围宸扆,金紫朝臣进寿杯。愿赞金言资圣寿,永同金石唱将来。"每一句皆有金字,凑合重阳金风玉露的吉庆,此一体式最早见梁元帝《春日》诗,唐代民间很风行,长沙窑瓷器据以题诗,云辩写入歌辞,虽不是合格的律诗,但现场效果肯定轰动。

　　云辩所讲经为《仁王护国般若波罗蜜多经·序品第一》,首先释题,他说:"仁者,五常之首;王者,万国之尊;护者,圣贤垂休;

国者，华夷通贯；般若即圆明智惠；波罗蜜多即超渡爱河；经者显示真宗。"是说经题，也捏牢颂帝之主旨。《仁王经》初传为前秦鸠摩罗什译，唐时不空有新本，云辩所讲，似乎为后者。仁王指西天十六国之国王，佛感诸王各护其国，安稳生民，故为说此经，谓受持此经则七难不起，灾眚不生，国家平顺，万民丰乐。此经向为护国三经之一，为公私禳灾祈福最常诵读。云辩先说佛造此经之衷旨，讲佛之同时亦不断称美皇帝崇佛之德泽。录几首颂圣诗，稍作解读。

"皇帝临乾海内尊，圣枝承雨露唯新。宫闱心似依冬月，文武班如拱北辰。舜殿徘徊千岁主，尧天庥荫万重亲。总因多劫因缘会，方得长时近圣人。"这是明宗在位之第八年，在五代王朝频繁更替动荡中，这是最平和稳定的一段时间。

"圣主修行善不穷，须知凡小杳难同。下为宇宙华夷主，上契阴阳造化功。四海丰登归圣德，万邦清泰荷宸聪。君王福即牛灵福，绾摄乾坤在掌中。"明宗出身于沙陀军将之家，久居行伍，因军功而渐居高位。宋初王禹偁《五代史阙文》载："明宗出自戎虏，老于战阵，即位之岁，年已六旬，纯厚仁慈，本乎天性。每夕宫中焚香，仰天祷祝云：'某蕃人也，遇世乱，为众所推，事不获已。愿上天早生圣人，与百姓为主。'故天成、长兴间，比岁丰登，中原无事，言于五代，粗为小康。"云辩的颂辞虽然是诞节之应有之意，但也不全是谀辞，至少"下为宇宙华夷主"一句，写出出身蕃族之明宗为天下华夷共主之事实，甚至包括他本人之自省，值得玩味。

"每念田家四季忙，支持图得满仓箱。发于鬓上刚染（原作然，据汪泛舟《敦煌僧诗校辑》改）白，麦向田中方肯黄。晚日照身归远舍，晓鹦啼树去开荒。农人辛苦官家见，输纳交伊自手量。"是写明宗对农事之关心。《旧五代史》卷一二六《冯道传》载：

天成、长兴中，天下屡稔，朝廷无事。明宗每御延英，留道访以外事。……他日，又问道曰："天下虽熟，百姓得济否？"道曰："谷贵饿农，谷贱伤农，此常理也。臣忆得近代有举子聂夷中《伤田家》诗云：'二月卖新丝，五月粜秋谷。医得眼下疮，剜却心头肉。我愿君王心，化作光明烛。不照绮罗筵，偏照逃亡屋。'"明宗曰："此诗甚好。"遽命侍臣录下，每自讽之。

这是一段有名的故事。聂夷中生活在唐末动荡中，写出农民的辛劳与艰困，希望君王给以体察。冯道出生农家，历官通显而不改本色，因明宗垂询，乃以聂诗作答，明宗认真体会，反复讽味。估计云辩也听说了这段故事，因而特别在讲经时说到。

"修德修仁事莫裁，山河荒鲠宛然开。从今剑阁商徒入，自此刀州进贡来。数道朝臣衔命去，几番藩（藩字据《敦煌僧诗校辑》补）表谢恩回。圣人更与封王后，厌却西南多少灾。"这是说明宗时西南路通，藩府臣服。

"两浙宣传知几回，全无飘荡不虞灾。人攒丹阙千年至，风趚轻帆万里开。鲸眼光生遥日月，蜃龙烟吐化楼台。还缘知道贡明主，多少龙神送过来。"这里特别说到割据吴越的钱氏，在明宗时的去号进贡。

云辩其后再说明宗加尊号"广道法天"之名实相符，说他封诸子为王，可为国之栋梁："封王数郡里还强，已表琼枝次第张。"然后再说到他对佛法之尊崇与兴建："玉泉山上，圣人重饰宝莲宫；金谷河边，皇后□□经藏殿。"最后说到普天同庆，也讲到连续三年应邀讲论之感受："三载秦王差遣臣，今朝舜日近舜云。磨砻一轴无私语，贡献千年有道君。只把宣扬申至道，别无门路展功勋。又从今日帘前讲，名字还交四海闻。"这是正讲的结束语，可以知道诞节活动的安排，主要由明宗那位爱文学，好结交诗人的长子秦王从荣负责，云辩连续三年受秦王差遣而在诞节上讲论，亲见圣颜，对圣诵经，确实感到莫大荣幸。"磨砻一轴无私语，贡献千年有道君。"前句说自己的讲论之辞经过反复推敲，皆属公论，绝非徇私，后句则称颂明宗为"有道"君王。洛阳经过唐末战乱，特别是梁晋间的反复争夺，生民涂炭，这是云辩自成年以来的亲见亲闻，他对明宗的肯定是真话。

在正讲之后，该卷还抄录了十九首七言绝句，其中一部分可能是为此次讲论所准备，如开始两首："宋王忠孝奉尧天，算得焚香托圣贤。未得诏宣难入阙，梦魂长在圣人边。"宋王从厚为明宗第三子，这年十九岁，此时镇守邺都，不能到洛阳参加庆典。云辩称他"忠孝"奉圣，虽未得圣旨，不能随意入阙，但梦魂常在父皇左右。"潞王英特坐岐州，安抚生灵称列侯。既有英雄匡社稷，关西不在圣人忧。"潞王李从珂时率重兵镇守岐州（即今凤翔），为后唐之西边门户。云辩说潞王为英雄，殆因其为明宗养子，此年已经近五十，从少年时即追随明宗左右，屡立战功。云辩说因为潞王在关西，明宗不必为之忧虑，大体也是事实。绝句部分大多数诗歌则显然与讲经事无关，很可能是云辩的其他作品。其中有一首云："蜘蛛夜夜吐丝多，来往空中织网罗。将为一心居旧处，岂知他意别寻窠。"与前文引妇人嘲诗"吃得肚罍撑，寻丝绕寺行。空中设罗网，只待杀众生"，恰可比读，也就是说借云辩诗反嘲他之杀生，因而有意外的效果。

云辩没有说到的是，明宗还有一位女婿，为石敬瑭，时镇守河东。云辩更没有想到的是，就在他这次宏辞赞颂不久以后，一切都改变了。明宗自此年六月起即身体欠佳。八月，因加尊号而大赦天下，并立秦王从荣为天下兵马大元帅，开始作后事安排。至十一月初，病情加剧，秦王从荣因得不到禁军将领拥戴，听闻风传父亲已经去世，领兵陈于天津桥，欲控驭局面，反被禁军击败而被杀。明宗在惊变中见到宰相冯道，哀叹："吾家事若此，惭见卿等。"仓惶中改立宋王从厚为嗣，旋即驾崩。宋王即位，即闵帝，仅五个月后，潞王在凤翔举兵向阙，闵帝败亡，潞王即位，是为末帝。两年半后，明宗婿石敬瑭复以割让燕云十六州为代价，引契丹为援，击败末帝，后唐亡。这些都是明宗身后事，与云辩没有关系，但却又涉及云辩在讲论中涉及诸人物之命运，为读者所应知道。

由于敦煌遗书之发现，我们有机会看到千年以前唐五代丰富多彩的说唱文学，习惯称为变文，也认识了从事此一行当之俗讲师或俗讲僧，云辩无疑是其中非常杰出的一位。而他的《长兴四年中兴殿应圣节讲经文》似乎是其中仅存的有特定时间、特定场合、特定目的、特定对象的具体讲唱文本。他所讲中心内容当然是《仁王经》，但为诞节的特殊听众精心结撰了对明宗在位八年业绩的全面歌颂，也包含对诸王与大臣的歌颂，已经完全符合现代媒体现场评讲的各项要素。当然，此番歌颂以后的历史闹剧，完全不在他的预料和掌控之内。他只是一位劝人为善的僧人，石敬瑭建立后晋，他仍会在类似场合登台。至于他的作品，艺术水准不算很高，属于另类写作的特殊记录，仍然值得高度重视。

（刊《文史知识》2017 年 7 期）

说王仁裕佚诗四首

　　今人谈甘陇诗人，多喜欢将源出陇西李氏、天水赵氏的作者一并计入，其实大成问题。殆唐人好言郡望，常将十多代以前的往事挂在嘴边，平生其实完全没有躬践其地，这样的地方文学研究，其价值真的大成问题。五代诗人王仁裕，世称天水人，而其实际生活地点则在陇南，清季其墓碑在礼县发现，李昉撰，《北京图书馆藏历代石刻拓本汇编》三七册收拓本，《陇右金石录》卷三有录文，墓志则近年在成县出土，蒲向明著《玉堂闲话评注》（中国社会出版社，2007年）收入，真甘陇之土生文人。

　　王仁裕（880–956），字德辇，少不知书，以狗马弹射为乐。年二十五始就学，文辞知名秦陇间。唐末为秦州节度判官，后入蜀事前蜀后主，为中书舍人、翰林学士。前蜀亡，复为秦州戎判。秩满归里，王思同镇兴元（今陕西汉中），辟为幕宾。寻随思同为西京留守判官。废帝李从珂在凤翔起兵，击败王思同，王仁裕文才为废帝所重，被邀入幕下，凡檄文、诏书、诰命，多委其撰写。清泰中，以司封员外郎充翰林学士。入晋，历都官、司封、左司郎中。少帝即位，为右谏议大夫。开运元年，出聘荆南。二年，以给事中迁左散骑常侍。后汉高祖天福十二年（947），改授户部侍郎，充翰林学士承旨。隐帝乾祐元年（948），知礼部贡举，擢为户部尚书。三年，改兵部尚书。后周世宗显德三年（956）以太子少保卒，年七十七。《旧五代史》卷一二八本传残缺过甚，《新五代史》卷五七本传略存梗概。近人胡文楷撰《薛史〈王仁裕传〉辑补》（刊《中华文史论丛》1980年3期）考订颇详，唯未征及碑志。仁裕平生作诗满万首，蜀人呼其为"诗窖子"，唯存诗仅十多首，《全唐诗》卷七三六编为一卷。著作仅存《开元天宝遗事》二卷，另撰《王氏见闻录》《玉堂闲话》等书，原书不传，但《太平广记》等书引录较多，我曾有辑本，收入《五代史料汇编》（杭州出版社，2004年）。

王仁裕佚诗，拙辑《全唐诗续拾》卷四二曾得二首，近年又陆续得见二首，皆甚可靠，谨介绍如下。第一首是《戮后主出降诗》：

> 蜀朝昏主出降时，衔璧牵羊倒系旗。
> 二十万军高拱手，更无一个是男儿。

见原本《说郛》卷三四《豪异秘纂》引王仁裕《蜀石》。另《鉴诫录》卷五、《能改斋漫录》卷八作王承旨诗。第三句，《能改斋漫录》作"二十万人齐拱手"。

这首诗各位肯定有似曾相识之感，不错，《全唐诗》确实收了这首诗，但在卷七九八花蕊夫人名下，题作《述国亡诗》，来源是宋人陈师道《后山诗话》："费氏，蜀之青城人。以才色入蜀宫，后主嬖之，号花蕊夫人。效王建作《宫词》百首。国亡，入备后宫。太祖闻之召使，陈诗诵其《国亡诗》云：'君王城上竖降旗，妾在深宫那得知。十四万人齐解甲，更无一个是男儿。'太祖悦，盖蜀兵十四万，而王师数万尔。"文字虽有些不同，但可肯定是一首诗的异传。三年前，我曾撰文《"更无一个是男儿"考辨》（《东方早报》2013年8月25日），可以参看。在此要特别强调的是，《鉴诫录》作成时间在后蜀时，最晚不晚于广政中期，即950年左右。《后山诗话》所述只是一个传闻，所谓花蕊夫人费氏，经浦江清《花蕊夫人宫词考证》之严密推求，费氏作《宫词》基本可以否定，其人之有无，也大可怀疑（孟昶眷属归宋后情况，可参柳开撰《孟玄喆墓志》）。而王仁裕在前蜀亡之前夕，曾随同后主王衍君臣一行人远幸秦州，沿途有诗。中途知后唐军犯境，乃仓惶归蜀，近距离目睹了前蜀君臣视国事如儿戏，最终国败身亡的过程。前蜀亡，君臣一行被押往洛阳，王仁裕也是随从之一，亲见王衍一家在长安被杀。诗咏后主举成都出降至长安被戮的过程，有自己的切肤之痛。以旧君为昏主，虽不算厚道，但是他亲历亲见，也不算过分。同光三年（925）十月初，后唐已经起兵伐蜀，王衍却于此月三日荒唐出游，拒绝谏言，闻飞骑报军情，仍认为是骗他停止巡游。行到利州，知唐军已相距不远，方仓促逃归。其守御诸将，降的降，逃的逃，王衍回到成都，根本无法组织抵抗，只能投降。"衔璧牵羊倒系旗"，写后主出降时的具体情景。《旧五代史·僭伪王建传》云："其月（十一月）二十七日，魏王至成都北五里升仙桥，伪百官班于桥下，伪蜀行舆至，素衣白马，牵羊，草索系首，面缚衔璧，舆榇而从。"王仁裕当时应即在桥下百官行列中，故观察仔细如此。《旧五代史·唐庄宗纪》载平蜀时，蜀中尚有军队十三万，诗云二十万，是言其成数，诗中语不必完全准确。前蜀太祖王建自光启间在蜀中坐大，军力在其后三十多年间皆称雄武，故底定一方，攻夺岐陇，实力不容小觑。但自后主王衍即位后，内有太后、太妃之弄权，外有佞臣之蛊惑，国事不理，军政不修，未经接战，旋踵败亡。王仁裕目睹一切，感慨遥深。"二十万军高拱手，更无一个是男儿。"不身历其事，写不出如此痛彻心腑的惨痛。

第二首见南宋末学者周密撰《浩然斋雅谈》卷中：

> 王仁裕过关中，望春明门，乃蜀后主被诛之地，乃作诗

哭之曰："九天冥漠信沉沉，重过春明泪满襟。齐女叫时魂已断，杜鹃啼处血尤深。霸图倾覆人全去，寒骨飘零草乱侵。何事不如陈叔宝？朱门流水自相临。"

春明门是唐长安城的正东门，是往洛阳的京洛大道的起点。王衍君臣降后，奉旨于同光四年正月二日，率同其家人，包括其生母顺圣太后，即浦江清考定的《花蕊夫人宫词》作者，以及前蜀文武百官，从成都起程，往洛阳朝圣，或者说是献俘。迤逦而行，到四月方到达长安。这三个月间，成都和洛阳都发生了翻天覆地的变化。后唐伐蜀的主帅是兴圣太子李继岌，为庄宗长子，但年轻而不经事，军政大权则掌控在权相郭崇韬手中。前蜀既定，二人矛盾激化，太子诬郭欲谋反，庄宗妄信，命太子设局杀郭。此外，庄宗之猜忌又杀了另一功臣朱友谦，使在魏州拥有强大军力的李嗣源不能自安其位，乃举兵反叛，称兵南指，到四月初庄宗败亡，明宗即位。这一切虽然与王衍一行一点关系也没有，但明宗新立，天下耸动，百废待兴，哪还有精力来处理王衍一行的事情。他想，干脆下一道诏书，将王衍一行全部在长安处死算了。幸亏经手的宦官为人厚道，知道蜀廷百官都牵家带口，那要杀多少，于是良心发现，改了诏书中的一个字，将王衍一行之"行"字改为"家"字，仅杀王衍及其家人。所杀有多少人呢？用《锦里耆旧传》卷六所载欧阳彬为王衍起行时上表，包括"母亲并姨舅兄弟骨肉等"人，至少也应有几十口，即在春明门外被杀。王仁裕诗云"重过春明"，是他亲见王衍一家被杀，此时则是重过故地，感伤后主家祸，作此诗吊之。首句说天地昏暗，冤气沉沉，接着写自己之伤感。"齐女"二句，则用齐女魂断、杜鹃啼血的两个典故，写负冤之深，同情王衍一家之无辜被杀。"霸图倾覆"，是说自王建拥有全蜀、开创大汉王朝（习称前蜀，国名是汉）的霸图，两世至王衍而覆亡。"寒骨飘零草乱侵"，则云王衍被杀后仅草草蒿埋，以至骨肉飘零，此时仅能见到荒草芜乱。王仁裕感慨，隋灭陈时，后主陈叔宝归降入长安后，受到礼遇，得终天年，王衍举蜀归降，下场如此不幸，真为他感到不平。朱门即指春明门，流水当指绕城河水，借以诉说无尽的悲哀。

这首诗的发现，无论对王衍之死，以及王仁裕对故主之同情哀悼，都具重要文献价值。诗也写得感情强烈，是王仁裕存世诗中较重要的一首。至于其写作时间，大约在天成元年（926）至清泰元年（934）之间，因王仁裕其间曾数度来往长安，且任职时间较长，因而难以确知。

第三首佚诗见元人骆天骧著《类编长安志》卷五：

> 杜光寺，在城南杜光村，俗呼为杜光寺。本唐义善寺，贞观十九年建，盖杜顺禅师所生之地。顺解《华严经》，著《法界观》，居华严寺，证圆寂，大师坐化，肉身连环，灵骨葬樊川华严塔，至今呼樊川为华严川。长兴中，王仁裕题诗曰："上尔高僧更不疑，梦乘龙驾落沉辉。寒暄晕映琉璃殿，晓夜摧残氎衲衣。金体几生传有漏，玉容三界自无非。莓苔满院人稀到，松畔香台野鹤飞。"

基本可以确定此诗为王仁裕长兴间（930-933）任王思同西京留守判官期间所作。其时为唐明宗在位的后期，是五代最为太平的一段时间，王仁裕公私多暇，因而得以寻访城南名区。日本宽永刊本《开元天宝遗事》卷首所存他的自序，称其时还曾"询求事实，采摭民言，开元天宝之中，影响如数百件，去凡削鄙，集异编奇，总成一卷，凡一百五十九条"，与此诗为同时作。杜顺（557—640），是隋唐间名僧，一生以弘传《华严经》为宗旨，著作以《华严法界观门》《华严五界止观》最有名。他于唐太宗贞观十四年逝世于长安城南义善寺，五年后寺名改为杜光寺，寺内建其灵骨塔，俗称华严塔。王仁裕寻访华严塔而题诗，赞叹杜顺得到皇帝重视，得证佛业，写他入寺瞻礼时所见所感，虽然已不复往年之全盛，但寂静荒凉中仍能感受到往年的禅机，诗也颇为丰满，可见他之善于写景抒情。

最后一首见于韩国所存《太平广记详节》卷一〇引《玉堂闲话》：

> 晋石高祖父事戎王，礼分甚至。此则以罗纨玉帛、瑞锦明珠，竭中华之膏血以奉之；彼则以貂皮兽鞯、瘦马疲牛为酬酢。庚子岁，遣使献异兽十数头，巨于貙而小于貊，兔头狐尾，猱额狄掌，其名耶孤儿。北方异类，华夏所无，其肉鲜肥，可登鼎俎。晋祖不忍炮燔，敕使置于沙台院，穴而畜之，仍令山僧豢养。自后蕃衍，其数渐多，沙台为其穿穴，迨将半矣。都下往而观之者，冠盖相望。司封郎中王仁裕为其不祥之物，因著歌行一篇，题于沙台院西垣以志之。其歌曰："北方有兽生寒碛，怪质奇形状不得。如貙如貊不貙貊，狄指兔头猴额额。善挐攫，能跳掷，中华有眼未曾识。天骄贵族用充庖，凤髓龙肝何所直。彼中君长重欢盟，藉手将通两国情。方木匣身皮锁项，万里迢迢归帝城。黄龙殿前初放出，乍对天威争股栗。形躯无复望生全，相顾皆为机上物。惧鼎俎，畏牺牲，天子仁慈不忍烹。送在沙台深穴里，永教闲处放生长。郊外野僧黯物情，朝晡豢养遵明圣。泽广罗疏天地宽，从此不忧伤性命。同华夷，共胡越，粒食陶居何快活。虽感君王有密

恩,言语不通无所说。凿垣墙,置陵阙,生子生孙更无歇。如是孳蕃岁月多,兼恐中原总为穴。耶孤儿,耶孤儿,语浅义深安得知。"愚尝窃议之曰:"耶者,胡王也;儿者,晋主也。言耶孤儿,乃父辜其子也。"其后,戎王犯阙,劫晋主,据神州,四海百郡皆为犬戎之窟穴,耶孤儿先兆,可谓明矣。

《文学遗产》2002年4期张国风文《韩国所藏〈太平广记详节〉的文献价值》最早介绍此诗,但录文稍有误失,本文据韩国原本校录。"永教闲处放生长"一句之"生长"二字,疑当作"长生"。中土所存《太平广记》刻本,以谈本最著名,另有明清钞本、校本多种,稍有缺卷,上引一节则各本皆无。《太平广记详节》凡四十卷,为《太平广记》之选本,此节适存,足补中土各本之缺。《玉堂闲话》即为王仁裕撰,原书凡自己亲历见闻之事,皆作第一人称叙述。但《太平广记》收入时,则多改为第三人称。"司封郎中工仁裕为其不祥之物"一句,在《玉堂闲话》中当作"余时为司封郎中,为其不祥之物"之类。"愚尝窃议之"即改写未尽者。

后唐明宗去世后,继任者闵帝李从厚为人暗弱,帝位为明宗养子李从珂即唐末帝所夺。明宗婿石敬瑭拥有河东强藩,与末帝交恶后,乃引契丹为助,以割让燕云十六州之代价,使契丹助己,击败末帝,取而代之,世称晋高祖,对契丹则称儿皇帝。王仁裕初仕唐末帝而得信任,入晋后并不太得志。高祖在位近六年,与契丹保持相对平和之关系,互有赠馈,来往相望于途。庚子为天福五年(940),契丹赠晋异兽耶孤儿十多头。耶孤儿形体届于貆与貉之间,从"其肉鲜肥"来说,可能是今内外蒙古一带所出之动物,可能为狗獾、浣熊之类,非中原所有,在契丹主或仅是赠异兽以供晋主尝鲜之行为，晋主则视为稀罕物，且为契丹主所赠，不敢造次，乃于皇家苑囿之沙台苑，令山僧豢养。五六年间，此兽繁殖迅速，蕃衍渐多，又善穴洞，成为京郊奇观。

王仁裕感其事，作歌行以咏其事，其诗体则近乎新乐府。王仁裕存世诗歌以七律为多，此诗是惟一的歌行体作品。诗作于晋亡后，最大可能为写于后汉间。除叙述此兽之体貌、习性，以及契丹与晋之间的馈赠来往外，王仁裕特别感慨此兽在中原生存发展能力之强，五六年间即孳育众多。"同华夷，共胡越，粒食陶居何快活。""凿垣墙，置陵阙，生子生孙更无歇。如是孳蕃岁月多，兼恐中原总为穴。"他没有在此感受到胡越共存的欣慰，而是强烈地感到异族文化入侵中原的危机感，并将其联想到开运末晋与契丹从交恶到开战，终至戎主率军南侵，犯阙灭晋，几乎要建立中原王朝。王仁裕从这段剧烈的变动中，认为耶孤儿虽是异类，但足为契丹灭晋之先兆，且特别提醒中原士女对此要有强烈的危机感。

本诗的可贵之处，不仅让我们看到王仁裕诗作的另一面，也看到以沙陀族为主体建立的后唐、后晋王朝，此时已经俨然以中原王朝汉文化中心自居，且对契丹之入侵中原，抱有强烈的敌视态度。到宋初，此风越演越烈，在区分夷夏、强调正统的口号下，开创宋文化的中华本位立场，而北魏至隋唐以来的胡姓各族，皆一律成为华夏之正宗。导源宋初而后世渐盛的杨家将故事中，佘（即折）、穆、呼延诸胡姓，以及长期与胡人通婚，且在北汉与契丹长期合作的杨家，都在民族战场上成为汉族的民族英雄。胡风之渐，中原之变，王仁裕在这段叙事及咏耶孤儿的长诗中，不自觉地加以宣泄，恰表达了历史的某些独特观察。

（刊《文史知识》2017 年 1 期）

花间词人的佚诗

　　五代后蜀赵崇祚于广政三年（940）编《花间集》十卷，收录晚唐五代十八位作者的五百首词作，后世习惯将该书所收作者称为花间词人。我在近三十年前撰《"花间"词人事迹考》（刊《俞平伯先生从事文学活动六十五周年纪念文集》，巴蜀书社，1992年），基本弄清楚了十八位作者的生活经历。作简明的叙述则是，其作者中，温庭筠与皇甫松属前辈词人，韦庄以下，多数属蜀中作者，其中仅和凝仕于中朝，孙光宪仕于荆南，和凝曾在与蜀邻近的洋州为官，孙则本为蜀人，早年也曾仕蜀。其中时代较晚者，则有毛熙震、欧阳炯、孙光宪三人入宋尚在世。至《花间集》编选者，以往已考知他是后蜀权臣赵廷隐的儿子，今知赵墓已经发掘，且有墓志出土，唯至今未见发表。多年前曾在盛世收藏网站见到广政四年（941）西昌县令尹弘辅撰《故博陵郡君崔氏墓志铭》，有"次女适银青光禄大夫、行卫尉少卿、上柱国赵崇祚"，知志主即赵崇祚之岳母，葬于《花间集》成书之次年，官衔也与《花间集》相同，特别珍贵。

　　花间词人的存世词作，自明清以来已经定型，很难有新的发明，但诸人佚诗则频有发现，对了解诸人之人生事功与文学建树，都有特殊意义，在此拟略作申述。

　　两位前辈，温庭筠虽也有一些零碎佚诗发现，研究意义不大，在此从略。皇甫松则有多首佚诗发现。一是《新唐书·艺文志》著录其《大隐赋》一卷，《文苑英华》卷九九赫然保存全赋，估计清人视其为专著，以致《全唐诗》《全唐文》都不收这篇超过三千字的大赋。其实此赋写作者"萍漂上国，迨逾十年"后，对自己"进不能强仕以图荣，退不能力耕以自给，上不能放身云壑，下不能投迹尘埃"的人生困境之反省，在沉沦醉乡的名义下，对天地万物和世事秩序的激烈议论，是唐赋中难得的篇章。其中引及檀栾子自歌二首，其一云："茫茫大块兮齑沦透迤，生我至德兮其心孔殷，茫茫兮孰知其施？道之虚，维吾之庐；阛之陾，维吾之宾矣；道之谧，维吾之室；阛之嚣，维吾之党矣！杳乎徐乎，辽乎冥乎，维吾之娱矣！刚龙之蟠长云兮夭矫蜿蜒，修鳞之喜横海兮纷漩漩沿，游神于六合之外兮希夷自然。"表述隐于现世的出尘之思。皇甫松又撰有《醉乡日月》三卷，自称为"戏纂当今饮酒者之格"，是唐代饮酒文化的经典著作。原书不存，清陈鸿墀纂《全唐文纪事》卷三三录有该书自序，云录自《永乐大典》，殆即清编《全唐文》时，从《大典》录出而疏忽未及入编者。序中述上士、中士、下士醉后的不同态度，感慨"酒德之衰"，都值得重视。此书今有《全唐五代笔记》辑本，尚难称善。《永乐大典》卷一二〇四四引《醉乡日月·使酒》，另存有皇甫松佚诗《糟丘子歌》："客乡如使酒，四座罗绮空。细笛半楼月，慢筝高树风。金钉罢照耀，珠箔失玲珑。匹马上桥去，双鱼无复踪。"也可见他对饮酒的一贯态度。松另撰《续牛羊日历》，《资治通鉴考异》《续谈助》有引录。另有《大水辨》《齐夔凌纂要》等，皆不存。其中《大水辨》是他因襄阳大水讥讽牛僧孺纳真珠妓之丑闻，《续谈助》卷三所录甚详，此不赘。

　　韦庄《秦妇吟》的发现，是20世纪初敦煌遗书最重要的收获，无论文本校订、史实考察及成就分析，前人已经作过极其充分的研究，我在这篇短文中就不再涉及。仅作一点补充，即今人大多相信孙光宪《北梦琐言》卷六所载"尔后公卿亦多垂讶，庄乃讳之"的说法，认为除孙引二句外，宋时此诗绝不见流传，《唐研究》二〇辑且曾刊专文论述。然北宋末蔡传编《吟窗杂录》卷三五录王安石《胡笳十八拍集句》，引有"更辅雕鞍教走马""在野只教心胆破"二句，可以证明此诗在宋时虽然流传不广，但尚非无人见到。

　　花间词人中有两位是名相牛僧孺的后人。一位是牛峤，牛僧孺孙，牛丛子；另一位是牛希济，牛峤兄子。二人虽尚能守家业，但世事已非，只能尽个人绵薄之力，留下一些微弱的痕迹。牛峤以僖宗乾符五年（878）登进士第，两年后京师即沦陷，峤虽从僖宗奔蜀，历官拾遗、补阙、尚书郎，时时感到人生的困境与无奈。《永乐大典》卷三一三四引《潼川志》保存了牛峤光启三年（887）寻访梓州射洪陈子昂故居留下的一首长诗《登陈拾遗书台览杜工部留题慨然成咏》："步出县西郊，攀萝登峭壁。行到蕊珠宫，暂喜抛火宅。羽帔请焚修，霜钟扣空寂。山影落中流，波声吞大泽。北厢引危槛，工部曾刻石。辞高谢康乐，吟久惊神魄。拾遗有书堂，荒榛堆瓦砾。二贤间世生，垂名空烜赫。逸足拟追风，祥鸾已铩翮。伊余诚未学，少被文章役。兴来挥兔毫，欲竟雕弧力。虽称含香吏，犹是飘蓬客。薄命值乱离，经年避矛戟。今来略倚柱，不觉冲暝色。袁安忧国心，谁怜鬓双白？"这时牛峤的职务是前权知刑部郎中。他寻访陈子昂的读书台，看到已经芜没在荒榛瓦砾中，以往的读书台，此时也已成为一所道观。作者曾饱读陈、杜诗作，知道杜甫避居东川时，曾有诗《冬到金华山观因得故拾遗陈公学堂遗迹》，有"陈公读书堂，石柱仄青苔。悲风为我起，激烈伤雄才"的感慨，又作《陈拾遗故宅》诗，赞誉子昂"公生杨马后，名与日月悬"，"终古立忠义，《感遇》有遗篇"，高度礼赞。牛峤称赞二贤间生命世，留下不朽篇章，更感慨自己生当末世，虽也曾努力诗文，也曾雄心万丈，欲追仿前哲而留下不朽篇章，然而时值乱离，经年避难，飘蓬异乡，徒有报国雄心，未能一展抱负。忧国心热，双鬓已白，作者只能徒唤奈何。这首诗里，我们看到与绮艳的花间词不一样的作者复杂的内心世界。《郡斋读书志》卷一八载《牛峤歌诗》三卷，云学李贺诗体而作，今则皆不存。牛希济年辈稍晚，得见前蜀之亡，据说后唐明宗曾招前蜀降臣咏《蜀主降臣唐》诗，其他人都数落蜀主荒淫败国，唯牛希济云："唐主再悬新日月，蜀王还却旧山川。非干将相扶持拙，自是吾君数尽年。"只说历数有尽，绝不谤君亲，存旧主之谊，反而赢得明宗的尊重。我想要特别指出的是，《新唐书·艺文志》著录牛希济《理源》二卷，"理"即"治"，唐人讳改，此书探讨古今治乱之根源，是五代动荡时期难得的清醒著作。原书已佚，《文苑英华》录其史论十馀篇，即出是书，值得认真审读。

在花间词人中，有两位很特殊的人物。一位是李珣，是"蜀中土生波斯"（《鉴诫录》卷四），即其先人为中亚波斯人，早年因经商或仕宦来到中国，李珣则生于蜀中，但民族习性则难以遽改。他的妹妹李舜弦据说为后主王衍所宠信，李珣本人可能也曾入仕，但可信记载并不多。他与另一位花间词人，曾担任校书郎的尹鹗是亲密无间的朋友，经常在一起调侃嘲讽。尹鹗曾有诗嘲李珣："异域从来不乱常，李波斯强学文章。假饶折得东堂桂，胡臭薰来也不香。"径称李珣为李波斯，且说他有狐臭，也称胡臭，是中亚胡人典型的身体特征，怎么也遮掩不了的。虽然数贡于有司，有希望东堂折桂，但桂香也遮掩不住扑鼻的胡臭。因为关系好，所以口无遮拦，且李珣似乎也从来没有掩饰过自己的身份，得以留下这段珍贵记录。到四库本《鉴诫录》，将这首诗改为："异域从来重武强，李波斯强学文章。假饶折得东堂桂，深恐薰来也不香。"真是天晓得，四库本不可依据也如此。李珣长于中亚医学，因其所学，著《海药本草》，专录域外本草，宋人引录甚多，有今人马福月辑本，刊《文献》一七辑。

另一位特殊人物是鹿虔扆。鹿在汉族古姓和北魏胡姓中都有，本不足多怪，但在《穴研斋丛书》影宋本《茅亭客话》卷三，称他为天复中永泰军节度使禄虔扆，禄为吐蕃大姓，且蜀中与吐蕃为邻，则其先世或即出吐蕃。

有"曲子相公"之称的和凝，在中原五代是位大人物，平生著述也多，但大多亡佚。存世著作除词外，一是《宫词》一百首，可惜既不似王建有开创之功，也不似花蕊夫人有亲历体会，历来评价不高，也属可以理解；二是《疑狱集》，经他儿子增补，成为后世公案故事的来源，但哪些是和凝的原书，已经难以区分了。和凝的佚诗也有一些新的发现，但大多较零碎。这里仅举他在洋州任上所作《洋川》诗为例。《全唐诗》卷七三五收"华夷图上见洋川，知在青山绿水边。官闲最好游僧舍，江近应须买钓船"四句，无论作七律或七绝，二三句间失粘，显然有误。经我网罗散逸并重新缀合，认为至少有两首七律，第一首存"《华夷图》上见洋川，知在青山绿水边。□□□□□□□，□□□□□□□。官闲最好游僧舍，江近应须买钓船。更待浃旬无事后，遍题清景作诗仙。"第二首仅存首两句："自陪台㘿到洋川，两载优游汉水边。"虽然仍不完整，但诗意大致可以理解。作者是陪同幕府到洋州，其地临近汉水，作者也度过两年以上时间。他说以往仅在《华夷图》(应该是记载中外区域的大型地图)上见到过洋州，知道州在青山绿水之间。身临其间，且官闲多遐，更乐于游历僧舍，观赏清景，各处题诗，乐做诗仙。

最后，我想说到两位入宋词人的佚诗。孙光宪曾在荆南长期任职，对荆南归宋尽了力量，高氏子孙入宋仍得以保存。他尤长于著作，《北梦琐言》虽仅存全书三分之二，但亡佚部分之半数仍得以保全。《续通历》十卷是续马总《通历》而作，录唐五代史事大纲，今存五卷，已非孙书原貌。从齐己《白莲集》所载诗题看，他一生写过大量诗歌，可惜存留至今者寥寥。《舆地纪胜》卷六四《江陵府》采据南宋方志，偶然保存了一首："百尺荆台草径荒，如何前日谓云阳？古今不尽迁移恨，依旧台边水渺茫。"荆台是江陵的名胜，历史上曾有楚昭王或楚庄王欲往游览、被令尹谏止的故事。孙光宪一生大多时间在江陵度过，更曾饱读史书，对古今兴废了然于胸。诗的后两句寄慨遥深，古今地名变化自属司空见惯，但其中包含的古今沧桑之感，特别见到景色如旧，且古不变，而人事兴废，白云苍狗，更足令作者伤怀。这里，恰可见到作者怀古诗的造诣。

欧阳炯（896—971）是益州华阳（今成都双流）人，中年曾为《花间集》作序，那年他四十六岁。他是花间词人中最长寿的一位。当前蜀败亡时，他已任中书舍人，此后经历了后蜀从建立到覆亡的漫长岁月，入宋还活了八年。政治上当然谈不上有大的建树，但文学方面阅历相当深厚。他的佚诗，近几十年发现甚多，内容则涉及时令、游仙、弈棋、花卉等众多方面，可以看到他是一位兴趣广泛的诗人。不能全录，略披载数首以存一斑。

《棋》："棋理还将道理通，为饶先手却由衷。古人重到今人爱，万局都无一局同。静算山川千里近，闲销日月两轮空。诚知此道刚难进，况是平生不着功。"《韵语阳秋》卷一七、《全唐诗》卷七六一仅引"古人重到今人爱，万局都无一局同"二句，题作《赋棋》，全篇幸赖《事文类聚前集》卷四二、《合璧事类前集》卷五七的引用而得完整保存。此外，《锦绣万花谷别集》卷二五也引"静算山川千里近，闲销日月两轮空"两句，故此诗屡经宋人称引，流传有绪，文本充分可靠。在历代吟咏围棋的诗词中，此诗应占有重要位置，值得仔细阅读。首二句，指出棋理与世界万物万理有相通的地方，即是凭实力、讲道理的一种游戏。所谓饶先，是棋手实力有差距时，高手礼让的程序，无论先手后手，都出自由衷的彼此敬重。所谓"万局都无一局同"，更把围棋虽仅黑白二色子，前后有序之落子，但其间变化无穷，虽身历万局，绝不会有一局相同，这是古人、今人共同的体会，难能的是作者把他的体会归纳出来了。因为如此，为古今所共喜爱，自是应有之意。颈联两句，也是妙对。下棋如运兵，虽在纹枰对坐，弈者无不心驰万里，山川在胸，用兵帷幄，决胜疆场。当然，弈棋也是消遣时日最稳妥的办法，既充满乐趣，又绝无风险。两句对仗稳切，包含丰富，更属难得。

《七夕》一首，咏七夕牛郎织女金风玉露之相逢："新秋气象已恬如，牛女相逢欲渡河。星里客来应处士，月中人到是姮娥。清风袅袅鸣环佩，薄雾纷纷透绮罗。莫向一宵怀怨别，万年千载却成多。"将诗题中应有之意，表达得很充分。从李商隐《辛未七夕》："由来碧落银河畔，可要金风玉露时。"到秦观《鹊桥仙》："金风玉露一相逢，便胜却人间无数"，与欧阳炯此诗对读，可以理解同样主题、同样意思的经典之作是如何成立的。

此外，欧阳炯佚诗有《凌霄花》："凌霄多半绕棕榈，深染栀黄色不如。满树微风吹细叶，一条龙甲飐清虚。"《辛夷》："含锋新吐嫩红牙，势欲书空映早霞。应是玉皇曾掷笔，落来地上长成花。"两诗都咏花卉，看到他观察的仔细，并希望在有限的篇幅内翻出新意。如辛夷又称木笔花，他写出此花的形态，并想象曾因玉皇掷笔，撒向大地，因而落地成花，稍存理趣。

今人喜欢谈文学流派。花间词派则因《花间集》收录十八人词作，且在中国词史上占有至高无上的地位而为历代词家所重视，也为各家文学史所必然叙述。但如果我们全面地占有文献，仔细地阅读并分析文献，不难发现花间词派其实并没有独立地存在。十八位作者的生活时代，从温庭筠出生到欧阳炯死亡，大约历经172年。在《花间集》结集时，活着的词人大约最多不超过五位（欧阳炯、和凝、孙光宪、阎选、毛熙震）。多数作者虽然皆以西蜀为生活舞台，且每一位都有写作长短句燕乐歌词的成就，但每一位的生活轨迹、人生兴趣以及学术与文学成就，又差别极其巨大。因为经过了赵崇祚的遴选，他们在花前月下的轻曼词作得以保持大致相近的风格，因为他们多寡不同地在史籍和典册中留下各自不同的人生轨辙，我们又不难发现各个个体之间的巨大差别。本文从各家佚诗来谈，挂一漏万在所不免，读者谅之。

（刊《文史知识》2018 年 3 期）

从存世诗歌看吴越钱氏的文化转型

钱氏家族的文化代表，在唐代是以诗人钱起为代表的吴兴钱氏。起子徽，孙可复、方义，方义子珝，皆能诗文，得时名，作品亦多有传世。然至唐末战乱间，杭州临安石镜乡临水里民家子钱镠以武勇出身，割据吴越十三州逾八十年，历三世五主，以豪杰而为文宗，历千年不衰。明清至今学术文化有重大造诣之钱姓人物，大多为吴越遗裔，人物之盛，世所罕见。《全唐诗》存武肃王钱镠及忠懿王钱俶诗若干，补遗诸书所得尤丰，虽不能说全数可靠，大多信渊源有自。细加分析，恰可见风气转变之邅速。试略加申述。

一、武肃王钱镠

钱镠（852–931），字具美，临安人。其父钱宽，素贫贱，居镜山、官山间，以田渔为事。传为唐初功臣钱九陇之裔，殆出依托。镠既贵，宽仍居乡里，镠至，走窜避之，告镠曰："吾家世田渔为业，未尝有贵达如此。尔今为十三州主，三面受敌，与人争利，恐祸及吾家。"（《旧五代史·世袭列传》）此语为史家所述，信当为钱氏祖训。故四海沸腾，天下豪夺，惟钱氏谨守分际，恭事中朝，保境安民，祚延后嗣。镠之父宽、祖母水丘氏墓，曾先后出土，皆见贵盛之迹，反未如此语之真。

镠小名婆留，少曾伐薪牧牛，长好拳勇，善射㦤，稍通文墨，以贩盐为盗。年二十一为乡兵，渐为土团偏将。时黄巢略地江浙，镠随董昌抵御，累建军功，升为都指挥使。其后十多年，先后平刘汉宏、董昌之乱，至乾宁三年（896）攻据两浙十三州之地，唐廷陆续封吴王、吴越王等，世有其地。天下纷扰之际，惟吴越得八十年升平，虽有赋役稍重之讥，其恩德确曾溥被于生民。

镠本人稍知历数文墨，对文人初颇鄙视。诗人吴仁璧有重名，称少学老庄，擅星象学。大顺二年（891）登进士第，入浙谒镠，镠问以天象，以非所知辞；又欲辟入幕，复以诗固辞；遣其撰《罗城记》，又请撰秦国夫人墓志，皆坚辞不从。镠怒，遂沉于江。惟与诗人罗隐则极相得，颇信任，一时制度规划，多乐听从。从罗隐存诗看，有《献尚父大王》《春日投钱唐元帅尚父二首》《病中上钱尚父》《钱尚父生日》《感别元帅尚父》《尚父偶建小楼特摛丽藻绝句不敢称扬三首》等，有投献，有感别，有颂寿，但没有酬和应接，估计钱镠能读诗，偶亦有作，但未必如罗绍威、王镕那样有与诗人反复唱和的能力。

钱镠存世诗歌颇多，真伪及自撰与否皆颇难确定。具体加以区分，可述如下。

一是出于吴越本国史《吴越备史》记载者，相对可靠。较完整的一首见该书卷二：“（开平四年）冬十月戊寅，王亲巡衣锦军，制《还乡歌》。歌曰：‘三节还乡兮挂锦衣，碧天朗朗兮爱日晖。功臣道上兮列旌旗，父老远来兮相追随。家山乡眷兮会时稀，今朝设宴兮觥散飞。斗牛无孛兮民无欺，吴越一王兮驷马归。’”衣锦军即其故里，歌为骚体，明显仿刘邦《大风歌》。这年钱镠年五十八，浙中已安定，衣锦还乡，志得意满，见乡里父老更愉快。同诗还有一越语版，见《湘山野录》卷中所载：“你辈见侬底欢喜，别是一般滋味子，永在我侬心子里。”见钱镠对乡语越歌之熟悉。

《吴越备史》中还有几处写诗断片。他将吴兴托付给旧将高彦，临行题诗一章于婴兰堂，末云："须将一片地，付与有心人。"登舟更嘱咐："我以此郡付汝，宜善抚之。"诗意是晓畅明白的，更接近王梵志、寒山一派风格。罗隐寝疾，镠亲临抚问，题其壁云："黄河信有澄清日，后代应难继此才。"隐起而续末句云："门外旌旗屯虎豹，壁间章句动风雷。"并云"隐由是以红纱罩覆其上，其后果无文嗣"。在钱镠是感慨天下澄清有日，如罗隐之大才一时无二，希望他早日康复。罗隐所续二句，恭维而无深意。隐有子罗塞翁，无诗才，史家因此认为钱镠所题句一语成谶。当时人喜欢如此说诗，在钱镠绝无此意。

《吴越备史》卷二载，开平四年"八月，始筑捍海塘。王因江涛冲激，命强弩以射涛头，遂定其基。复建候潮、通江等城门。初定其基，而江涛昼夜冲激沙岸，板筑不能就。王命强弩五百，以射涛头，又亲筑胥山祠，仍为诗一章，函钥置于海门。其略曰：'为报龙神并水府，钱塘借取筑钱城。'"其后海塘始筑成。这是一段有名的故事，可知钱镠在浙中所作基础建设之成就，以及非凡的人定胜天魄力。后出的《吴越钱氏传芳集》《诚应武肃王集》卷四有此诗全篇，题作《筑塘》："天分浙水应东溟，日夜波涛不暂停。千尺巨堤冲欲裂，万人力御势须平。吴都地窄兵师广，罗刹名高海众狞。为报龙神并水府，钱塘且借作钱城。"要硬说真伪，可能永远也讨论不完，仅备一说吧。

二是宋初人记载者。陶岳《五代史补》卷一载，钱镠在后梁初封吴越国王后，大兴土木，兵士怨嗟，夜书于门曰："没了期，侵早起，抵暮归。"镠命书吏于其侧书曰："没了期，春衣才罢又冬衣。"士卒以为神降，怨嗟顿息。《丁晋公谈录》所载稍异，兵士所作为"无了期，无了期，营基才了又仓基"，钱镠命罗隐续书云："无了期，无了期，春衣才了又冬衣。"这里见到钱镠之智慧与善处事，诗则并无特色。

三是见于越中石刻者，有钱唐凤凰山排衙石石刻，清人所见残缺已甚，有"东南一剑定长鲸""□帝匡扶立正声"等句，未必即其本人作。北宋沈遘曾见此完整诗刻，咏云："盘崿绝巘与天通，汗漫烟霞谢世笼。耸起浮图山突兀，自然衙石玉青葱。古人兴废千年上，游客登临一啸中。谁为燕然愧班窦，孤城羁据亦铭功。"自注："排衙石有钱镠刻诗。"（《西溪集》卷三《依韵和施正臣游圣果寺二首》之一）颇表不屑。

四是见于明清地志者，如《万历新昌县志》卷三有《隐岳洞》诗，《同治馀干县志》卷八有《浮石寺》诗，恐皆不免出于附会。

五是出于《吴越钱氏传芳集》《诚应武肃王集》等钱氏家乘者。不是全伪，但其中确有一些疑问。如前引《吴越备史》所载题罗隐壁二句，此有全篇："特到儒门谒老莱，老莱相见意徘徊。黄河信有澄清日，后代应难继此才。"前二句之酸腐气与后二句之英迈，哪可能为一篇？再如《西园产芝》，《吴越钱氏传芳集》首二句作"五纪尊天立霸基，八方邻国尽相知"。《武肃王集》题作《西园建后特产灵芝赋诗以记》，首句作"五季尊天立伯基"，无论"五纪"或"五季"，皆显为后人口气。故在此从略。

以上说钱镠之家世、功业与诗文造诣。在唐末诸雄中，钱镠虽起自底层，但有家教，有雄略，也有文学感受，唯自作诗歌仍不免草莽气。与五代十国诸豪雄一样，他也按唐代士人之仪范培养子女，其后人之文学才华虽不算最突出，但能保旧业，教化地方，终于写就一段传奇。

二、文穆王钱元瓘

元瓘（887—941），本名传瓘，为钱镠第六子，字明宝，出生杭州。懂事时其父已拥有全浙，虽久居戎职，罕历军阵。从贞明元年（915）任镇海军节度副使，储位方定。钱镠居位日久，数立年号，国仪亦颇僭越。至传瓘即位，改名元瓘，诸兄弟亦相随改名。遵父遗嘱去国仪、年号，仍遵中朝年号，退居藩镇位，此镠知子孙柔弱，不足与中原及强邻抗，故示弱以求存。吴越武备，则始终未懈息，此于闽变及与南唐数度交兵可知之。元瓘在位十年（931—941），中原则清泰夺位、石晋割土诸变，闽王称帝，南唐废立，马楚内乱，孟蜀割据，亦纷扰多事。元瓘则广兴佛事与营造，声望日隆，后晋亦进封为天下兵马副元帅、吴越国王。偶有波澜，如元珦兄弟之变，入闽援建之败，尚无大危。元瓘有诗千篇，自编尤佳者三百篇，名《锦楼集》，富优渥富贵之意，惜传者甚少。最可靠者为和凝受晋高祖命所作《大晋故天下兵马都元帅守尚书令吴越国王谥文穆钱公神道碑》所引二句："天福六年，王以弟兄归任，丝竹张筵，因抒嘉篇，久吟警句：'别泪已多红蜡泪，离杯须满绿荷杯。'诗罢酒阑，情伤疾作。"此云情伤疾作，史则云因七月丽春院大火，延及内城，元瓘迁居瑶台院，惊惧发狂疾，可不深究。所引二句，送兄弟各归所守州，写离别相思之情，不仅对偶亲切，且当句见巧，即景取寓，用思深密，可见他写诗的能力。当然，诗意有些纤弱，作为一国之主，似乎有些过于纠缠于私情。从武肃到文穆，确实可看到向文士的变化。

《吴越钱氏传芳集》存元瓘二诗，一为《送别十七哥》："大伯东阳轸旧思，士民襦袴喜回时。登临若起鸰原念，八咏楼中寄小诗。"大伯、十七哥之称似乎有些问题，但所引沈约在东阳作八咏诗，又兄弟之思用鸰原典，都还妥帖。另一首《题得铜香炉》，有长序，述天福七年七夕，金华民李满得铜香炉事，其中称"况今国家方以真金建制，太上仙容，才已圆成，适当庆礼，果符征应，获此嘉祥"，与元瓘时大建寺观合。诗云："莫记年华隐水中，忽于此日睹灵踪。三天瑞气标金相，五色龙光俨圣容。节届初秋兴典教，时当千载庆遭逢。仙冠羽服声清曲，共引金台入九重。"虽有些平弱，但协律雍容，是太平时代的颂诗。所出稍晚，我愿意确认是元瓘真品。

还可以提到一组疑似元瓘的作品。韩偓《韩内翰别集》末有两组诗，一为《大庆堂赐宴元珰而有诗呈吴越王》，凡七律四首；二为《御制春游长句》。先录后诗如下："天意分明道已光，春游嘉景胜仙乡。玉炉烟直风初静，银汉云消日正长。柳带似眉全展绿，杏苞如脸半开香。黄莺历历啼红树，紫燕关关语画梁。低槛晚晴笼翡翠，小池波暖浴鸳鸯。马嘶广陌贪新草，人醉花堤怕夕阳。比屋管弦呈妙曲，连营罗绮斗时妆。全吴霸越千年后，独此升平显万方。"韩偓于唐末避乱入闽，平生行迹未至吴越两浙之地，更无呈诗吴越王之可能。《唐音统签》卷八六三谓："五诗旧附韩偓集末。今详大庆堂四律并吴越宴中原所遣中使诗，非出一手。其第二律似国主所作，《春游》长律亦似出国主。第僭称御制为不可晓耳。今入吴越杂诗之后，俟再考。"《全唐诗》卷七八四据以收五诗于吴越失姓名人下。刘师培《左庵外集·读全唐诗发微》以为"偓未游吴越，此则非偓诗"。岑仲勉《读全唐诗札记》以为韩未至吴越，殆误收。吴企明《唐音质疑录》认为仍以韩作为是。陶敏《全唐诗人名汇考》谓元珰为钱镠子，原名传珰，钱元瓘即位后改名，时韩偓已去世多年。《吴越备史》卷四载大庆堂为建隆元年（960）建成，为韩偓身后几四十年事。陶敏疑此应为元瓘之诗。前引诗云"全吴霸越千年后，独此升平显万方"，确是吴越国主口气。《大庆堂赐宴元玚而有诗呈吴越王》其一云："非为亲贤展绮筵，恒常宁敢恣游盘。"是为兄弟开宴的人主口气。其二云："樱桃花下会亲贤，风远铜乌转露盘。""狂简斐然吟咏足，却邀群彦重吟看。"胡震亨读出"国主所作"，即此数句。其三云："我有嘉宾宴乍欢，画帘纹细凤双盘。"也可知主人身份之高贵。其四云："文章天子文章别，八米卢郎未可看。""文章天子"当然不是自许，可见作者及与宴者身份之特殊。这组诗接近为元玚作，旁证是浙江新出墓志显示吴越内部一直有僭越行为，宗庙立祖册宗一直保持到忠献王以后。以元玚诗为"御制"，正是内部之认识。当然，还需要等待一些新的证据。

三、忠献王钱弘佐与忠逊王钱弘

弘佐（928-947）为元玚第六子。元玚世子弘傅，天福四年（939）初卒，弘佐至次年得为两军节度副使，始居嗣位。元玚卒，弘佐年仅十三。在位七年，最大事件为闽乱，王延政求援于吴越，弘佐出兵败南唐援建之师，为吴越重大胜利。中原契丹入汴，吴越毫不犹豫地改用契丹会同十年年号，越中石刻偶能见之。弘佐卒谥忠献。越中新见《元图墓志》载其庙号成宗，似为私谥。

《吴越钱氏传芳集》存弘佐二诗，一为《佳辰小谦寄越州七弟湖州八弟》："角黍佳辰社稷宁，灵和开谦乐群英。樽前只少鸰原会，百里江城隔二城。"诗述兄弟相思之情。弘佐居杭，越、湖二州分居两翼。七弟即继其位而时居东府的弘倧，八弟尚须再核。其二为《谒宝塔回赐僧录》："佛日辉光最有灵，真身宝塔镇吴城。千寻独拔乾坤耸，八面齐含日月明。几曲朱栏瞻海浪，长时金铎振风声。祷祈只愿苍生泰，更仗高僧法供精。"可见吴越崇佛风气。弘佐少年即位，渐掌军政，颇思有所作为，早逝可惜。

弘倧（928-971），为元瓘第七子，继位时已二十岁。思有以振作，绳下严肃，于旧将不甚优礼，在位仅六月即激起兵变，为内牙统军使胡进思所废，幽于衣锦军。钱弘俶即位后，于广顺元年（951）徙居东府，即卧龙山置园亭，取给优厚，但限制自由。弘倧能诗而无聊，退居东府后，于亭榭上题诗殆遍。《越中吟》二十卷，不存。宋人多引其诗，这里录北宋孔延之《会稽掇英总集》卷八所存二首。一为《禹庙》："千古英灵孰可伦，西来神宇压乾坤。尘埃共锁梅梁在，星斗俱分剑鞞存。蟾殿夜寒摇翠幌，麝炉春暖酹琼樽。会稽山下秋风里，长放松声入庙门。"想望大禹之往迹与功业，紧扣宇庙之宏伟，眼前之凄凉，祭祀之虔诚，最后写越山秋风，松声入庙，气象雄浑，无限感慨，可以读到作者笔力之雄劲。另一首，《会稽掇英总集》题作《再游应天寺圣母阁》，《舆地纪胜》卷一〇题作《游天衣寺》，寺为越中名刹。诗云："越地灵踪多少处，伽蓝难尚此楼台。有时风掣浪声到，半夜月排山影来。极目烟岚迷远近，百般花木雕尘埃。可怜光景吟无尽，知我登临更几回。"游寺而悟禅机，既写即景所见，更有人生体会。"有时风掣浪声到，半夜月排山影来"二句最为警策。这位废主的文学才华应不容怀疑，唯半生不自由，作品也终不得多传，是所可惜。

《吴越钱氏传芳集》另存弘倧诗二首，如《登蓬莱阁怀武肃王》有"建时方始殄罗平"，罗平为董昌年号，不是后人能伪造。唯逊于前二诗，在此从略。

四、忠懿王钱俶

钱俶（929-988），本名弘俶，为元瓘第九子，年龄比弘佐、弘倧仅小一岁。弘俶久守台州，偶因事在杭，遇变为乱军所立。渐掌实权，内外处事得当，居吴越国王位逾三十年，诸事谨慎，得以小事大之体，最得声望。当周世宗兴讨淮南之师，宋太祖举灭南唐之军，吴越皆出军相助。宋建，即避太祖父弘殷讳，单名俶。南唐亡，俶于次年初入汴朝阙。宋太祖赐宴，俶伏地感泣，曰："子子孙孙，尽忠尽孝。"太祖承允："但尽我一世耳，后世子孙亦非尔所及也。"俶归，尽撤国内攻守设施，以示不疑。太祖逝世，立即自请纳土归阙。临行告庙，词云："嗣孙俶不孝，不能守祭祀，又不能死社稷。今去国修觐，还邦未期。万一不能再扫松槚，愿王英德，各遂所安，无恤坠绪。"俶之毅然去国，一为两浙不被战火，二为宗族完整保存，英决如此，不仅当时有保俶塔之建，功德全在民心，千载后读此，仍能体会其去国之坚毅。俶归宋十年后，死于南阳，据说六十生辰时，饮太宗生辰酒而卒。今人谓南唐后主亦死于生辰当日，宋太宗之器局，何如此狭隘也。

《全唐诗》卷八录俶诗一首，题作《宫中作》："廊庑周遭翠幕遮，禁林深处绝喧哗。界开日影怜窗纸，穿破苔痕恶笋牙。西第晚宜供露茗，小池寒欲结冰花。谢公未是深沉量，犹把输赢局上夸。"注出《汝帖》。《汝帖》今存宋拓，为俶手书，差别很大，缺题。宋拓《绛帖》卷二所收完整，题作《冬晚书院偶成一章》："檐庑重重翠幕遮，披寻唯此绝喧哗。介开日影怜窗眼，穿破苔纹恶笋牙。曲槛晚宜烹露茗，小池寒欲结冰花。谢公未是深沉量，犹把戎机局上夸。"《全唐诗》所收，本文五十六字竟有十四字不同，题也为后人拟。追寻来源，所据当为明胡应麟《诗薮·杂编四》。胡氏录诗，非伪造，可能有一环节依凭记忆录出，故多有细节出入。此诗不知作于何时，估计在吴越国王位后期作。深宫书院，环境典雅，日影入窗，轻寒微暖，小池薄冰，晚烹露茗，闲雅而舒适。只是到最后，借谢安与友人对弈而未忘淝水战事，点出作者内心之不安。此诗可见作者之修养，及对近体诗的熟练把握，在日常生活中，将心中波澜淡淡诉出。

俶在位期间，吴越国佛教备受尊崇，天台德韶及永明延寿二大师法席尤盛。《宝云振祖集》有俶《诗寄赠四明宝云通法师二首》："海角复天涯，形分道不赊。灯清读《圆觉》，香暖顶袈裟。戒比珠无颣，心犹镜断瑕。平生赖慈眼，南望一咨嗟。""相望几千里，旷然违道情。自兹成乍别，疑是隔浮生。得旨探玄寂，无心竞利名。茅斋正秋夜，谁伴诵经声。"从"南望""相望几千里"等句分析，我觉得是归宋后与越地名僧赠答之作。诗中表达对通法师之崇敬与修行生活之向望，为自己因路途遥远，无从向法师问道，感到深深遗憾。诗后有南宋宗晓禅师跋，谓"平生赖慈眼，南望一咨嗟"之句，久传山林，至此方得全篇。诗中可以体会钱俶之禅学修行。《五灯会元》卷三有俶为马祖弟子大梅法常所作赞："师初得道，即心是佛。最后示徒，物非他物。穷万法源，彻千圣骨。真化不移，何妨出没。"大梅山在馀姚南七十里，法常生活年代早于吴越立国逾百年，此赞可见俶对南宗禅法的透彻理解。

钱俶虽真诚归宋，主动纳土，但政治之残酷与现实之严峻，在他内心自完全清楚。目前可以看到两个片段。传陈师道《后山诗话》载："吴越后王来朝，太祖为置宴，出内伎弹琵琶。王献词曰：'金凤欲飞遭掣搦。情脉脉，看取玉楼云雨隔。'太祖起拊其背，曰：'誓不杀钱王。'"此事发生在开宝九年（976）春，俶在南唐灭后自请朝汴，词作于内宴席上，词牌不详。借金凤自喻，写被困之不自由，且借后两句写真情归宋，云雨阻隔，无从获知。宋太祖读懂词意，有"不杀钱王"之宣誓。宋僧文莹《湘山野录》卷上载，俶子钱惟演临终前，有俶歌鬟惊鸿告，俶"将薨，预戒挽铎中歌《木兰花》，引绋为送"，有"帝乡烟雨锁春愁，故国山川空泪眼"，二句正李后主"故国不堪回首月明中"之意，是俶始终未忘祖业与故国之明证。

《吴越钱氏传芳集》还有俶诗十多首，若真，多数作于入宋途中。此处不敷述。

五、钱氏入宋诸子孙

随钱俶归宋者，包括俶诸弟与各房子孙，人数众多。俶既归顺，诸钱不复为地方政治集团，且钱氏子孙各有所学，谨守分际，作宋顺臣，绝无他想。又能各擅所业，在宋初数十年间就有许多杰出之建树。

俶弟信（937－1003），亦名俨，长于史学，著《吴越备史》，为本国存一代信史。《嘉泰吴兴志》卷五有其《平望赠虻》："安得神仙术，试为施康济。使此平望村，如吾江子汇。"

俶第七子惟演（977－1034），为西昆体著名诗人，曾著《家王故事》存父祖事实，仁宗时短暂入相，为钱氏子孙官阶最高者。虽曾依缘外戚，影响声誉，但晚年留守西京，引用欧阳修、梅尧臣等大批文学新进，别有贡献。

弘偡长子惟治（949－1014），早年作《回文绶带连环诗》九十首，碑在湖州法华寺，仅存六首，录一字至七字体《春日登大悲阁》一首于此："阁，阁。般斤，郢作。木从绳，工必度。华饰藻绘，密施榱桷。明蟾代宝灯，瑞霭为珍箔。栏危似倚高空，梯迥疑穿碧落。有时闲上瞰人寰，自谓禽中腾一鹗。"

弘偡幼子钱易（968－1026），随俶归宋，年幼不授官，乃发愤读书，考取进士，不靠祖荫而做到翰林学士。著作存《南部新书》

十卷，记唐以来掌故。另著小说集《洞微志》，可惜原书不存。

有宋三百年，钱氏人才辈出，不一一备述。

六、馀说

五代十国，自唐末始乱算起，到北宋完成统一，前后逾百年，为中国中古社会大动荡之时期，也是社会阶层重新组合的时期。其间中原历五朝八姓十四帝，地方割据或称帝者亦逾十家。如朱梁，燕刘，前蜀王，乃至后唐三家，其子孙后皆蔑有闻者，盖称霸易而保后为难。后周柴，后蜀孟，南唐李，北汉刘，入宋子孙尚存，渐次衰微，后世无闻。南平高，清源陈，稍有可称。惟吴越钱氏，则繁盛至今，举世罕有可比者。追溯其始，则钱宽之周慎畏盈，钱镠之知所进退，皆具特识。天下扰攘之间，钱氏能谨守本土，善事大国，安民保境，善待子民。文穆以后诸主，皆为本色文士，武不足拓境，文仅可润身，始终未如王衍之狂童嬉国，也不似南唐之不识大势，忍辱承重，始终以乡土宗祏为念。钱俶守国逾三十年，并无大恶，小有成功，能识天下统一之趋势，率国归诚。其本人及家族子弟，亦皆儒雅有才，谨守分际，终能顺利融入有宋，成就家族之世业。

（刊《文史知识》2018 年 10 期）

何光远的文学书写

何光远是五代后蜀时一位小人物。他的可靠的事迹，其实只有一则，即《舆地碑记目》卷四《普州碑记》所载："《聂公真龛记》，在灵居山，军事判官何光远撰，广政四年（942）建。"这一龛记现在仍在安岳圆觉洞第82龛，刘长久《中国西南石窟艺术》65页引聂公署衔为"□□□第二指挥使、金紫光禄大夫、检校司徒、使持节普州诸军事、守刺史、河东县开国男、食邑三百户聂"，碑记残破已甚，无从阅读，也无资于何氏生平之分析，仅知他这一年任普州军事判官。时为孟蜀开国后之第六年，后主孟昶嗣位后之第四年，割据政权已大体稳固。聂某为刺史，何光远为其佐官。其后他有否担任更高的官职，活到什么年纪，目下全无所知。其他记载也很零碎，仅知他字辉夫，称东海（今江苏连云港）人，是何氏之望出，未必曾到那里。道号晞旸子或晞阳子，知他受蜀中时风影响，是道教的崇信者，在他的著作里也多有痕迹。他在文学史可以被提到，并非有优秀的诗文，而是曾写过三部著作，或多或少地有所保存。这三部著作是：一、《广政杂录》三卷，仅存一则佚文。二、《宾仙传》三卷，是一部神仙传记，原书不存，宋人引录有二十多则。三、《鉴诫录》十卷，宋本全存，仅少数几页有残缺，大体完整。此书三分之二都谈唐五代诗歌故事，是欧阳修《六一诗话》以前百多年难得的著作。此书到清中叶方大显于世，《四库全书》收入。《全唐诗》据他书转引有出自此书的许多诗，但未用原书，原书引诗大约有半数为

《全唐诗》所未收。

《广政杂录》，《宋史·艺文志》著录为三卷，仅见吴越至宋初僧赞宁《笋谱》引有一则佚文："何光远作《广政录》，记孟氏有蜀时，翰林学士徐光溥、刘侍郎羲度分直。忽睹庭中笋迸出，徐因题之。刘性多讥诮，徐托土本是蜀人。徐诗曰：'迸出班犀数十株，更添幽景向蓬壶。出来似有凌云势，用作丹梯得也无？'刘诗曰：'徐徐出土非人种，枝叶难投日月壶。为是因缘生此地，从他长养譬如无。'二学士从兹不睦。"徐、刘二人均为后蜀著名文人，"刘侍郎羲度"即为《鉴诫录》作序的刘曦度。《宝刻类编》卷七著录其天成四年（929）书《重修文宣王庙记》，广政四年（942）撰《修净众寺碑》，证知其名作"曦度"为是。赞宁平生行迹仅至越中及汴京，知何书宋初传入京师，唯流布极少，司马光修《资治通鉴》时亦未征及。从书名分析，应为近于杂史之轶事类笔记。

《宾仙传》，《崇文总目》著录作一卷，不言作者；《通志·艺文略》作三卷，署"何光远撰"；《宋史·艺文志》作"晞旸子《宾仙传》三卷"。此书久佚，今知宋人三书中引及佚文。一是南宋洪遵《泉志》卷一四引"晞阳子《宾仙传》"，录轩辕先生榆荚变钱事，道号有一字之异。二是南宋初委心子《分门古今类事》引有四则，即卷二《太元遇仙》，录唐末李太元知前蜀之"国祚兴亡，必由天数"；同卷《杨勋吟诗》云前蜀后主乾德中戮杀妖人杨勋，杨临刑吟诗，预言前蜀之亡；卷五《薛珏注寿》，述唐末蜀人薛珏南海遇真君，得注寿一百；卷一四《道昌篆书》，述唐末刘道昌仙去后，留诗丹室，预言唐末五代前期诸事。《分门古今类事》全书包括大量因果前定故事，所摘四则皆属此类。其三，南宋洪迈《万首唐人绝句》七言卷六八在《伤春吟》下署"何光远"，并注："四首。以下并《宾仙传》。"此据影印嘉靖本，四库本无此注，万历增订本亦删去。洪迈与洪遵为兄弟，知洪家存有此书。该卷自此首以下的四十六首诗，都从《宾仙传》中录出。这些诗应该包含十三则神仙故事，可惜除了前引杨勋一则外，其他各诗本事均不见他书称引，很难加以追索，只能根据诗意推知大概。如录刘道昌与邻场道人的货丹故事，录刘《鬻丹砂醉吟》："心田但使灵芝长，气海常教法水朝。功满自然留不住，更将何物驭丹霄？"《龟市告别》："还丹功满气成胎，九百年来混俗埃。自此三山一归去，无因重到世间来。"以及邻场道人《货丹吟》："寻仙何必三山上，但使神存九窍清。炼得绵绵元气定，自然不食亦长生。"刘道昌，前引《分门古今类事》说他是唐末天复初术士，按三诗顺序，大约是刘先作《鬻丹砂醉吟》，表述外丹家的求仙愿望，继而是邻场道人《货丹吟》，以内丹说指示修道途径，最后刘作《龟市告别》，接受内丹见解，准备从"心田""气海"修行，以诗留别。虽然事实不明，可以见到前后蜀时道风之变化。比较有趣的是还有何光远本人遇仙故事，凡存六诗，即何作《伤春吟》《答龙女》《催妆二首》和明月潭龙女《赠何生》《留别何郎》。按照内容推断，大约原书以第一人称叙述遇仙故事。首先是何光远《伤春吟》："檐上檐前燕语新，柳开花发自伤神。谁能将我相思意，说与隈江解佩人？"因伤春而怀人，感动到明月潭龙女出而与他相见寻欢，作诗相赠："坐久风吹绿绮寒，九天月照水精盘。不思却返沉潜去，为惜春光一夜欢。"何答："淡荡春光物象饶，一枝琼艳不胜娇。若能许解相思佩，何羡星天渡鹊桥！"不羡成仙，只要你现在。欢会前有类似迎婚的仪式，何作《催妆二首》："玉漏涓涓银汉清，鹊桥新架路初成。催妆既要裁篇咏，凤吹鸾歌早会迎。""宝车辗驻彩云开，误到蓬山顶上来。琼室既登花得折，永将凡骨逐风雷。"联系《云溪友议》

所载陆畅催妆诗和敦煌所出《下女夫词》，知此节与龙女遇合过程还是渲染得很隆重的。最后述分别，龙女作诗留别："负妾当时寤寐求，从兹粉面阻绸缪。宫空月苦瑶云断，寂寞巴江水自流。"由于洪迈只录绝句，两人遇合时还有没有其他的诗作，已经无从考察。《方舆胜览》卷七〇载明月潭在龙州，即今江油一带。有关《宾仙传》之详尽分析，参拙文《何光远的生平和著作——以〈宾仙传〉为中心》，刊《江西师大学报》2010年5期。

何光远最重要的著作当然是《鉴诫录》。《郡斋读书后志》卷二称本书"广政中纂辑唐以来君臣事迹可为世鉴者，前有刘曦度序"。今本刘序不存，其著作始末不详。但就内容言，本书可以认为是范摅《云溪友议》的模拟本：二书规模相当，均有三分之二篇幅谈诗事，每节皆以三字名篇，内容也多得自传闻，不尽能征实。刘比范要晚大约四分之三个世纪，且因时当分裂，他也没有机会游历中原、江南，所记以唐末及五代前期蜀中之事为主。书中数次称及孟蜀高祖，当为宋人所改，内容不涉后主孟昶时期，也不及清泰、天福间事，此为其下限。

《鉴诫录》成书时何光远年龄若以五十岁推测，可知他成长于前蜀文化氛围，且曾目睹前蜀之败亡，因此对王衍之失政，有着非常强烈的感受。《徐后事》（后引《鉴诫录》原文，不出书名、卷次，仅列篇名）写后主时，其生母顺圣太后（浦江清考即花蕊夫人）与其姊翊圣太妃，"以巡游圣境为名，恣风月烟花之性"，"倍役生灵，颇销经费"，冶游之盛，为古所未有。他存录了二徐姐妹巡游各处之题诗，虽承认有"翰墨文章之能"，但也斥其"子母盘游，君臣凌替"，终至败国。痛思往事，他录存王承旨（即诗人王仁裕）《咏后主出降》诗："蜀朝昏主出降时，衔璧牵羊倒系旗。二十万军齐拱手，更无一个是男儿。"及蜀僧远公《伤废国》诗："乐极悲来数有涯，歌声才歇便兴嗟。牵羊废主寻倾国，指鹿奸臣尽丧家。丹禁夜凉空锁月，后庭春老谩开花。两朝帝业都成梦，陵树苍苍噪暮鸦。"都是很沉痛的篇章。特别离谱的是，王承旨这首讥讽王衍母子的诗，后世居然传为虚造的后蜀妃费氏诗。所幸《鉴诫录》有录存，可以定谳。

王衍时宦官秉政，朝纲大坏，何光远有不少记录。开府宋光嗣忝居枢密使，"紊乱时政，所为妖媚"，所断军国之事，下笔纵横，好为戏判。这些判词近似诗歌，虽似儿戏，多存口语。如判御厨衙官偷肉云："斤斤肉是官家物，饱祭喉咙更将出。不能为食斩君头，领送右巡枷见骨。"再如判军健妻请改嫁云："淡红衫子赤辉辉，不抹燕脂不画眉。夫婿背军缘甚事？女人别嫁欲何为。孤儿携去君争忍？抵子归来我不知。若有支持且须守，口中争着两张匙。"这些作品，是可以视为诗的，出于文化水平不高的弄权者，当年祸害无穷，今日读来，则别有意味。

何光远对于忠臣义士，颇多表彰。《危乱黜》述拾遗张道古在昭宗时，因献《五危二乱表》，叙兴废之事，贬官入蜀，因不徇时情，遂退而卖卜度日。蜀太祖知其贤，屡诏征起，但上章疏言事而遭诛。何光远引郑云叟、贯休之哭诗，有"岂使谏臣终屈辱？直疑天道恶忠良"句，表示强烈之同情。《逸士谏》述成州同谷山逸人（自称同谷子），上《五子之歌》极言时政得失，如："酒色声禽号四荒，那堪峻宇又雕墙。静思今古为君者，未或因兹不灭亡。"据说所指为昭宗何皇后"不顾阽危，酷好畋游"，似与史实相去甚远，然用意可鉴。《陪臣谏》述前蜀亡前，蒲禹卿曾上表极谏。但在王衍无端遭诛后，他认为朝廷失信，乃痛哭题诗驿门，放弃入洛授官的前途，私遁归蜀。诗云："我王衔璧远称臣，何事全家并杀身！汉舍子婴名尚在，魏封刘禅事犹新。非干大国浑无识，都是中原未有人。独向长安尽惆怅，力微何路报君亲?"胜朝善待亡国已降之君，历代自有通规，后唐不守信义，是治国无识，是中原无人，强烈给以谴责。对于入洛事新朝者，何光远特别称赏牛希济能存君臣大体。据说前蜀降臣抵洛后，明宗出题《蜀主降唐》，让旧宰臣各写七律一首，王锴、张格、许寂皆讥讽"蜀主僭号，荒淫失国"。牛希济诗曰："满城文武欲朝天，不觉邻师犯塞烟。唐主再悬新日月，蜀王还却旧山川。非干将相扶持拙，自是吾君数尽年。古往今来亦如此，几曾欢笑几潸然!"只说天命有归，历数已尽，决不轻言旧君之失政。何光远认为这是得人臣之分际，引明宗语称其"不伤两国，迥存忠孝"。

《高尚士》一篇，表达对杜光庭、郑云叟二人之由衷赞美。他称杜"学海千寻，词林万叶，凡所著述，与乐天齐肩"，与郑同应百篇举，两战不胜后，即出家修道，各挂羽服。他称美"郑则后唐三诏不起，杜则王蜀九命不从，可谓高尚隐逸之士也"，不仅因二人皆从道，且皆品德高尚，文学杰出。他录郑作《富贵曲》云："美人梳洗时，满头间珠翠。岂知两片云，戴却数乡税?"《伤时》："帆力劈开沧海浪，马蹄踏破乱山青。浮名浮利过于酒，醉得人心死不醒。"皆所谓出家未忘忧国伤时之作。他说杜有《山居百韵》"悉去浮游，迥为标准"，可惜太长而未能全录。所录一言至十五言《纪道德》《怀古今》两篇，在唐一代确实堪称洞达古今、出俗悟时之奇作。录后篇如下：

> 古，今。感事，伤心。惊得丧，叹浮沉。风驱寒暑，川注光阴。始炫朱颜丽，俄悲白发侵。嗟四豪之不返，痛七贵以难寻。夸父兴怀于落照，田文起怨于鸣琴。雁足凄凉兮传恨

绪,凤台寂寞兮有遗音。朔漠幽囚兮天长地久,潇湘隔别兮水阔烟深。谁能绝胜韬贤餐芝饵术?谁能含光遁世炼石烧金?君不见屈大夫纫兰而发谏,君不见贾太傅忌鹏而愁吟。君不见四皓避秦峨峨恋商岭,君不见二疏辞汉飘飘归故林。胡为乎冒进贪名践危途与倾辙?胡为乎怙权恃宠顾华饰与雕簪?吾所以思抗迹忘机用虚无为师范,吾所以思去奢灭欲保道德为规箴。不能劳神效苏子张生兮干时而纵辩,不能劳神效杨朱墨翟兮挥涕以沾襟。

杜光庭为唐末道教宗匠,避难入蜀,整理道藏,修订律仪,尤勤写神仙小说,成就卓出一代。前引诗伤怀古今,透悟人生,形式上也绝不徇流俗,得以存世,全赖何光远之抄出。

何光远记录当时得闻的中晚唐大量著名诗人之诗事及评介。所记事最早者,大约是吴武陵谒宰相李吉甫,遭到冷遇,吴径录李之先人李栖筠早年之落魄陈情诗:"十处投人九处违,家乡万里又空归。严霜昨夜侵人骨,谁念尊堂未授衣?"虽然真相已经很难还原,但何光远认为穷通本无定势,发达者应重拾初心,悯念寒士,用意比较清楚。所录著名诗人轶事,涉及李绅、贾岛、施肩吾、罗隐、方干、胡曾、雍陶、贯休等轶事佚诗,皆颇有可观,虽不尽信实,大多可备谈资,符合《六一诗话》所云"备闲谈"之宗旨。

何光远写唐末诗事,多有牵涉重大史实,可补史阙者。如《金统事》述乾符间之众多异象,并云黄巢占据长安后,改元金统元年,"见在百司,并令仍旧"。但有人在都堂南门题诗一首云:"自从大驾去奔西,贵落深坑贱出泥。邑号尽封元谅母,郡君变作士和妻。扶犁黑手翻持笏,食肉朱唇却吃齑。唯有一般平不得,南山依旧与天齐。"此诗可以说是《秦妇吟》发现前，写黄巢占京时期世相最直接的一首诗。据说伪相尚让见后大怒，凡"应堂门子及省院官，并令剜眼倒悬，以令三省"，凡杀三千馀人，造成士人之大批逃亡。真相如何，已很难深究。《归生刺》录归处讷二诗，一为《咏魁汉》："草头灰面恶形仪，尽是军容表里儿。昔日水牛攀角上，而今细马劈腰骑。钱多内藏犹嫌少，位等三公尚厌卑。更有一般堪笑处，镀金牙齿咬银匙。"《咏奸汉》："轻唇利舌傍侯门，送谄承颜日日新。爱与大官添弟子，能将小药献夫人。秤头不放分毫过，对面常如割骨贫。更有一般奸太日曕，聚钱唯趁买金银。"二诗之重要意义在于，写出唐末社会大变动中，出身下层的流氓土豪跻身显位后的众生相。所录杜荀鹤《山中寡妇》《乱后逢村叟》两篇，当然是家喻户晓的作品。何光远谓"杜在梁朝，献朱太祖《时世行》十首，欲令太祖省徭役，薄赋敛"，这是其中两篇。杜未活到梁禅代，有微误，但所叙应可信。

《鉴诫录》录存大量戏谑浅俗之诗，显示何光远本人文学欣赏趣味尘俗低下，但却因此保存大量社会下层作品。如《攻杂咏》谓陈裕"下第游蜀，誓弃举业，唯事唇喙，睹物便嘲"，"虽无教化于当代，诚可取笑于一时"。如嘲大慈寺放生池云："鹅鸭同群世所知，蜀人竞送放生池。比来养狗图鸡在，不那阇黎是野狸。"戏谑当然好玩，无奈和尚无辜躺枪。《蜀门讽》录蒋贻恭之诗，称他"无媚世之谄，有咏人之才"，所作皆有寄意。如《咏蚕》："辛勤得茧不盈筐，灯下缫怨恨更长。著处不知来处苦，但贪衣上绣鸳鸯。"又《咏金刚》："扬眉斗目恶精神，捏合将来恰似真。刚被时流借拳势，不知身自是泥人。"两首皆称佳作。一些传统士人也借此改变取径，谋求生存。《容易格》写卢延让工苦吟，有"吟安一个字，捻断数茎须"

之心得之谈，但他后来晋官，则因看似无聊的"粟爆烧毡破，猫跳触鼎翻"，契会了前蜀太祖某夜之"宫猫相戏，误触鼎翻"，因而进官工部侍郎。难怪他要感慨"平生投谒公卿，不意得力于猫儿狗子也"（《北梦琐言》卷七）。冯涓入蜀时已经年过七十，他平生"清苦直谏，比讽箴规，章奏悉干教化"，但也适应其时风气之变，以戏谑述政见。如在太祖生日进歌云："百姓富，军食足。百姓足，军民欢。争那生灵饥且寒，吾王有术应不难。但令一斗征一斗，自然百姓富于官。"太祖为之"徭役稍减"（均见《鉴诫录·轻薄鉴》）。

《鉴诫录》存录了许多很珍贵的唐诗，如《蜀才妇》存蜀中才女张窈窕、尼海印的诗作，《高僧谕》录伏牛上人《三伤吟》与一钵和尚《一钵歌》，皆堪称难得。但全书多采传闻，难以征实，误收诗什，更所在多有。如录胡曾赠薛涛诗："万里桥边女校书，枇杷花下闭门居。扫眉才子知多少？管领春风总不如。"诗是好诗，无奈薛以七十高龄去世时，胡曾可能还没生。所录王建赠贾岛诗，应为张籍赠项斯之作；薛涛《十离诗》，我更愿意相信是元稹在浙东时幕僚薛景文所作。所收冯涓《险竿歌》，《文苑英华》卷三四八载为柳曾作，后书显然更为可靠。凡此之类甚多，读者应小心寻绎判读。前云何光远崇信道教，书中倾向也偶有流露，如《耽释道》之讥讽"裴休相公性慕禅林"就是，但不算严重。如《旌论衡》谓"僧道俱有乖张，嘲论各兴讥谤"，大体还算执中客观。

《鉴诫录》以《知不足斋丛书》本和《四库全书》本为常见。二十多年前，上海图书馆馆收购流播美国的常熟翁氏藏宋本《重雕足本鉴诫录》，2004 年由上海科学技术文献出版社影印，为目前最善本。今人校点与注释本已出多种，不一一介绍。

（刊《文史知识》2018 年 8 期）

唐诗的民间书写

白居易《与元九书》有一节写到自己诗歌在民间的流传盛况："自长安抵江西三四千里，凡乡校、佛寺、逆旅、行舟之中，往往有题仆诗者，士庶、僧徒、孀妇、处女之口，每每有人咏仆诗者，此诚雕篆之戏，不足为多。"末句虽然自谦，但得意之情，溢于言表，不难体会。以往因为文本欠缺，对白诗在民间的具体流传，无从讨论，近年方得到一个具体的例证。《问刘十九》："绿蚁新醅酒，红泥小火炉。晚来天欲雪，能饮一杯无？"第一句夸讲醇醪，次句讲温酒之火炉，三句写日暮欲雪，寒意逼人，最后问友人，能相过同饮一杯否？在这样的天气，有如此好酒，精致酒具，温馨氛围，更使这份邀请充满情味！湖南长沙近郊望城唐代窑址出土瓷器上，我们看到两首根据此诗改写的题诗，其一云："八月新风酒，红泥小火炉。晚来天色好，能饮一杯无？"其二云："二月春丰酒，红泥小火炉。今朝天色好，能饮一杯无？"可以看到两处改动。一是首句对美酒的具体形容，分别被改成了"八月新风酒""二月春丰酒"，时间是可以随意杜撰的，而"新风酒"或"春丰酒"，则都是新丰酒的传误。王维《少年行四首》其一云"新丰美酒斗十千"，李白《阳叛儿》"君歌阳叛儿，妾劝新丰酒"，皆指此。二是白居易"晚来天欲雪"所营造的夜雪天寒，与朋友同饮的温馨气氛，被直露无隐的"晚来天色好""今朝天色好"所替代，虽然缺乏蕴藉，但也算开门见山。这里，我们可以体会下层社会对文人诗的接受与改造，即根本不考虑对原来文本的忠实，也不在意作者是谁，仅根据民间可能的阅读水平，甚至特定时间和商业目的，随意改动，不负责任。

唐诗民间书写，关注的是唐代社会最下层的民众对唐诗的接受和改写。以往仅有片断的记录，无法展开讨论。近年我们至少可以见到四批大宗文本，敦煌文书、吐鲁番文书所存学郎诗，长沙窑瓷器题诗，以及在今山西东南部长治地区出土中唐到宋初墓志盖上的题诗，所涉作品约有二三百首，且其中大多有绝对系年，本身无系年之长沙窑瓷器题诗，则因该处窑址从起用到五代中期废弃，大约仅一百多年，也可以相对确定年代。

特别值得注意的是，敦煌、吐鲁番远在西域，长沙则僻处湖湘南部，在交通很不发达的唐代，文化交流并不太方便，何况敦煌的学仕郎，与长沙的瓷器工匠，从事的是完全不同的职业，但从各自保存的诗歌来看，有相当大的一部分诗歌，内容相同或相近。这似乎可以理解，唐人选唐诗给我们提供精英阶层阅读唐诗的基本文本，但民间口耳相传、家喻户晓的则是另外一批作品，虽然没有统一文本，则似乎每人都知道，都曾熟读。

民间作品中，饮酒、送别、思乡、怀人等类所占比例较大。其中男女情诗主要诉说别后的相思，如："自从君去后，日夜苦相思。不见来经岁，肠断泪沾衣。""孤雁南天远，寒风切切惊。妾思江外客，早晚到边亭。""忽忆边庭事，狂夫未得归。有书无寄处，空羡雁南飞。""君去远秦川，无心恋管弦。空房对明月，心在白云边。"都很真诚。相比较来说，风情诗较少见，如："二八谁家女，临河洗旧妆。水流红粉尽，风送绮罗香。"稍微有些挑逗。"君弄从君弄，拟弄恐君嗔。空房闲日久，政要解愁人。"已涉私密，《游仙窟》载十娘诗"昔日曾经自弄他，今朝并悉从他弄"，可以比读。

劝学类的诗歌，数量很多，与唐代蒙学教育有关。如"天地平如水，王道自然开。家中无学子，官从何处来"，坦率表达进学为官是学子始终追求的目标。但有时也强调修学是生死以之的责任："念念催年促，由如少水鱼。劝诸行过众，修学至无馀。"通书达文是立身处世的基本能力："上有千年鸟，下有百年人。丈夫具纸笔，一世不求人。""白玉非为宝，千金我不须。意念千张纸，心存万卷书。"

民间诗歌也将社会和谐与人际关系作为表达的主题。如："东家种桃李，一半向西邻。幸有馀光在，因何不与人。"邻里之间，东家种树，西邻得其馀荫，与别人分享，利人而不损己，何乐而不为？"客来莫直入，直入主人嗔。扣门三五下，自有出来人。"讲主客关系，客人造访，不要径直入内，先扣门三五下，主人自会迎接。虽是小事，强调主客互敬，道理甚大。在人际交往中，特别强调感恩、守信的基本道理："有僧长寄书，无信长相忆。莫作瓶落井，一去无消息。"说分别后要及时来信，不要瓶落井中般绝无消息。"来时为作客，去后不身陈。无物将为信，留语赠主人。"说作客他乡，即便没有礼物，至少该留几句话。或提醒不要偷盗："凡人莫偷盗，行坐饱酒食。不用说东西，汝亦自绿直。"更强调注意个人德行，小节之出入也是人生的缺憾："剑缺那堪用，瑕珠不值钱。芙蓉一点污，□人那堪怜。"再如："衣裳不知洁，人前满面羞。行时无风彩，坐在下行头。"衣裳不整洁，在外没风彩，见人羞愧难当，影响社会地位。间或也有鼓励男子以四海为家，开拓事业的："男儿大丈夫，何用本乡居。明月家家有，黄金何处无？"颇为豪迈。不过也有许多诗立意与见解实在并不高明。如咏王昭君和亲事："去去关山远，行行胡地深。早知今日苦，多与画师金。"历代咏明妃诗中，此诗格调最为卑下，但却是民间基本的认识：现在吃苦，还不如当时给画师塞一些钱。

民间诗歌许多是人生格言，强调得比较多的，一是忍，如："忍辱成端政，多嗔作毒蛇。若人不逞恶，必得上三车。""自从与客来，是事皆隐忍。若有平山路，崎岖何人尽。"讲忍辱方能成就事业，多嗔易怒是人生毒蛇，在他乡更加崎岖艰险，只能事事隐忍。二是感恩，如："频频来作客，扰乱主人多。未有黄金赠，空留一量靴。""作客来多日，烦烦主人深。未有黄金赠，空留一片心。"三是对社会势利的认识。如："为君报此训，世上求名利"，"有钱水亦热，无钱火亦寒"，"有钱则见面，无钱不相识"。但更倡导友情可以超越金钱："从来不相识，相识便成亲。相识满天下，知心能几人。""小水通大河，山高鸟宿多。主人看客好，曲路也相过。"

民间诗歌一部分采自文人作品，如本文开始说到对白居易诗的改写。改写的方式，则或截取一部分。如"鸟飞平芜（原作无）远近，人随流水东西。白云千里万里，明月前溪后溪"一首，据刘长卿《苕溪酬梁耿别后见寄》中四句，原诗为："清川永路何极，落日孤舟解携。鸟向平芜远近，人随流水东西。白云千里万里，明月前溪后溪。惆怅长沙谪去，江潭芳草萋萋。"以往都认为宋人裁取，其实唐时已经如此。再如："今岁今宵尽，明年明日开。寒随今夜走，春至主人来。"一般认为是改写张说《钦州守岁》："故岁今宵尽，新年明旦来。愁心随斗柄，东北望春回。"若然，则改写优于原作。再如："破镜不重照，落花难上枝。行到水穷处，坐看云起时。"一般认为后二句来自王维《终南别业》："中岁颇好道，晚家南山陲。兴来每独往，胜事空自知。行到水穷处，坐看云起时。偶然值林叟，谈笑无还期。"王诗写山中感受，充满禅机和感悟。唐时李肇《国史补》曾有质疑："维有诗名，然好取人句。'行到水穷处，坐看云起时。'《英华集》中诗也。"《英华集》指梁萧统编《古今诗苑英华》或唐初慧净编《续古今诗苑英华》，以往学者重视李肇揭发，但没有具体证据。瓷器题诗提供了一个新的文本，但不能确认即否《英华集》中诗"。王维即便取前人成句，也已经点铁成金了。再如："借问东园柳，枯来得几年。自无枝叶茂，莫怨太阳偏。"《云溪友议》载此为"当代才子所作"，元稹在浙东曾遇歌女刘采春所唱，《全唐诗》收作刘采春诗，不足据。

墓志盖题诗少数根据著名文人之挽诗，有时比较忠实，如骆宾王《乐大夫挽歌五首》之二："蒿里谁家地，松门何代丘。百年三万日，一别几千秋。返照寒无影，穷泉冻不流。居然同物化，何处欲藏舟。"同光二年（924）《唐故赵府君墓志》石铭盖录了此诗，仅"居然"作"俱然"，其他全同。同石还录"玄泉开隧道，白日照佳城。一朝若身此，千载几伤情"四句，则为南朝陈张正见《和阳侯送衷金紫葬》诗的前四句（均见《碑林集刊》一五辑殷宪《从赵睿宗墓志看唐末五代下层墓志的民间化和写实性》）。但更多则作了随机的改写。如于鹄《古挽歌》："阴风吹黄蒿，挽歌渡秋水。车马却归城，孤坟明月里。"现在至少可以在二十多方唐五代墓志盖上见到此诗，文字也有许多差别，主要集中在前二句，有作"春风吹白杨，苍苍渡春水"，有作"悲风吹白杨，苍苍渡秋水"，有作"阴风吹黄蒿，苍苍度冬水"，有作"阴峰吹黄蒿，苍苍渡江水"，第三句也有"冠哭送泉声""车马却回来"等异文。从这些异文中，我们可以读出，这些墓志显然是匠人根据死者家属的要求而制作，挽歌的季节与氛围当然也要根据死亡的时间作适当调整，而数量如此之多，则显然与成规模的商业活动有关。或者说，匠人手上有不少模版，可以根据顾客要求随意改写。至于这些诗究竟是谁写的，原文以孰为真，有必要追究吗？

我还想特别提出的是，这些民间流传广泛的作品，也有不少附会到有名作者身上，存世文献所载只是传说，不足为据。举些例子。一、贾岛。《苕溪渔隐丛话前集》卷一九引《今是堂手录》："高丽使过海，有诗云：'水鸟浮还没，山云断复连。'时贾岛诈为梢人，联下句云：'棹穿波底月，船压水中天。'丽使嘉叹久之，不复言诗矣。"《今是堂手录》是南北宋之间的笔记，没有更早记录。高丽使过海，无论来去，都是茫茫大海，不知贾岛何故作此游戏！此诗今见长沙窑瓷器题诗及敦煌遗书伯二六二二，知唐时流传很广，贾岛无端被消费了。二、曾庶几。《能改斋漫录》卷一一："吉水与敝邑接境。有曾庶几者，隐士也。五代时，中朝累有聘召，不起。故老有能记其《放猿》绝句云：'孤猿锁槛岁年深，放出城南百丈林。绿水任君连臂饮，青山不用断肠吟。'"《诗话总龟》卷二〇引《雅言杂载》所引大致相同。敦煌文书伯三六四五《张义潮变文》末录诗八首，其二即本诗，文字稍异，录如次："孤猿被禁岁年深，放出城南百丈林。绿水任君连臂饮，青山休作断长吟。"该变文钞写时间应在唐亡以前。项楚《敦煌诗歌概论》以为伯三六四五写于曾诗传入敦煌后。三、张氲。长沙窑题诗："去岁无田种，今春乏酒财。恐他花鸟笑，佯醉卧池台。"《全唐诗》卷八五二收张氲《醉吟三首》之一："去岁无田种，今春乏酒材。从他花鸟笑，佯醉卧池台。"《新唐书·艺文志》著录张说《洪崖先生传》注："张氲先生，唐初人。"窦臮《述书赋》卷下则云田琦曾"写洪崖子张氲云楼并雪木，行于世"。记载皆较早。但所传其诗，则一见于洪迈《万首唐人绝句》卷二一，再收于元赵道一《历世真仙体道通鉴》卷四一。与其认为张氲诗流传民间，我更愿意相信是后人采民间诗来附会张氲仙事。四、传为多人者。敦煌遗书伯三六六六载诗："直上青山望八都，白云飞尽月轮孤。荒荒宇宙人无数，几个男儿是丈夫。"《全唐诗》卷八五八吕岩《绝句三十二首》之十四："独上高楼望八都，黑云散后月还孤。茫茫宇宙人无数，几个男儿是丈夫。"《弘治黄州府志》卷七收白居易《东山寺》："直上青霄望八都，白云影里月轮孤。茫茫宇宙人无数，几个男儿是丈夫。"《五灯会元》卷二〇录宋尼无著语："茫茫宇宙人无数，几个男儿是丈夫。"出处都很晚，是一诗而敷衍为多人所作之范例。更极端的例子还有，敦煌遗书斯四三五八《李相公叹真身》："三皇掩质皆归土，五帝藏形化作尘。夫子域中称是圣，老君世上也言真。埋躯只见空坟冢，何处留形示后人。唯有吾师金骨在，曾经百炼色长新。"宋释志盘《佛祖统纪》卷四五引宋仁宗《赞宣律师佛牙》云："三皇掩质皆归土，五帝潜形已化尘。夫子域中夸是圣，老君世上亦言真。埋躯只见空遗冢，何处将身示后人。唯有吾师金骨在，曾经百炼色长新。"虽然有六七个字不同，基本可以确信是同一诗。敦煌藏经洞封存于仁宗成年以前，原诗作者是否李相公还别无确证，但非仁宗所作则可确认。

最后，还可以提出一则有趣的故事。中唐著名诗人张籍，存世文集有两种宋本，一是南宋蜀刻本《张文昌文集》，存前四卷，末卷缺，二是台湾藏书棚本《张司业诗集》三卷本，存后二卷，缺首卷。巧合的是，两本重合部分完全相同，恰可拼成张集完整的宋本。蜀刻本第一首是《蓟北旅思》："日日望乡国，空歌白苎词。长因送人处，忆得别家时。失意还独语，多愁只自知。客亭门外柳，折尽向南枝。"应该是作者的得意之作。《唐摭言》卷一三载：

> 元和中，长安有沙门(不记名氏)善病人文章，尤能捉语
> 意相合处。张水部颇恚之，冥搜愈切。因得句曰："长因送人

处，忆得别家时。"径往夸扬。乃曰："此应不合前辈意也。"
僧微笑曰："此有人道了也。"籍曰："向有何人？"僧乃吟曰：
"见他桃李树，思忆后园春。"籍因抚掌大笑。

所举二句，以往未见全篇，近年方从长沙窑瓷器题诗中得见：
"岁岁长为客，年年不在家。见他桃李树，思忆后园花。"意思很显
豁，不必解释，相信在当时是家喻户晓的作品，因而沙门举出，彼
此会心大笑。我宁可相信这是后人调侃张籍编造的段子，未必实有
其事。如果张籍亲知其讽喻，不说毁稿，至少不会放在卷首吧！

唐诗民间书写传播是个大题目。本文略举一些显例，希望引起
学者与读者更广泛的兴趣。所举诗例，除注明者外，主要根据拙文
《八十年来的唐诗辑佚及其文学史意义》（2010 年 10 月天津南开大学
唐代文学年会论文，刊《文学与文化》2011 年 2 期）、《从长沙窑瓷器
题诗看唐诗在唐代下层社会的流传》（台湾清华大学 2010 年 12 月"唐
代文史新视野：以物质文化为主"研讨会论文，收入拙著《贞石诠
唐》），长治出土墓志题诗则据《隋唐五代墓志汇编·山西卷》，《西
安碑林新入藏墓志汇编》及《续编》《北京大学图书馆藏历代墓志拓
本目录》等书。不一一注明，请鉴谅。

（刊《文史知识》2017 年 9 期）

陈舜俞《庐山记》所见唐代庐山与唐人佚诗

> 挂席几千里，名山都未逢。泊舟浔阳郭，始见香炉峰。
>
> 尝读远公传，永怀尘外踪。东林精舍近，日暮但闻钟。

孟浩然这首《晚泊浔阳望庐山》，写出庐山在唐人心中至高无上的名山地位，更因有慧远传道，有东林名刹，令无数人向往。李白、韦应物、白居易留下不朽篇章，更使名山增色。而北宋中期，陈舜俞以实地考察记录唐代庐山的遗迹，保存大量诗章，更为读唐人庐山诗所应知，其书存唐人佚诗之富庶，也可揭出。

陈舜俞（1026–1076），字令举，号白牛居士，秀州（今浙江嘉兴）人。庆历六年（1046）进士。历任州县官。熙宁三年（1070）以屯田员外郎知山阴县，因上书反对青苗法，贬谪监南康军酒税。南康军领地与今九江相近，其地最有名的胜区就是庐山。陈舜俞贬居多暇，乃于熙宁五年（1072）夏天，以六十日之力，冒暑游遍庐山南北山各胜迹。"昼行山间，援毫折简，旁钞四诘，小大弗择。夜则发书攻之，至可传而后已。其高下广狭，山石水泉，与夫浮屠、老子之宫庙，逸人达士之居舍，废兴衰盛，碑刻诗什，莫不毕载。而又作俯视之图，纪寻山先后之次，泓泉块石，无使遗者"（《庐山记》李常序），成《庐山记》五卷，凡八篇，以《叙山水篇》为第一，述庐山历史与总貌；《叙山北篇》为第二，以东林、西林两寺为中心；《叙山南篇》为第三，最有名者有归宗禅院、康王谷与庐山瀑布；《山行易览》为第四，指示庐山之游览路径，及各名胜寺观之相隔道里；《十八贤传》为第五，叙述东晋莲社各大德之事迹，以高僧慧远为最著；以《古人留题篇》为第六，录东晋至南唐六百多年间名家诗歌；以《古碑目》为第七，录庐山名碑之碑题与撰书者及刊刻年月；以《古人题名篇》为第八，主要为唐五代人题名。因所录皆宋初前事实，内容也十之七八皆述唐五代事，故此书实为唐五代庐山全盛时期的鸟瞰实录，记录之周详，保存诗文之丰沛，所涉庐山早期文人行迹，与名胜开发、寺观兴废等，皆可为研究庐山诗文与唐代文史者所重视。

《庐山记》流传之命运，可分三节来叙述。一是明清通行本，以《守山阁丛书》本与《四库全书》本为常见，仅三卷，提要称原书五篇，仅存前三篇，四、五两卷缺。至五卷本出，方知全书八篇，此三卷本则为前两卷，存《叙山水》《叙山北》《叙山南》三篇，为后人误拆为二卷。二是日藏高山寺古抄本及其衍传本，影印者有罗振玉《吉石庵丛书》本，据以校排者，常见则有罗氏《殷礼在斯堂丛书》本与日本《大正新修大藏经》2095号校排本。罗跋谓其所据本卷二三为宋椠本，"余三卷旧钞补，然于宋讳皆阙笔，盖亦从宋本出也。书中避讳诸字至高宗讳构字止，而光宗之嫌名敦字则不阙笔，盖刊于高光间也。"钞本大体完整，但颇有缺文，虽然如此，学者已经感到很珍贵。近代吴宗慈编《庐山志》，笔者三十年前编《全唐诗补编》和《全唐文补编》，都据以补充了许多庐山诗文。其实，日本内阁文库藏有该书宋刊本，昭和三十二年（1957）由便利堂影印，当时国人所知甚少。20世纪90年代末，日本福井大学泽崎久和教授撰文《内阁文库藏宋刊本〈庐山记〉以及〈全唐诗〉的补订》（刊《福井大学教育学部纪要·人文科学》第四八号），渐为学者所重视。斋藤茂教授和芳村弘道教授曾先后复制文本见示，使我对此得以有更清晰的认识。其中最重要之不同在于高山寺古抄本卷四至少有两页脱残，造成存诗之误脱与错接，其他文字缺讹可得校正者更不可胜数。宋本之可贵也如此，而《庐山记》一书之传播史，更具有教科书般的特殊意义。

《庐山记》所谈庐山名胜，分山北、山南两区。山北之著名形胜地有香积寺、莲花洞、大中祥符观、龙泉精舍、东林寺、翻经台、九天使者庙、白公草堂、上方舍利塔、虎跑泉、远公塔、大林寺等，山南则有康王谷、仁王院、归宗禅院、简寂观、香炉峰瀑布、香积院、凌云庵、白鹿洞、李氏山房、青牛谷、五老峰、寻真冲虚观等，南北山景点大体均衡，与近代以牯岭为中心形成西人别墅群，乃至北盛而南衰，总体布局有很大不同。陈舜俞之可贵在丁每个景点都曾亲自踏勘，又援据典籍，搜集传闻，去伪存真，仔细记录，叙及里程与周遭景色。这些叙述，对研读唐人庐山诸诗很有帮助，读者可逐次体会。以下主要谈存诗。

我这里所谈《庐山记》存佚诗主要见于该书卷四《古人留题篇》第六。虽然篇幅不大，却不太方便统计，主要因为各家题诗传播过程不一，《庐山记》所收也因版本不同而有所差异。换句话说，由于陈舜俞生活年代较早（比苏轼年长十岁），且所有录诗皆他在庐山名胜与各家文集中搜寻而得，故录文具有特殊价值。比方颜真卿《栗里》一首，黄本《颜鲁公文集》卷一二、《全唐诗》卷一五二所收，题作《咏陶渊明》，似乎为全篇，惟《庐山记》题作《栗里》，且注："未见全篇。"知所录仅为片断，足订后出文本之误。《庐山记》录诗也有错误，如录僧灵澈《题远大师坟》："古墓石棱棱，寒云晚景凝。空悲虎溪月，不见雁门僧。"后世多承其说。但该诗在《太平寰宇记》卷一一一、《类要》卷二〇、《舆地纪胜》卷三〇则作前进士相里宗诗，南唐李中有《送相里秀才之匡山国子监》诗，相里秀才应即相里宗，身份、地点皆合，似乎更接近真相。再如收裴休《予自右辖出镇钟陵秘监家兄不忍远别亟见宰坐求替遂得同赴江西时也荐福大德显公禅门上首言归东林亦获结侣道路陪游每承清论今过寺因留题诗一首》，后录裴谟《和舍弟留题东林寺》，即和前诗。裴休虽曾镇江西，名气也大，但与裴谟并非兄弟。岑仲勉《唐方镇年表正补》谓裴休非自右丞（右辖）出，休兄亦不名谟，唯《新表》中眷裴氏，僖宗相裴坦之兄名谟，乃知诗实坦作，后人误书坦为休。后人之误，源头即在《庐山记》。

《庐山记》存有大量唐代名家佚诗，在此仅选择介绍几首。初唐有崔融《游东林寺》："昨度匡山下，春莺晓弄稀。今来溢水曲，秋雁晚行飞。国有文皇召，人惭谪传归。回行过梵塔，历览遍吴畿。合树栽时久，莲化刻处微。南溪雨飒飒，朱岘日辉辉。瀑溜天童捧，香炉法众围。烟云随道路，鸾鹤远骖騑。远上灵仪肃，生玄谈柄挥。一兹观佛影，暂欲罢朝衣。"因其曾孙崔能元和间任江州刺史时重刊此诗，得以留存。崔融为武后时文章四友之一，此诗介于古体与近体之间，刻画工切，粘对讲究，足为初唐名篇。秦韬玉《简寂观》："物外灵踪客到稀，竹房斜掩旧荆扉。丹书万卷题朱字，碧岫千重锁翠微。泣露白猿携子去，唳风玄鹤傍人归。只应玉阙名长在，日暮闲云空自飞。"诗人长于七律，诗中既有对玄修的歆羡，又有不能离开俗世之无奈，与他出身神策将军，依附宦者攀援仕途，又能吟咏《贫女》诗同情弱者之经历契合。张又新有《游匡庐》长诗，前已介绍，在此从略。张毅夫《春暮寄东林寺行言上人》，全诗为十八句："驻旆息东林，清泉洗病心。上人开梵夹，趋吏拂尘襟。游宦情田浣，拘牵觉路沉。炉峰霄汉近，烟树荔萝阴。溪浚龙蛇隐，岩高雨露侵。猿声云壑断，磬韵竹房深。危磴随僧上，云溪策杖寻。古苔疑组绣，怪石竞嵌岑。欲问吾师法，衰年力不任。"我在旧辑《全唐诗续拾》据抄本仅得十句，脱漏"上人开梵夹"四句和"危磴随僧上"四句，也愿在此予以补齐。至于前引裴谟、裴坦兄弟之唱和诗，引裴坦一首于下："麟台朝士辞书府，凤阙禅宗出帝京。归到双林亲慧远，行过五老访渊明。白衣居士轻班爵，败衲高僧薄世情。引得病夫无外想，一身师事竺先生。"士大夫禅悦风气之盛，在此可说显露无疑。裴休如此，裴坦亦如此，难怪陈舜俞要弄混了。

《庐山记》为晚唐五代一群著名诗僧保存了遗事佚诗，在此谈其中三位。修睦，号楚湘，昭宗光化间庐山僧正。交游至广，与贯休、齐己、虚中、处默皆为诗友。曾应杨吴征辟往金陵，《唐音癸签》以为天祐十五年死于朱瑾之难，恐出传误。后来他仍归庐山，乾贞间为东西二林监寺谭论大德，地位颇高。他有诗集《东林集》一卷，不存。《全唐诗》卷八四九存其诗二十多首，卷八八八续补八首。《庐山记》有他存诗写作本事的记录，如《题田道者院》："入门空寂寂，真个出家儿。有行鬼不识，无心人谓痴。古岩寒柏对，流水落花随。欲别一何懒，相逢所恨迟。"《宋高僧传》卷三〇节引，误田姓为国姓。诗写出对这位孤寂修佛者闲冷生活的敬意。《庐山记》载田道者为常真，荆南人，勤身耕耡，以接四方游者。修睦为二林监寺，奉官命废省庵舍，询问常真："今撤子所宇，则何归乎？"常真回答："本是林下人，却归林下去。"出家人不计较居所，修睦因赠此诗，有相见恨晚之慨。《庐山记》另存修睦佚诗三首，录一首如下："底事匡庐坐忘回，其如幽致胜天台。僧闲吟倚六朝树，客思晚行三径苔。明月入池还自出，好云归岫又重来。不知十八贤何在，说着令人双眼开。"(《留题东林寺二首》之二）作者一生在庐山度过，他留连庐山的幽胜，更喜欢山间之明月自出，好云重来，更追怀庐山的前贤，每一提及，精神为之健旺。

唐末两大诗僧贯休、齐己，在《庐山记》中皆存有佚诗。贯休佚诗有《题东林寺四首》之一："闲行闲坐思攀缘，多在东林古寺前。小瀑便高三百尺，短松多是一千年。卢楞伽画苔漫尽，殷仲堪碑雨滴穿。今欲更崇莲社去，不知谁是古诸贤。"他写了一组诗，不知何故他的诗集《禅月集》偏偏漏收了这一首，诗意其实并不弱。他说居留庐山，经常就在东林寺边闲行，既爱小瀑短松，看似寻常，都有特殊的记录。当然更留连名画古碑，虽然已遭苔侵雨润，斑痕累累，然东晋风流，仍依稀可辨。最后说对莲社诸贤的向往，遗憾难有继续道风者。齐己有《落星寺》《西林水阁》两首佚诗，录前一首于下："此星何事下穹苍，独为僧居化渺茫。楼阁雨回青嶂冷，轩窗风渡白苹香。经秋远雁横高汉，飐风寒涛响夜堂。尽日凭栏聊写望，顿疑身忽在潇湘。"首句从寺名"落星"引出疑问，转写僧居之景色。楼阁雨后，青山环绕，不免渐生寒意，然轩窗开敞，风吹阵阵花香。颈联更写雁阵横斜，点缀长空，山间风声浩荡，震响夜堂，更增衰瑟。诗人久久盘桓，留连不去，仿佛回到潇湘，潇湘正是他的故乡。二僧存诗皆多，几首佚诗也不算太杰出，稍可补阙而已。

南唐时期，庐山为文化中心，聚集了许多诗人，白鹿洞书院人气尤盛，据《南唐书》和《江南野录》《南唐近事》诸书所载，若陈贶、刘洞、陈沆等皆曾在此论学传诗。《庐山记》披载了许多南唐诗人的作品，尤以沈彬、孟宾于、江为三大家多存佚诗。沈彬是江西高安人，在南唐诗人中辈分高，作品多，享年近九十，文学活动几乎贯穿整个五代时期。《庐山记》存其佚诗四首。如《再到东林寺》：

"十五年前还到此，池深苔藓树垂藤。重游数处心伤日，不见旧时头白僧。花有露含长夜月，殿无风动彻明灯。堪惊此去老又老，未审更来能不能。"不知作于何年，很可能在他八十以后，既看到寺景风物仍如往日，但也感慨时光流逝，旧时老僧已入新塔，难再相见谈禅。自己也年登遐龄，正不知还能再来否。诗的警句是"花有露含长夜月，殿无风动彻明灯"，既看到生命永恒不息，也感慨自己之迟暮衰微，甚可玩味。再如《望庐山》："东过匡庐忍醉眠，双眸尽日挂危巅。压低吴楚殽涵水，约破云霞独倚天。一面峭来无鸟径，数峰狂欲趁渔船。江人莫笑偏凝望，卜隐长思瀑布前。"《全唐诗》仅存颔联两句，是他写庐山高耸云天、独压东南的名句，因《庐山记》而得见全篇。似乎是偶然经过，远望庐山而作，因舟行过山而不愿错过瞻望名山的机会，最后且有卜居庐山的心愿。孟宾于出身岭南，中年及第，初仕马楚，归南唐登庐山已至暮年。《庐山记》有他二首佚诗。《归宗寺右军墨池》："澄月夜阑僧正定，风生时有叶飘来。几人到此唯怀想，空绕池边又却回。"《简寂观》："钱烬满庭人醮罢，西峰凉影月沉沉。到来往事碑中说，坛畔徘徊秋正深。"诗意皆颇衰瑟，与他的年龄心情有关。江为，拙辑《全唐诗续拾》据抄本《庐山记》补诗五首，得宋本补校，知三首皆误，可信者仅二首，分别是《瀑布》："庐山正南面，瀑布古来闻。万里朝沧海，千寻出白云。寒声终自远，灵派孰为分。除却天台后，平流莫可群。"诗写得很有气势，"万里朝沧海，千寻出白云"尤妙，可惜前代高手太强，此诗不免被轻慢了。《简寂观》："才入玄都解郁陶，羽人相伴遍游遨。溪横洞口红尘断，岳耸天心紫气高。金井泉秋光潋滟，石坛松古韵萧骚。吟馀却叹浮生事，尽被流年减鬓毛。"进道观而怀出世之想，出观又感叹浮生一事无成，不禁感喟年齿渐增。诗人后谋奔吴越，为同谋者所发而被杀，在此诗中正可听到他不甘寂寞的心声。

《庐山记》所存《全唐诗》未见诗人之佚诗，也举几位。

布衣周礴，事迹全无可考，《庐山记》存他《题东林寺》二首："大中天子海恩深，再使迷徒识佛心。半死白莲初降云，欲成荒地又铺金。僧开石室经犹在，虎印溪泉迹未沉。谁谓五湖书剑客，此生重得见东林。""再崇玄法象西天，宏闲新高碧嶂前。风送片云招白马，鹤迎贫女施金钱。沙门觅佛曾谙路，苦海悲人易得船。三教共兴谈帝道，大中年是太平年。"诗写于宣宗大中间废除会昌限佛诸政后不久，写出对拨乱反正、重兴佛法之欣悦之情，社会意义大于文学意义。

释匡白是杨吴至南唐间庐山名僧，他最著名的工作是将东林寺所存白居易文集整理刊布，成为宋以后中土所存白集的祖本。《庐山记》存其《题东林二首》："东林佳景一何长，兰蕙生多地亦香。堪叹世人来不得，便随云树老何妨。倚天苍翠晴当户，落石潺湲夜绕廊。到此只除重结社，自馀闲事莫思量。""东林继四绝，物象更清幽。社客去不返，炉峰云色秋。松枯群狖散，溪大蠹槎流。待卜归休计，重来卧石楼。"写他的日常感受，写他在禅修中所看到的东林景色。生于乱世，难有大作为，但能于保存文献稍存心力，后世自应铭记。

五代僧应之《西林》一首："寺与东林景物齐，泉通虚阁接清溪。树从山半参差碧，猿向夜深相对啼。岚滴杉松僧舍冷，月明庭户鹤巢低。徘徊寻遍幽奇处，已有前朝作者题。"应之，俗姓王，初应进士试被黜，遂出家为僧。后唐初，从洪州开元寺僧栖隐学诗，栖隐卒，应之携其诗百许首，编为《桂峰集》，请魏仲甫为序。南唐中主保大间，为文章应制僧，凡祷祠章疏，一笔皆就。尤工楷书，师柳公权笔法，书名冠于江南，《宣和书谱》卷一一载其书迹。著作很多，存留下来的仅日本驹泽大学图书馆存《五杉练若新学备用》三卷，卷上多残，详见王三庆《病释应之与〈五杉练若新学备用集〉的相关研究》（刊《成大中文学报》四十八期）。应之诗集，北宋有传，苏颂《苏魏公集》卷七二有《题应之诗》。历经沧桑，仅存此一篇，堪称珍贵。

《庐山记》在叙述形胜时，录有宋人张景等人诗，但在说历代留题时，仅存一首宋诗，是陆蟾《瀑布》："正源人莫测，千尺挂云端。岳色染不得，神功裁亦难。夏喷猿鸟凝，秋溅斗牛寒。待济沧溟后，翻涛更好看。"宋人多以为陆为五代时人，估计陈舜俞也没觉察此诗其实写于宋太宗时。

最后可以提及，史载陈舜俞为秀州即今嘉兴人，但他曾三次退归乡里，都在枫泾，在今上海金山境内。那时上海南部都归秀州管。上海建城也晚，知陈舜俞为枫泾人，他也有文集留存，为上海文学史上的重要作者。

（刊《文史知识》2018 年 5 期）

《永乐琴书集成》中的唐人佚诗

　　《永乐琴书集成》二十卷，原书今存台北，台湾曾影印。西泠印社出版社于2016年影印，凡线装十二册。出版说明极简，没有提供具体的学术说明。治琴史的朋友告诉我有此书，为明成祖敕撰，永乐六年（1408）成书，今本是清人从《永乐大典》抄出，称"明内府写本"，未必可靠。据《连云簃丛书》本所存《永乐大典目录》，知《永乐大典》卷九千三百二十三起，为二十一侵韵，其中卷之九千五百十二琴字下注："《大明永乐琴书集成》一"。此后直到几千五百三十四，分别为"《琴书》二"至"《琴书》二十三"。其标识方法，与其他各卷有很大不同。据我推测，《永乐琴书集成》应是《永乐大典》编成前不久刚完成的专学类书，所载历代琴书与琴人、琴事极其丰富，内容恰好可以与《大典》兼容，因此整体收入，基本保存原书面貌。今本书前有目录，无序或凡例，各卷首也无署衔，显非该书原本。

　　《永乐琴书集成》二十卷，卷一为《序琴》，录历代典籍有关琴之论述；卷二、卷三为《琴律》上下篇，关键词为五音十二律；卷四为《琴制》，讲琴之材质与形制、释名；卷五为《琴式》，列举古今名琴之称谓与形貌；卷六为《琴徽》，卷七为《琴弦》，皆涉及琴之制作与定音；卷八为《指法》，卷九为《指法手势图》，卷一〇为《弹琴》，讲说琴之演奏技法；卷一一、卷一二为《曲调》上下篇，卷一三为《曲调拾遗》，介绍历代之琴曲；卷一四、卷一五为《历代弹琴圣贤》上下篇，备录历代琴人；卷一六为《记载》，注"经史子集所载琴事"；卷一七为《杂录》《琴事》，前者注"琴事神异"，即历代小说中的琴事；卷一八为《文》，录历代有关琴之辞赋文章；卷一九、卷二〇为《琴诗》上下篇，凡《咏琴》六十六首，《听琴》一百六十三首，《弹琴》七十九首，《杂咏》一百五十二首，且附《评古今琴诗》。仅末二卷录诗即多达四百六十首，起自上古，下至宋元，内容极其丰富。所引唐诗极多，且因成书于明初，得引及宋元遗籍，多存佚诗。据该书引唐诗全面参校唐诗各本，确认该书所存唐人佚诗近二十首，涉及诸多名家。本文首度揭出其中的十二首，略作说明。凡见最后二卷者，不另注卷次。

一

张令尹败琴理而弦之音调清越

刘长卿

抚我绿绮琴，酌我紫金杯。二物世所罕，问君自何来。君言以百钱，得之城南隈。京华山海区，贵贱弥不该。苟能辨骏良，盐车出龙媒。岂无明月珠，掩翳归尘埃。侧耳入市门，掉臂终不回。戚戚感我怀，喜极令心哀。商说傅岩野，郭隗燕昭台。荀卿废兰陵，仲蔚理蒿莱。人生有会遇，况此二物哉！我虽不解饮，为尔苍颜颊。非知山水音，得琴且徘徊。冰盘进巨蟹，一一圆脐堆。醉语达日暮，不知旁舍猜。作诗告流俗，慎勿轻弃才。

长卿是天宝至贞元间的著名诗人，尤善五言，时有"五言长城"之誉。有《刘随州诗集》存世，今已有储仲君、杨世明、阮廷瑜三种全注本问世，此诗均未收入。诗人的朋友以百钱之廉，从城南买一败琴，稍加调理，居然音声清越，不同凡响，由此引出诗人的感慨。京华之地，贵贱群集，应该多识琴之人，然而名琴居然轻弃如此。史上贤人之遇与不遇，可举者很多，作者之认识是"人生有会遇"，就看能否遇到赏识自己的伯乐。作者自谦说不解饮，也难欣赏琴音，但为珍琴得知者而感到高兴，于是持蟹醉语，欢饮达暮。写诗记遇，留下"作诗告流俗，慎勿轻弃才"的结语。通篇在说琴，但更多是倾诉自己不遇之感慨，告诫流俗，略以自慰。

二

抱琴游东山

姚系

宿昔山上水，抱琴聊踯躅。山远去难穷，琴悲多断续。岩重丹阳木，泉咽闻阴谷。时下白云中，淹留秋水曲。秋水石栏深，潺湲如喷玉。□□□□□，□露方消绿。恣此平生怀，独游还自足。

缺了六字，诗意还清楚，写自己抱琴独游东山。山路辽远，琴声悲咽，连续演奏了多支曲子，将心中之郁塞尽情释放。最后两句点题："恣此平生怀，独游还自足。"平生怀抱，无处倾诉，在此独游独奏中，将所虑所感都表达了，感到极大满足。这是琴人的心声，借琴"自足"，更感到人生无知音之悲哀。姚系是开元名相姚崇的曾孙，虽在贞元元年（785）进士及第，官仅至门下典仪，很不得意。旧传其诗仅十首，这是第十一首，将他的学养与失落都写出来了。

三

听 琴

于鹄

六律铿锵间宫徵,伶伦写入梧桐尾。七条瘦玉扣寒星,
万派流泉哭纤指。空江雨脚随云起,古木澄清啸山鬼。田文
堕泪曲未终,子规啼血哀猿死。

《全唐诗》卷七八五收此为无名氏诗,来源是《才调集》卷一〇。
据《永乐琴书集成》知为于鹄作。于鹄生活在盛唐至中唐两大诗歌
高峰之间,人生很不得意。晚年遇到张籍,引为知己。他卒后,张
籍作《哭于鹄》诗,有"徒保金石韵,千载人所闻"的感慨,《赠王建》
也有"于君去后交游少"的落寞。此首《听琴》,风格近于李贺,将
琴声写得变化莫测,确很特别。

四

弹琴寄萧佑

李夷简

行年七十弹秋思,始觉胡笳儿女情。世上何人会此意,
蒙阳太守是同声。

见《永乐琴书集成》卷二〇,同书卷一五有更具体的纪事:"萧
佑,精于书画,兼别音律。元和中,撰《无射商九调子》,指法尤
异。谱序曰:'以引小胡笳四指,世称其妙。'李丞相夷简诗云(诗
略)。佑尝为彭州刺史。"濛阳是彭州的别名。李夷简(756–822),
唐宗室,宪宗元和十三年(818)曾任宰相,但时间很短,《新唐书》

卷一三一有传。从诗意来看，弹琴的是诗人本人，《秋思》是当时有名的琴曲，在这首曲子里，他加深了对《胡笳十八拍》所诉生离死别、儿女情深的理解。他认为能体会此意的只有萧祐，因此写诗传意。李夷简去世时仅六十七岁，可以认为此诗是他晚年所作。萧祐，《旧唐书》卷一六八有传，博雅好古，善鼓琴，尤精书画，张彦远《历代名画记》卷一○谓其"画山水甚有意思"。《新唐书·艺文志》著录其《无射商九调谱》一卷，已佚。宋朱长文《琴史》卷四引前诗作宋仁宗时宰相吕夷简诗，误。

五

叹琴客无琴

施肩吾

美君有十指，暗蓄山水音。为无丝与桐，不得清余心。

诗意很简单，诗人偶遇琴客，不巧手边无琴，无以演奏，只能感慨琴客十指含山水妙音，却不能弹奏一曲，借以怡情。后来苏轼那首"若言琴上有琴声，放在匣中何不鸣。若言声在指头上，何不于君指上听"，与此诗有同样趣味。肩吾，元和十五年（820）登进士第，自伤孤寒，惧仕途险巇，离京东归，不复干禄。后传在洪州西山升仙，宋人甚至伪造《西山群仙会真记》以渲染其仙事。宋黄伯思《东观馀论》卷下《跋施真人集后》云"其诗无虑五百篇"，存世不足二百篇，故不断有佚诗发现。在9至10世纪，他在仙界的名声远大于吕洞宾，其事迹与存诗又都很真实，与传说容易区分。

六

闻 琴

方干

孙木点巴金,中涵鬼授音。滩流冲石速,岩漏滴云深。

思迥崆峒小,情残蟋蟀侵。听馀皆静息,风雨黑前林。

这首诗也写听琴之感受。首句写琴之材质,次句说琴音如得鬼神指授,中间四句用四个比喻写琴音之变化,如同激流从山间奔腾而出,如岩间水滴之缠绵不绝,引人思绪远及崆峒仙山,时断时续,又如秋夜之蟋蟀鸣声,声声动情。最后两句,琴奏既终,万籁俱静,如同急风暴雨后的山林,漆黑一片,静得让人悚息。方干(809—约882),字雄飞,睦州清溪(今浙江淳安)人。唐末处士,以布衣终,门人私谥玄英先生。为诗尚苦吟,尤善律诗,唐末名气很大,有《玄英集》传世,至今既无公认的善本,更无好的整理本。此首《听琴》,其实很可体会其诗之戛戛独造。

七

岳上逢琴

王贞白

岳秋泉石清,羽客抱琴行。促轸长松下,吟风十指轻。

同悲古时曲,不入俗人情。若使知音在,终难掩此声。

这也是一首听琴诗,琴客是一位道士,在山岳长松下奏琴,曲调古雅,引人悲思,不被俗人所理解。诗末说如果遇到知音者,这样的妙声绝不会寂寞。作者当然以知音者自居,但自己地位卑微,难以为其揄扬，只能作诗表彰。诗意晓畅明白，立意则为一般套路。王贞白是信州永丰（今江西广丰）人，昭宗乾宁二年（895）登进士第，曾短暂任校书郎。时天下大乱，乃退居不复仕进。他曾自编所作三百首为《灵溪集》七卷，南宋初曾刊刻，洪迈作序，明初尚存，《永乐大典》颇有采录，今存残本有据该集录出之佚诗十首，本诗也很可靠。

八

昭君怨

李煜

玉颜辞汉宫，燋燋清边堠。一死轻鸿毛，却属毛延寿。

见《永乐琴书集成》卷一二。《昭君怨》是唐时流行乐府，多就王昭君故事加以敷衍。诗意很简单，说昭君辞汉和亲，使边庭战火平息，不是没有意义。一个普通女子之生死，本来就轻如鸿毛，不值一说，但人生命运由毛延寿这样的卑鄙小人来决定，不能不让人有无限感慨。李煜即南唐后主，不需要介绍。他有文集三十卷，南宋时仅存十卷，后亦失传。他的诗词，零篇断简都值得珍惜。

九

听琴

许坚

先生启秋阁，静坐拂鸣琴。一曲发幽轸，悲风寒客心。
坐来停万籁，闻处对千岑。欲罢请重抚，难逢雅正音。

又是秋日听琴，又是悲风伤心，较好的是五六两句，说琴声奏起，感到万籁俱寂，随着琴音绵邈，如同面对千山万岭，变化风云。最后两句说，请再为演奏一曲，这样的雅正之声，人生能有几回遇到呢！许坚，南唐庐江（今属安徽）人。早年曾想求官，不为所用，遂拂衣归隐。中主曾以异人召，不至。至宋太平兴国末仍在世，形迹多存于名山仙传。马令《南唐书》卷一五有其传，晚出的《历世真仙体道通鉴》卷四六也载其仙事，佚诗遗事颇多，并非全出虚构。

十

听李法护弹琴

谭峭

三尺四分太古质，夜半仙翁横在膝。鬼谷先生在侧傍，清秋透入扬雄室。清且凄，素丝缥缈高复低。飒然一声震秋史，弦露迸泻瑶阶西。当时九天造元化，弹着诸鬼皆惊怕。碧玉烟霄入梦来，江上烟色分支派。先天地兮即有声，后天地兮方见形。先天地兮后天地，谁人知道琴为贵。若也蟾不秋，烟不收，兽不走，水不流，则琴澹霭无因愁。若也阁不关，水不冻，人不梦，鸾不控，则琴礐碌无因弄。君不见峄阳之巅连着天，风吹雾打长峭然。巨鳌烛龙常记忆，千里相望常相悬。君不知上头也有造化皮，君不学上头也有造化觉。古今新旧翻一般，海龙既觉鳌惊滩。空中一杆碎瑶玉，□□有声声不寒。轩皇之鉴不是鉴，卞和之璧不是璧。何如今夜素琴声，满堂风雨寒泉滴。文王作文未是文，武王作武未是武。宫为君兮商为臣，孔丘擘破齐与鲁。孔丘之书不是书，庄周之语不是语。何如今夜素琴声，巫山一阵风和雨。云松长鹤仰想弹更响,始见仙翁从下抢。须臾弹罢意悄悄,斜月推开远星小。必定秋风卷得归,应须愁杀湘江鸟。上古中古及下古,文王文兮武王武。□□□□合虞舜,五音六律一时进。邹衍葭灰翻旧灰,百甲萌芽地中振。嗟乎此物坚且刚,霹雳当初除混茫。九天鸷鸟踏着地,南斗北辰霏细霜。须臾弹罢黑瓦碎,中天失却造化骨。逡巡又见风入松,按台之殿敲晓钟。满衢明月总失却,唯见七弦凝碧空。欲识此琴声,都来七条水。一条在湘江,一条巫峡觜。一条连着银河湾,一条浸着巨鳌尾。更有一条抛在冰壶里,更有一条水,波澜长不起。更有一条清且鲜,七条之内武王弦。当时造化入流水,流水分明安鉴里。鉴中颜色变明月,明月入窗琴韵美。况值秋天挂疑雅,老兔口嚼叶不下。一夜西风刮九天,谁人泣对苍梧野。

真没想到在存世文献中还能发现如此篇幅宏大、内容诡异变化的佚诗。虽有两处缺文,文本也有待校勘,但全诗超过五百字,居然换了二十五次韵脚,句型以七言为主,但三言、四言、五言、九言、十言错杂皆有,含文句与骚句。如以琴之七弦比为七条水,不惜句式重复之一一列举。用了许多事典,充分发挥想象,乃至有"孔丘之书不是书"之类大不敬语也在所不惜。在此无法对此首长诗展开分析,仅介绍一下作者。谭峭,最早传记见南唐沈汾《续仙传》卷下,称他是国子司业谭洙子。唐人记载中,仅有谭铢,吴郡(今江苏苏州)人,武宗会昌元年(841)登进士第,懿宗咸通十二年(871)为苏州蹉院官。若谭洙即谭铢,则谭峭享寿在百岁以上。《续仙传》说谭峭曾游历名山,"师于嵩山道士十馀年,得辟谷养气之术,唯以酒为乐，常醉腾腾"，时以为风狂。马氏《南唐书》卷二四载他初在闽，闽王王昶尊为正一先生。闽亡，隐居庐山栖隐洞，诗人孟贯、李中有赠诗。南唐中主保大间，召至建康，赐号金门羽客，不受。后主建隆初曾为人治疾。所著存《化书》六卷，主黄老道德说，有《道藏》本，近代以来治哲学者给此书以极其崇高的评价。谭峭的诗，以往仅存一首："线作长江扇作天，靸鞋抛向海东边。蓬莱信道无多地，只在谭生拄杖前。"大言如此，与此听琴诗一致。

十一

咏 琴

杜光庭

峄阳有孤桐，秀枝何轮囷。结根锁丹壁，挺干梢青云。上隐鸾凤巢，下藏麋鹿群。春葩暖郁烈，秋叶凉缤纷。甘露法芳泛，积阴老苔文。匠者试回顾，奇材潜已分。丁丁响幽谷，山外声遥闻。斫之为良琴，特赠重华君。晏散撤疏矿，抚之咏《南薰》。华夷共和乐，天地熙绀缊。群生遂其性，万国常如春。为物贵得时，得时气皆申。为臣贵得生，鱼水情忻忻。二公辅周发，牧野克商辛。三杰佐汉邦，织道移强秦。得时与得志，变化如有神。良木负材器，通用辕与轮。架之作梁栋，刳之涉通津。既荷万化力，得酬天地恩。岂比涧底松，岁久摧为薪。尔有正始音，不与郑卫邻。为予调元气，还复太古淳。勿杂淫放声，取媚世间人。

杜光庭（850—933）是唐末处州缙云（今属浙江）人。早年应九经举不第，遂入天台山为道士。世乱后入蜀，住成都玉局观，深得前蜀二主器重。他在蜀中整理道藏，著作今存几十种，仅道教小说即存近十种。后蜀何光远《鉴诫录》卷五《高尚士》称他"学海千浔，词林万叶，凡所著述，与乐天齐肩"，并不过誉。可惜他的文集仅存残本，诗的部分恰不传，但宋、元人多有称引，此琴诗也属可信。这首诗写得比较庄重，近于一篇琴史，就不分析了。

十二

听 琴

幸寅逊

子期身没后，此事少知音。鹤语秋天阔，泉流巴峡深。

静堂疑鬼哭，疏壁断蛮吟。莫讶移时听，唯君无杀心。

幸寅逊是后蜀夔州云安（今四川云阳）人。后主时官给事中、翰林学士，加工部侍郎，判吏部三铨事。后蜀亡归宋，不甚得意，年九十馀尚有仕进意，也属难得。他在文学史上有一件事很重要，即后蜀末年奉令作桃符诗，有"新年纳馀庆，佳节号长春"二句，为后世楹联之滥觞。《全唐诗》存其诗仅一首，后来补遗颇多，此首《听琴》也颇可靠，惟写作年代不知在入宋前还是入宋后。从诗意来说，与前引咏琴诗多有重复，无特别处，最后一句更显直接。

此外，《永乐琴书集成》还存陆龟蒙佚诗二首，本书前面已介绍，在此从略。另有一些更不为世所知者，也不叙及。

（刊《文史知识》2018 年 12 期）

后　记

　　我在两年前答允《文史知识》编辑刘淑丽女士写一专栏，没有多想就报了《唐人佚诗解读》的题目。有此勇气，原因是有清代以来为《全唐诗》补录的佚诗六千多首作基本盘，从1992年拙辑《全唐诗补编》出版后，学界陆续刊发以敦煌遗书、域外文献和石刻文本为主要来源的唐人佚诗约两千首，近三十年（从《全唐诗补编》交稿算起）我新得佚诗也逾千首，有如此丰赡的准备，写一通俗专栏应该很从容。写了几篇后，发现要写好真不容易。所谓唐诗补遗，主体毕竟是一千多年来的主流读者忽略的作品，艺术成就相对要差一些，更困惑的是这些诗歌大多没有前人的评价与讨论，首次解读难以很好地加以评价铺陈。许多零篇残简，或者说仅有个别作品存世的小作家，更无法有滋有味地加以介绍。当然，也有很好的题目，我自己没有学力驾驭，比如"到底有几个王梵志""禅宗弘法歌行与新乐府"等。细心的读者不难发现，我比较多地从诗人人生经历与专书所存唐人佚诗的立场来寻找题目。勉强写了二十多篇，确实有江郎才尽的感受。错误多有，敬请读者赐正。

　　本书各文在《文史知识》刊出时，承先后责编刘淑丽女士、孙永娟女士认真校审，多有匡正。此度出版，更承李静博士积极支持，马燕责编仔细校订。衷心铭感，均此一并致谢！

陈尚君

2018 年 10 月

2020 年 9 月改定